NOPȚI LA MONACO

NOPȚI LA MONACO

Visurile sunt ca femeile;
Vor să le urmărești, să le cucerești;
Vor fi ale tale dacă ai fantezii legate de ele.

Numele ei la naștere era Nicoleta Dragomirescu. S-a mirat și maică-sa atunci când a văzut că e fată, singura, în rest, doar băieți. Era un copil mic, slab, învinețit la față, de culoarea salamului când urla după lapte cu toți cei doi plămâni. Era al treilea copil, iar maică-sa, Aurelia Dragomirescu, avea deja experiența creșterii unui copil, dar și nepăsarea și oboseala care vine după al doilea născut. Femeia lucrase la întreprinderea Daciana, singura femeie de acolo care știa să fasoneze metal și să folosească strungul așa cum folosea făcălețul la bucătărie, cu îndemânare și repeziciune. Din toată munca ei nu rămâneau seara decât niște țevi fasonate și o grămadă de arcuri mici de metal colorat pe care le aducea acasă pentru copii. Șpanurile astea erau singurele lor jucării. Desigur, mai erau plăcintele din pământ, pe care cel mic le și mânca, frunzele duzilor, pe post de bilete de călătorie, atunci când se jucau de-a trenul, bețele și pietrele din gospodărie. Trezeau îndeletnicirile, ce-i drept, nu prea feminine ale Aureliei admirația bărbatului? Aș! Grigore avea alte treburi pe cap, deși nu capul prefera să și-l folosească, ci brațele vânjoase de om muncitor, acele brațe care cunoscuseră și coasa, și toporul, și trupul ciolănos al nevestei lui. Din aceasta cunoaștere au apărut și cei cinci copii, orânduiți unul după altul ca ouăle în cofrag.

Dacă era o familie fericită? În astfel de împrejurări, o asemenea întrebare nu este rostită niciodată, nici în gând, darămite în gura mare de față cu alții. Se poate spune că era pace bună în casă, da, asta se poate spune. Exceptând ziua în care lua Grigore salariul, desigur. Abia atunci venea el târziu acasă, ciupit de bani și băutură, uneori pe picioarele lui, alteori cărat pe jumătate de un alt coleg ceva mai treaz. Și-apoi să te ții! Aurelia-i făcea scandal monstruos și trei ceasuri vorbea continuu, ea care abia scotea un cuvânt la muncă. Toate nemulțumirile strânse de ea într-o viață de om curgeau toate către bărbatul pe jumătate leșinat, care o întrerupea, din când în când, fie împăciuitor, fie mai cu chef de artag, în funcție de circumstanțe. Dacă băuse țuică sau combinase băuturile, era mai pilit ca spanurile nevesti-sii, dacă îi făcuse careva cinste cu bere, atunci era mai animat, mai vesel, mai îngăduitor. Auzea învinuirile femeii; ele îi intrau pe-o ureche și-i ieșeau pe cealaltă, fără a lăsa urme în sufletul lui candid de copil mare. Ba chiar îi dădea dreptate uneori:

— Lasă-mă, Aurelio... și-așa mă doare capul. Ai dreptate, dacă ai, ai...Am băut.

— Mi-am mâncat tot amarul cu tine! De ce dai banii pe băutură, ă?! Dacă nu eram eu, dormeai acum prin șanțuri și dădeai colțul

7

lângă stăvilar ca Andronache! Nu ți-i rușine să vii ca un porc acasă?

... și dă-i, și dă-i...

Altfel, ziua era zi, noaptea tot noapte, ciorba era ciorbă și copiii creșteau mai singuri, ca niște mlădițe crude. Le gătea Aurelia, să te lingi pe buricele degetelor, numai tocane de ceapă cu mămăligă, sarmale cu dafin, la zi de sărbătoare, ciorbe de zarzavaturi și budinci, că asta învățase de la maică-sa și nici că-i trecuse prin cap să le diversifice. Când e viața grea, n-ai gânduri de-astea care mai mult te amețesc decât te-ajută de vreun fel.

Casa lor era din chirpici, dacă Doamne-ferește venea un cutremur, putea să crape-n patru liniștită, să îi înmormânteze în ea pe toți, ca într-o piramidă – până la urmă cât să țină și paiele alea lipite cu apă, pământ și fecale de cal? Când ploua afară, ploua și-n casă. Astfel, se aducea o găleată de plastic în care apa se scurgea dintr-o crăpătură, ce se ramifica pe tavanul văruit grunjos, neuniform. Dacă ar fi fost puțin mai mare gaura din tavan, poate că ar fi putut face duș sub ea, ungându-se cu săpunul leșios făcut din grăsime de porc chiar de către Aurelia.

Pic, pac, pic... Nicoleta privea fascinată în căldare.

— Ce stai ca o toantă? Du-te după ăla micu', nu vezi că iar a făcut pe el? o certa maică-sa ștergându-și transpirația de pe frunte.

Avea încă mâinile murdare de făină pân' la cot, făcuse niște plăcinte, și basmaua pusă strâmb pe cap. Din batic se ițeau afară șuvițe puțin cărunte.

Nicoleta se ducea; făcea treaba în silă. Cine s-ar oferi voluntar să schimbe un bebeluș de treaba proaspătă și aburindă din scutecele înfășurate-n jurul lui? O fi bebelușul drăgălaș, dar ce face el nu prea este. Tutankamonul în miniatură o agasa pe fată, pentru că rămânea prea adesea în cârca ei. Fata pleca de lângă maică-sa murmurând: — Parcă eu l-am făcut! De ce trebuie să am eu grija lui, domnule?

— Mai taci din gură și tu!... admonesta ea mogâldeața căcăcioasă cu plămâni de tenor.

Cam așa funcționa agresivitatea verbală și fizică în casa familiei Dragomirescu. Dacă Aurelia o lovea pe Nicoleta, aceasta transmitea lovitura următorului membru al familiei, care era mai vulnerabil decât ea. Armonie și justiție. E drept, gălăgia era un lucru obișnuit în casa lor. Îți trebuiau nervi tari sau nepăsare multă pentru a-i face față.

Al patrulea băiețel, Dorin, tocmai prinsese drag de tâmplărie, trăgând de sertare și pocnindu-le la loc cu nepotolit entuziasm, luându-și pauză numai cât să mai roadă la o felie de pâine cu gem, din care se scurgea dulceața, direct pe el, și-apoi pe preșurile colorate fără niciun sens.

Nicoletei îi plăcea la școală; nu avea prea mare drag de învățătură, dar avea drag de liniștea din clasă și de învățătoare, o blondă cu păr înfoiat de bigudiuri, văduvă și fără copii, care privea cu nostalgie către copiii altora. Frații ei mai mari, Ionuț și Florin erau deja adolescenți, dar nu mergeau împreună cu ea la școală, deoarece rar îi călcau cei doi pragul. Plecau de acasă cu rucsacul, dar se opreau să joace fotbal în curtea școlii. Jucau fotbal până seara, când reveneau acasă cu manualele neatinse. Aveau noroc, Aurelia nu obișnuia să se prezinte la ședințele școlare, pentru că nu avea bani să plătească mereu fondul clasei, dar și pentru că se săturase să fie mustrată pentru isprăvile băieților. Rămăseseră de izbeliște și erau conștienți de asta, așa că nu conteneau cu absențele școlare și cu joaca pe maidan.

****

10

Nicoleta era fericită când ploua afară. Ropotele persistente umpleau toate gropile de pe strada în care locuiau, o nivelau și-o făceau să lucească a curat. Nicoleta sărea în toate surpăturile băltite, mai ales în groapa mare din fața porții ei, în care apa-i ajungea până peste genunchi; stătea fericită în mijlocul ei, simțindu-se ca la mare, deși nu văzuse marea în viața ei, mai exact, nu plecase nicăieri, niciodată, în afara comunei. Stropea în jur. Era fericită. Obiceiul ăsta al ei îi cauzase și dureri de picioare, drept urmare, avea un reumatism la început de drum, care se iscase parțial din cauza apei reci, parțial din cauza încălțămintei nepotrivite, mereu prea mică sau prea mare, purtată mai mult decât era cazul.

Mergea la școală cu aceeași încălțăminte sport până la glezne, chiar și iarna, niște teniși din plastic crăpat, cu șnururi gri. Nu-i era frig, nu simțea gerul din cauza drumului destul de lung pe care-l avea de străbătut până la școala aflată în satul vecin. Sosea acolo înfierbântată, cu obrajii stacojii din cauza efortului și crivățului, cu o delicioasă nuanță de vișină coaptă, în obraji.

Când fata se întorcea de la școală, trebuia să-i ducă mâncare lui Grigore, la serviciu. Chiar și sâmbăta, deoarece taică-su lucra peste orele de program, să mai câștige un ban în plus. Acesta lucra la vreo trei kilometri distanță de casa care gemea de copii și de hărmălaia lor. Aurelia îi umplea ochi un borcan cu ciorbă sau cu tocană, îl punea într-o traistă și îl dădea fetei care trebuia să transporte sarsanaua până la taică-su. Deși Nicoleta se bucura să plece din casă, cu orice prilej, o cam incomodau câinii din curtea întreprinderii. Îi dădeau bătăi serioase de cap, înfometați și supărați fiind, erau determinați să nu lase puiul de om să intre în perimetrul pe care-l stăpâneau fără preget. Dacă era norocoasă, o vedea taică-su venind șontâc-șontâc pe poartă, cărând tașca după ea, și alunga el câinii; alteori sărea în ajutorul ei contabila corpolentă care-și petrecea ziua într-o anexă lipită de hala principală, făcând devize și semnându-le cu importanță, de parcă semna tratate internaționale la Casa Albă.

Nicoleta spera în fiecare an că ai ei îi vor da bani să meargă în tabără. Deși asta nu se întâmplase niciodată, ea tot îi ruga an de an cu aceeași determinare, cu ochii licărind de speranță. Își pregătea discursul emoționant cu câteva zile înainte, având grijă să menționeze fiecare copil care mergea. Uneori părinții o refuzau mai blând, după un „mai vedem noi până atunci", alteori cu un „știi bine că n-avem bani, ce ne tot freci la creieri?". Nicoleta renunța doar în ziua în care vedea copiii adunați în fața autobuzului, cu bagajele pregătite. Abia atunci știa că ea n-avea să plece cu ei în aventură. O durea de trei ori: prima data că nu se va distra împreună cu ei, a doua oară că toți au aflat că ea n-avea o lețcaie și a treia oară, că cei care plecau în tabără erau scutiți de orele de școală pentru o săptămână. Curat ghinion. Ca toți copiii, și Nicoleta credea în miracole până în ultimul moment, însă acestea întârziau să apară pentru ea. Ușile autobuzului se închideau pufăind, fără ezitare și fără ea. Rămânea în curtea școlii cu Mihaela și cu încă doi băieți, un țigănuș cârpit în fund și altul care rămânea mereu corigent — se poate spune că era fruntaș la corigență numai. Nicoleta urmărea cu privirea autobuzul până ce acesta dispărea din raza ei vizuală. Realiza foarte bine situația ei neînfloritoare și neroditoare, și asta o stingherea în unele zile mai mult ca în altele. Își spunea că este cea mai nefericită fetiță de pe fața pământului sau chiar din univers.

Într-o zi a intrat în liniște în clasă și a văzut-o pe Mihaela cum se repezise la un codru de pâine lăsat sub banca altui coleg, crezând că nu mai era nimeni în clasă. Nicoletei i-a fost rușine că a fost părtașă la un moment atât de

13

intim și de disperat. A ieșit tot pe nesimțite din clasă, așa cum intrase.

Mihaela este și mai nenorocită ca mine... concluzionă ea aproape în lacrimi. Își simțea inima strânsă ca un gândăcel în pumnul unui copil rău. Nimeni n-ar trebui să fure de foame, nimeni!

A doua zi Nicoleta a cumpărat un pachet de biscuiți și, când toți erau plecați în pauza de masă, a așezat binișor biscuiții în ghiozdanul colorat, mâzgălit cu carioca, al Mihaelei. În ziua aceea Nicoleta n-a mai mâncat, dar a văzut-o pe colega ei cum rodea din pachetul de biscuiți și s-a simțit ca și cum cerul o luase în palmă și-o sărutase pe frunte. Poate că așa și era. A încercat să fie prietenă cu ea, dar nu a reușit. Fetița nu era interesată de prieteni. Mihaela avea note proaste la școală și, probabil, o viață foarte grea acasă. Nu voia decât să joace handbal. Era cea mai bună din clasă, din sat și poate și din țară pentru categoria ei de vârstă. Handbalul era singurul lucru pe care-l avea Mihaela și era prudent să nu-i fi stat în calea mingii, de nu, ar fi fost vai și amar de tine. Să te poziționezi în calea singurului lucru care contează în viața cuiva, care nu are nimic, nu a fost niciodată o alegere înțeleaptă. Nicoleta nu rumega toate aceste gânduri, dar le intuia. Nu îi lăsa mâncare în bancă în zilele în care aceasta o împingea ca să ajungă ea prima la minge, la ora de sport, dar în toate celelalte, da. Îi aducea și struguri sau mere din grădină atunci când nu avea biscuiți. Mihaela mânca tot, ca o termită, lăsând în bancă o grămăjoară discretă din semințe de struguri sau fărâmături aranjate asemenea unui mușuroi. Nicoleta a renunțat să-și mai dorească prietenia cuiva, consolându-se cu biscuiții rămași.

Într-o frumoasă sâmbătă, la început de aprilie, Nicoleta a rămas acasă cu cei doi frați mai mici. Restul familiei plecase la înmormântare — mare prilej de fericire — unde mâncarea era gratis și băutura așijderea. Să tot mori în satul Văleni de lângă munte! Se adunaseră câteva zeci de capete la pomană, căci răposatul Ionel, țiitorul cârciumei locale, era un bărbat cunoscut și apreciat de toți amicii lui de băutură, printre care și Grigore Dragomirescu al nostru. Doamne ferește să dea el de gol vreun companion când venea nevastă-sa să-l care acasă din bar pe nefericit și-l întreba pe Ionel câți bani a cheltuit pe băutură.

— I-au făcut cinste băiețașii... răspundea el mieros, dar prompt, tuturor muierilor.

Ionel nu mai spunea nimic, stătea lungit molcom, puțin mort, dar foarte țeapăn, în cutia din lemn de fag, cu o mină de tardivă demnitate printre jerbele de garoafe și margarete împletite cu panglici. Murise la 52 de ani. Ar mai fi trait el mult și bine, dar băutura îi scofâlcise ficatul contorsionat de deprinderile greu de acceptat, iar șoricii și jumările înghițite de-a lungul vieții i se așezaseră de-a lungul și de-a latul arterelor, înfundate ca țevile înainte de venirea instalatorului. Nevastă-sa, care nu auzise în viața ei de colesterol, îi gătise mereu chiftele de porc prăjite-n untură, cârnați picanți cu bucățele de șuncă, sarmale rotofeie ce se lăfăiau în ulei și în alte asemenea sinucideri. L-au jelit băiețașii lui, nevoie mare; de supărați ce-au fost au început să se bată între ei chiar în localul pierzaniei lui. S-au bătut cu tot ce aveau la îndemână și mai reușeau să zărească, căci cu greu mai focalizau după o damigeană făcută poștă, cu tacul de la masa de biliard, cu sticlele goale de rom, până și cu scaunele pe care stăteau melancolici ceva mai devreme. Ăl cu tacul era un împătimit al filmelor de bătaie cu Van Damme; îi cotonâgea mai cu talent pe tovarășii de băutură, restul, niște amatori dezorientați.

Ce se va întâmpla cu cârciumioara mea?... s-ar fi întrebat Ionel, dacă ar fi putut. Dar nu mai putea să se întrebe și, oricum, viața are grijă să-ți șteargă urmele trecerii pe pământ mult mai degrabă decât ți-ar plăcea să crezi.

Au mâncat toți invitații pe săturate la pomană, unii s-au și abțiguit, că mai rămăsese niște țuică de prune, pe care văduva lui Ionel a pus-o pe masă spunând îndurerată:

— Țuiculița asta era preferata lui. Dumnezeu să-l odihnească... și lăcrimă exact atât cât se cuvenea pentru o văduvă. Mai știți voi ce fericit era că are cea mai bună băutură din toată comuna? Mereu a fost cu borșul pe foc și cu peștele în iaz. Cum te-ai dus tu, Ionelule...!? a plâns ea.

— Dumnezeu să-l odihnească! a răsunat adunarea ca la un semnal de clopotniță.

Când jumătatea plecată a familiei Dragomirescu s-a întors, Aurelia s-a luat cu mâinile de cap. Ăl mai mic, un sucit de nu se poate, se hățânase voios în pătuț până când reușise să dărâme călimara cu cerneală violetă din care-și adăpa Nicoleta stiloul. Pereții păreau o operă de artă impresionistă, deși n-au reușit să o impresioneze deloc pe Aurelia; covorul era bun numai de aruncat, pătuțul avea scândurile sărite, stând rezemat de perete, știrb, privind resemnat spectacolul violet. Prăpăd. Mezinul gângurea fericit din pătuțul rupt și Nicoleta bocea preventiv a bătaia pe care o presimțea ca fiind pregătită pentru ea, cu mânecile suflecate deja. Dorin strângea-n dinți, indiferent, o bucată de

17

plăcintă cu dovleac pe care o găsise sub pătuțul căzut la datorie. Cum cel mic încă nu avea vârsta la care să-și ia o scatoalcă bună peste ceafă, totul a căzut pe capul Nicoletei, care, bineînțeles, a primit ca recompensă o strașnică păruială, ca altădată să anticipeze ceea ce s-ar putea întâmpla în viitor. Cineva tot trebuia să fie pedepsit, iar Nicoleta era mai la îndemână decât un țânc de doi anișori. Țipete multe și-un smoc de păr șaten în mâinile mamei; apoi s-a tras cortina. Nicoleta a mai adăugat o suferință în jurnalul ei ținut mintal. Pentru ea nu conta atât de mult durerea fizică, dar conta umilința și nedreptatea. Iar dacă este un lucru pe care-l știm despre copii este că nu uită niciodată nimic. Nici chiar atunci când cred ei că uită.

****

Viața Nicoletei s-a schimbat crucial în momentul în care a fost trimisă în vacanța la mătușa Catia, sora lui Grigore. Era mare lucru să fii chemat la casa ei; locuia singură cuc, fiind fată mare, virgină ca prima zăpadă proaspăt căzută în decembrie. Să tot fi avut vreo jumătate secol și puțin pe deasupra, dar nu i-ai fi dat. Nu avea chef de nepoți așa cum nu avea chef dracul de tămâie, dar îi mai cântau greierii în călcâie de singurătate, așa că a chemat-o pe Nicoleta la ea, gândindu-se că măcar o va ajuta cineva la spălatul vaselor și dereticatul covoarelor din apartamentul ei, din Ploiești, aflat în zona industrială. Catia era bibliotecară, pleca acasă de la opt dimineața și revenea pe la ora patru după-masă. Program de ministru.

Așa a ajuns Nicoleta expediată, ca un pachet, la tușa Catia, dar nu prin poștă, ci cu trenul accelerat. Mătușa a așteptat-o la gară și a studiat-o pe toate muchiile. Rezultatul: nesatisfăcător.

— Dar tu nu-ți cureți unghiile, fată? Nici tenișii? Dumnezeule!

Acestea au fost primele cuvinte cu care a fost întâmpinată fata. Pentru că nu știa ce ar trebui să spună, a tăcut, uitându-se tâmp la unghiile ei care mai păstrau urme de cerneală. Primul trimestru abia se încheiase. De ce ar fi curățat tenișii? Nu se murdăreau iar, oricum?

Ce mi-o fi trebuit să ajung la zgripțuroaica asta? se gândi fata, uitându-se la femeia cu păr alb buclat și ochelari mari, puși pe ochi mici, deasupra nasul gogoneț. E drept, aș fi putut să-mi tai unghiile sau măcar să le pilesc de marginea ceramicii de la școală, așa cum fac fetele de-a opta înainte de ora de dirigenție, dar nu mi-a trecut prin cap. Își strânse-n pumn degetele murdare, dar n-avea cum să strângă-n pumni și tenișii, așa că a pornit timid, la pas, lângă mătușă, renunțând la a mai încerca să-și corecteze ținuta dezastruoasă. Catia ar fi fost îngrozită de-a dreptul dacă Nicoleta i-ar fi povestit cum vomitase ea în tren napolitanele ieftine cu lămâie, pe care i le dăduse maică-sa, stropind și câțiva călători aflați nefericit în același compartiment cu ea. Ce era să facă fata dacă nu avea stomacul obișnuit cu călătoriile?

Nicoletei îi era sete, dar n-a îndrăznit să-i spună mătuşii să-i cumpere o sticlă cu apă din gară. Aceasta a omenit-o, în schimb, cu o gogoaşă cu brânză, care doar i-a mărit considerabil setea ce-i ardea gâtlejul. Maică-sa, în grabă, uitase acest amănunt, o trimisese ca pe o cămilă în arşiţa de august, cu trenul, de la Ana la Caiafa, fără a-i da ceva de băut la ea. Fi fusese sete tot drumul şi privise cu jind la o familie cu copii de vârsta ei, care beau dintr-o sticlă cu suc de un verde nefiresc, cu aromă de kiwi. Nicoleta a prins momentul când era singură în compartiment şi a băut şi ea din sticla lor, puţin de tot, cât să nu se vadă isprava, dar suficient cât să-şi domolească pârjolul din vintrele ei şi să-şi umezească gâtul uscat.

Catia s-a înduplecat de fata pribeagă ca un câine aruncat în zăpadă, a luat-o de mâna pătată cu cerneală și au plecat cu autobuzul până aproape de micul ei apartament. Și-n autobuz s-a simțit rău Nicoleta, dar n-a îndrăznit să mai verse în prezența mătușii autoritare.

Din prima seară nu a fost liniște, au luat masa împreună și-apoi Catia a zorit fata la duș, pentru igienizare. Acolo a aflat mătușa că fata are și păduchi, iscându-se o panică de nedescris în cuvinte. Pe prosopul alb, flaușat, spălat cu grijă de bătrână cu detergent și clor, răsăriseră două gângănii mici care umblau de capii printre firele de bumbac umed.

— Dar Grigore n-a văzut că umbli cu păduchi? Vai, Doamne, dacă o să iau și eu, cum mai dau ochii cu oamenii ăia de la serviciu?! Ce mă fac acum? Ce năpastă! s-a văitat ea o vreme, de ai fi crezut că lucra pentru Comisia Europeană, și nu pentru biblioteca locală, după care, realizând inutilitatea vorbelor fără acțiune, a trecut la treabă. A ajutat-o să se spele pe cap încă o dată, a luat cu împrumut o sticluță cu gaz de la o vecină și a curățat bine părul Nicoletei. Mirosea numai a gaz în casă, că i-a fost și frică să mai încălzească mâncarea la aragaz, să nu ia foc amândouă, deși asta ar fi rezolvat imediat problema păduchilor.

Nicoleta nu mai vorbea deloc; se simțea rușinată de cerneală, de păduchi și de faptul că a băut din sticla cu suc verde a vecinilor de compartiment. Pe unde trecea ea, doar probleme. Toată lumea avea ceva să-i reproșeze.

În câteva zile, cele două au învățat să supraviețuiască una alteia. Erau nevoite să respecte planul inițial, trei luni de vară aveau la dispoziție să găsească un numitor comun, până când va începe fata școala și se va întoarce în Văleni. Când mătușa a constatat că nu mai era nici urmă de păduchi s-au mai destins amândouă. În acea zi glorioasă, Nicoleta a primit o înghețată, ca trofeu pentru câștigarea războiului cu gânganiile care-o îngroziseră pe mătușă.

Ca să nu o lase zilnic închisă în casă, dar și ca să nu-i facă vreo blestemăție, Catia lua fata cu ea la serviciu — la Biblioteca Județeană din Ploiești. În casa părinților Nicoletei existau aproximativ zece cărți, deși fuseseră ele mai multe pe vremuri, dar au ajuns pe raftul de lemn al veceului din dosul curții, pentru folosință. Dând cu ochii de rafturile prăfuite, cu mii de cărți pe ele, fata a avut un șoc; nu cultural, nici vorbă, se gândea doar la cât de plictisită va fi ea cu tușa Catia acolo, stând înconjurată doar de cărți și de compania femeii mai plină de tabieturi decât avusese ea păduchi în cap. Biblioteca avea cu totul trei angajaţi: tuşa Catia, femeia de serviciu şi administratorul bibliotecii. Este greu să asociezi acest mediu livresc cu o fată de unsprezece ani, cu entuziasmul şi neastâmpărul adolescenţei abia începute.

Zilele treceau greu de tot, în bibliotecă nu intrau zilnic mai mult de trei persoane.

Ce plictiseală, ofta fata.

****

O elevă de liceu a luat cărţile pe care le avea trecute pe listă şi s-a grăbit să plece; un profesor de istorie, mic de statură, chel şi cu burtă, semănând incredibil cu o piesă de şah — nebunul, a citit câteva ceasuri din nişte cărţi groase de istorie politică. Catia se pregătea să completeze fişa de închidere, pe acea zi, într-un registru cu coperţi solide, dungate, şi file separate cu o foaie de indigo.

Un băiat de vârsta Nicoletei a intrat vertiginos în bibliotecă şi cerut trei cărţi:

— Bună ziua! Lunaticii, de Arthur Koestler, orice carte aveţi despre exorcism la Vatican şi Robin Hood, vă rog.

23

— Ai venit târziu, i-a zis tușa acră. Noi nu putem să stăm după fiecare client care întârzie..., a adăugat ea cu oareșce importanță, pentru a-și valida munca și sensul vieții din biblioteca județului. Vorbea cu emfază, de parcă avusese sute de cititori care-i călcase pragul în ziua aia, de parcă a rupt bilete toată ziua la pelerinaj în Mecca, făcând doar lucruri de maximă importanță.

— Îmi pare rău, dar vă rog să mi le dați. Dacă se poate, a mai adăugat el stingher, înroșindu-se până în vârful urechilor. Le așteaptă și tata, știți, el e profesor...

Mătușa nu știa nici ce profesor era taică-su, nici nu părea impresionată de cererea lui. Ea voia să cedeze greu. Era oare asta o formă de flirt pe care nu-l practicase niciodată?

Nicoleta privea scena cu uimire; se oprise din oftat și din număratul minutelor pe ceasul mare, aninat de-un cui în perete. Băiatul blond îi stârnise curiozitatea, dar și admirația. Era așa de curat, de alb, de bălai, total diferit de băieții de la ea din comună, negricioși și cârpăciți, băieți care băteau mingea-n curtea școlii, scăpându-le câteodată și-n capul fetelor care treceau — avusese și Nicoleta parte de atenția lor delicată. Nu i-a văzut pe aceștia citind vreo carte, nici măcar vreun bilet de autobuz.

— Vrei să te ajut să le iei din raft, tușă? a întrebat ea, pentru a înclina balanța către cererea băiatului.

Mătușa Catia a cedat, dar nu din cauza insistențelor celor doi, ci pentru că încă mai păstra un soi de respect pentru oamenii care citesc. Dacă nu ar fi crezut asta, cum s-ar fi împăcat ea cu ideea că și-a petrecut toată viața printre niște rafturi prăfuite, fără a avea viață personală și fără a face ceva semnificativ vreodată? Mereu s-a temut de ceea ce s-ar fi putut întâmpla *dacă*, așa că preferase să rămână în zona confortabilă. În schimb, cu această convingere ce-i servea ca scuză, se vedea o păstrătoare de taine, un fel de Cerber al comorilor ascunse-n bibliotecă. I-a înmânat cărțile băiatului, apostrofându-l totuși. Nu putea să lase pe nimeni să-i știrbească din demnitatea pe care credea că o are. Îi simțise pe cei doi copii ca pe niște inamici împotriva ei, aliați de vârsta lor fragedă, ca doi purici neastâmpărați în blana ei de Cerber pus de pază la poarta bibliotecii.

— Altădată nu-ți mai dau, să știi. Programul este afișat la intrare, iar noi nu suntem la dispoziția ta. Să le aduci înapoi la timp! spuse ea, având senzația că-și ia revanșa pentru cutezanța celor doi.

Băiatul n-a răspuns acuzei, era fericit că și-a primit cărțile. Doar a mulțumit și a dat un bună-seara în grabă, deși nu era încă seara și abia câteva minute în urmă spusese bună-ziua. Nici nu s-a uitat către Nicoleta, care-l privea cu ochi mari și care încercase să-l ajute stângaci, reușind doar să-și irite mătușa.

Acesta a fost un moment de cotitură în viața Nicoletei, ca atunci când cerul se deschide și ești învăluit de nimbul iluminării. Se îndrăgostise de băiat într-o clipită, dar o mirase lipsa lui de atenție, de faptul că nici nu o băgase în seamă. Fata nu simțea că ar putea atrage atenția lui, recentele evenimente petrecute cu tușa Catia o făcuseră să se simtă și mai neînsemnată, ca o proscrisă mică și negricioasă. Îi era rușine de părul ei tuns scurt, de rochița care stătea caș pe corpul ei nedezvoltat încă, de unicele sandale lipite cu prenadez o dată, apoi cu aracet, lăsate să se usuce sub muchia șifonierului, de mătușa Catia și de nepolitețea cu care ea a tratat băiatul, de crustele de la vânătăile din genunchii ei... Nicoleta ar fi vrut să o zbughească afară după băiat, dar cu mintea ei necoaptă a înțeles totuși că așa ceva nu se face. Fata s-a resemnat, o resemnare cu care oamenii se obișnuiesc în timp, ajungând chiar să-i spună normalitate. Îndemnul inimii era doar pentru nebunii care stau pe băncile spitalelor sau ale gărilor, resemnarea și neputința este pentru tot restul lumii normale.

Profitând de un moment în care tușa nu o supraveghea, fata citi cele scrise pe fișa băiatului. Îi săriră în ochi numele lui, scris lung, aplecat tare către dreapta: Aian Ivanov.

Așa a adormit în acea seară Nicoleta, visând cărți care zburau din rafturile bibliotecii, rotindu-se în jurul unui băiat cu un nume de înger bălai, Aian. S-a trezit din somn extaziată a doua zi. Lumea ei avea un sens nou, incitant.

Nerăbdătoare, a întrebat-o pe Catia:

— Oare când va veni Aian la bibliotecă?

— Cine?

— Băiatul acela, mătușă. Cel care a cerut Lunaticii.

Mătușa s-a uitat bănuitoare pe sub lentilele groase ale ochelarilor.

— Ești exact ca taică-tu, și el a fost un molâu! a spus ea disprețuitor. Mie nu mi-a sucit niciun bărbat capul... se umflă ea în pene cu mândria goală a unei femei fără alternative și fără admiratori.

Nicoleta s-a uitat nedumerită la mătușă.

Ce-o fi așa de rău în a avea capul sucit? s-a întrebat ea fără a-și mai căuta răspunsurile la bătrână.

27

Mătușa Catia nu avea nici urmă de toleranță pentru slăbiciunea fetei. Majoritatea oamenilor știau doar ceea ce au trăit, iar bătrâna nu trăise nimic asemănător. Fusese mereu temătoare și reticentă față de atenția unui bărbat, sfârșind prin a concluziona devreme că nu avea nevoie de o asemenea pacoste și complicații. Ea avea casa și tabieturile ei, iar ele îi erau de ajuns. Uneori, de Crăciun, atunci când nu avea unde să plece ca musafir, se întreba fără grai: N-ar fi rău încă un picior de om prin casă, nu-i așa? dar se mângâia cu programele de la televizor și uita de gândurile ce-i tulburau apele sufletului, până la următoarea sărbătoare.

Atitudinea Nicoletei referitoare la cărți s-a schimbat dramatic. A început să le iubească cu patimă. Dacă Aian iubea cărțile, atunci și ea putea să le iubească. În iubire faci tot felul de compromisuri, iar ea simțea că putea face acest pas înainte în relația lor, existentă doar în mintea și în visele ei colorate.

A luat în mâini prima carte, ezitantă, de parcă nu știa cum s-o țină și ce rol să îi atribuie de acum înainte. A citit din ea până când mătușa i-a zis că trebuie să plece către casă. Nicoleta a ridicat ochii către tușa Catia, apoi către ceasul din perete. Când trecuseră orele? Citise toată ziua Aventurile lui Oliver Twist, de Charles Dickens, și trecuse prin toate stările posibile. A lăcrimat când acesta a fost răpit de răufăcători, a zâmbit când Oliver și-a regăsit mama. Nu i-a fost greu să se identifice cu micul Oliver, ea însăși se simțea o surghiunită, nelalocul ei, așa cum îi spusese odată maică-sii:

—Abia aștept să scap de țăranii ăstia și să plec de-aici. O să mă duc în București! a amenințat ea din corcodușul de unde nu s-a dat jos până seara, de frica propriei cutezanțe.

— Ha! Visezi, visezi, o să ajungi în piață, să vinzi ardei, brânză sau pâine de la turci, în hala mare! a fost răspunsul mamei care nu citise nicio carte despre creșterea copiilor sau despre educarea lor. Ea făcea ce făcuse și maică-sa cu ea, reteza orice încercare de evadare din acest univers căruia-i cunoștea legile, își pregătea copiii pentru o viață dură, gândindu-se că așa le va fi mai ușor. În felul ei, încerca să-i protejeze, chiar dacă făcea acest lucru inconștient. Nu avusese timp niciodată, nici dorință, să-și adreseze măcar câteva întrebări referitoare la rolul ei de mamă. Aceste gânduri nu-și făcuseră loc în noianul de preocupări zilnice, împărțită între gospodărie, copii și munca la strung. Pe vremea aceea nu existau cărți autoeducaționale și copiii nu erau ridicați pe piedestal, ca acum. Nimeni nu-și făcea probleme că o palmă va costa copilul bani frumoși, plătiți la psiholog mai târziu. Fiecare

29

supraviețuia cum putea și viața era aspră ca peria de dușumele.

De data aceasta Aian venise la ora prânzului. Mătușa Catia nu a avut ce să obiecteze, nici măcar nu întârziase cu cărțile, ba chiar le aduse înapoi cu o zi înainte de data limită, exemplar. Nicoleta și-a ridicat nasul dintre pagini, înroșindu-se până peste urechi. Unghiile ei erau curate, nu mai mirosea a gaz și citea o carte pe prima bancă din sala de lectură. Îl așteptase toată săptămâna pe băiat, tresărise la fiecare mișcare a ușii de lemn și contemplase fișa lui în neștire.

Pentru o clipă, privirile li s-au intersectat. Băiatul și-a mutat atenția către mătușa Catia.

— Ce carte vrei acum? a întrebat Catia.

— Niciuna. Am venit doar să le înapoiez.

— Cum așa? se miră tușa Catia.

— Știți, eu o să mă mut cu părinții în București... îi comunică băiatul cu o sclipire de triumf în ochi, mutându-se de nerăbdare de pe un picior pe altul.

Scânteierea din privirea lui a întristat-o pe Nicoleta mai mult decât aflarea veștii.

— Aaa...

Atât a avut Catia de spus. A luat fișa băiatului, a tras linie și asta și a fost tot. Femeia nu a realizat ce înseamna vestea pentru fată, nici nu s-a uitat spre ea. Cărțile au fost puse înapoi pe rafturi, fișa a fost semnată, băiatul a plecat și biblioteca a rămas în același loc. Doar pentru Nicoleta totul s-a schimbat iar. Îl așteptase să se întoarcă, se bucurase când o privise, citise ca o nebună în acest răstimp, toate acestea doar ca să afle că Aian pleacă. Părea o glumă crudă sau o altă umilință pe care universul o pregătise cu generozitate special pentru ea. Stătea vlăguită pe banca de lemn. Visurile ei se năruiau unele peste altele.

Prima neîmplinire a copilăriei legată de iubire este și cea mai grea. Cu timpul înveți cum să fii nefericit și cum să continui să trăiești nefericit, atunci era doar prima lecție de viață. Totuși, îi rămăseseră cărțile, cărora le-a purtat pică o vreme, asociindu-le, natural, cu momentul ei de jale și amar.

A continuat să citească în fiecare zi. A citit cărți de geografie, ficțiune, istorie... Dar ce n-a citit? Până și despre procedeele de îmbălsămare a mumiilor la egipteni. După ce termina lectura zilnică, cu jumătate de oră înaintea plecării, deschidea atlasul și se holba în el, legănându-și picioarele pe sub masă.

Într-o zi o să mă duc aici... şi aici... şi aici... îşi promitea ea şi-şi muta degetul pe hartă, în toate locurile ce păreau sălbatice şi misterioase. Aici a trăit Winnetou, aici a fost prins de hoţi Oliver Twist, aici s-a născut Colţ Alb... aici trebuie să fie tare frig... brrr...

— Ţi-am spus să nu mai îndoi colţurile paginilor! O certa Catia. De ce ţi-am dat semne de carte?

— Nu mi-am dat seama, îmi pare rău... spunea ea, fără a se simţi nicicum vinovată. Tuşa Catia, dumneata ai fost la Bucureşti vreodată?

— Da, de multe ori. Am fost de câteva ori şi cu soră-mea, Agripa, dar ea a plecat în fundul ţării, n-am mai văzut-o de vreo douăzeci de ani..., îşi aducea ea aminte, scoţându-şi ochelarii de pe nas, ştergându-i tacticos cu batista. Acolo l-am cunoscut pe Victor şi tot acolo...

— Cine este Victor? a întrebat Nicoleta, văzând că mătuşa nu-şi mai continuă gândul.

— Eee..., erau alte vremuri. Nu contează, Nicoleto, nimic nu contează. Viaţa este dată ca să fie trăită, nu să stai să te întrebi şi să-i încurci pe alţii. Pune semnele de carte de acum!

32

Fata se simțea admonestată, dar nu știa exact de ce. Nu înțelegea încă trăirile mătușii.

Nimic nu-mi spune, m-o crede tâmpită! Nu mi se pare normal să începi propoziții și apoi să te oprești, se gândi Nicoleta precoce.

Închise altașul și-l puse înapoi pe raft. Făcu câteva piruete prin sală, până când toate cărțile începură să se învârtă ca prin magie în jurul ei.

Ce mare e lumea! Oare câte cărți există în total? se întrebă ea. Oare voi merge și eu vreodată în București, ca tușa Catia? Poate că o să-l întâlnesc și pe Aian!... Oare cât de mare este Bucureștiul ăsta?

Nicoleta nu știa că nu-l va mai vedea niciodată pe Aian. Nu ar fi putut înțelege oricum că unii oameni apar în viața noastră doar pentru a pleca, firește, după ce misiunea lor a fost îndeplinită, căci dacă oamenii ar ști acest lucru, poate că ar refuza cu toții să-și mai învețe lecțiile. Ar refuza să-i mai cunoască pe acești mesageri trimiși de cer. Pentru oameni este mai important să păstreze aproape de ei o persoană decât să fie fericiți că au mai urcat o treaptă în sculptura perfectă a universului. Aian plecase, pentru că fata învățase să citească, se sensibilizase. Nu mai avea de ce să reapară în viața ei. Poate că unii cititori se vor întreba acum: — De unde vom ști noi pentru care oameni trebuie să facem eforturi să îi reîntâlnim și pentru care nu? Este o întrebare perfect logică și legitimă, dar multor lucruri nu le poți răspunde.

... dar să nu ne îndepărtăm prea mult de la povestea noastră și să continuăm.

****

Nicoleta știa drumul de la gară până acasă. Învăța repede și nu uita ușor. Tușa Catia îi spusese să-și aștepte tatăl pe peron, iar fata nu avea încă vreun cuvânt de spus, la vârsta ei alții luau decizii pentru ea și în locul ei, așa că aștepta cu geanta-n mână în fața trenului staționat de mai bine de o jumătate de oră, în gara aproape goală. Mai trecuseră două trenuri de când aștepta.

Pufff... pafff... puff..., spunea trenul sosind în stație.

Era neliniștită, știa că trebuie să fie bucuroasă că-și revedea familia, dar nu era sigură că asta era ceea ce simțea. Învățase multe în ultimele trei luni de zile. Se

34

schimbase. Capul îi gemea de cărți, aventuri și personaje care mai de care mai emoționante. Nicoleta cea nouă voia să rămână în Ploiești sau să ajungă, printr-un miracol, în București, la Aian. Comuna ei părea să fi intrat la apă, iar oamenii, pe care-i botezase, fără prea multă îngăduință, drept țărani, îi păreau și mai îngrămădiți ca înainte, mai ponosiți. Un bătrân trecu pe lângă ea, cu un coif făcut din ziar, pe post de umbrelă de soare sau de pălărie.

Detest sărăcia, și-a spus.

Nicoleta s-a uitat către acoperișul școlii ce se zărea în depărtare.

Ce școală dărăpănată! Sigur, școlile din Ploiești nu arată așa. Nu au calculatoare care fac zgomote ca râșnițele de cafea! Cum aș mai vrea să plec de-aici!

Plictisită de așteptare, își trecea greutatea corpului de pe un picior pe altul, balansându-și geanta dintr-o mână în alta. Mai aștepta zece minute. Durerea de picioare a determinat-o să se așeze pe jos, cu fundul pe geantă.

Ce o face acum tușica? Azi e miercuri, este ziua în care împletește și face supă. Ce ciudată este tușica! De ce-o face lucrurile mereu în aceeași ordine? Oare așa voi îmbătrâni și eu, printre împletituri, supe și cărți?

35

— A dat Domnul să mai vii și tu pe-acasă! a apărut tatăl lângă ea, spunându-i cu toată afecțiunea de care era el în stare. Ei? Ia spune! Cum a fost la soră-mea? S-a mai schimbat și ea sau tot o acritură urâcioasă a rămas?

— S-a schimbat, o apără Nicoleta pe mătușă, deși n-avea nici cea mai vagă idee cum era mătușa înainte. A fost frumos.

Adevărul este că ajunsese să o îndrăgească pe Catia, cu toate bombănelile ei cu tot și cu toate tabieturile ei de fată bătrână. Mătușa i-a dat și o sticlă cu apă la ea, nu a fost nevoie să mai bea din sticla altora, i-a dat cărți, chiar și niște dulciuri pentru toată familia. Nicoletei îi lipsea deja apartamentul micuț, plin cu macrameuri și bibelouri ciobite, pe care tușica melancolică nu le arunca. Se simțise mai acasă acolo decât se simțise toată viața ei în Văleni.

Poate credeți că tatăl a ridicat-o în brațe și a pupat fata pe obraji? Poate credeți că i-a spus că este o fetiță minunată și lumina ochilor lui? Da? Nici vorbă!

Au plecat amândoi către casă, Grigore cu pas agale, fata cu pași mici și grăbiți, ca să se potrivească cu ai tatălui ei. Nu se țineau de mână și nu au mai vorbit tot restul drumului. Nu aveau ce să-și mai spună.

— A venit orăşeanca! a întâmpinat-o fratele cel mare, Florin.

S-au apropiat cu toţii de ea. Nicoleta a scos din geantă dulciurile şi le-a înmânat serioasă fiecăruia în parte. Se dezobişnuise de gălăgia de acasă. Sufletul ei tânjea după linişte şi reculegere. Stătea ca pe ghimpi, parcă nu mai era locul ei acolo, parcă nu mai împărtăşea preocupările celorlalţi, parcă nu se mai potrivea cu nimic şi cu nimeni. S-a refugiat în a treia cameră — şi ultima — şi a deschis o carte.

— Ei, domnişoară! Cine te crezi acum? a apostrofat-o maică-sa, iţindu-se în prag. Haide să mă ajuţi la vase, că doar nu se spală singure. S-a încălzit apa, treci şi pune-o în lighean!

Nicoleta a oftat. Cum să-i împărtăşească mamei schimbările pe care le resimţea? Nu ar fi ascultat-o, ar fi repezit-o sau, mai rău, ar fi râs de ea. Voia să împărtăşească din preaplinul ei sufletesc, dar nu avea cui. Să-i spună nucului din curte? Găinii pe care o botezase Madonna?

Ce mă enervez că n-am nicio prietenă! îşi plânse ea de milă.

Aureliei nu i-a scăpat oftatul fetei şi nici nu ştia motivul lui, dar asta n-a împiedicat-o să ia gestul drept o ofensă personală.

37

— Vai! Dar cu ce ifose am venit, nu-i mai ajunge nimeni la nas. Ia te uită la ea! Du-te la lighean, că te iau de ciuf acum! zise ea cu obidă.

Ce nesuferită e! își zise Nicoleta, fără a-și formula gândurile cu voce tare. Pleacă să facă ce-i poruncise maică-sa, dar fără niciun chef. Fausta nu spăla vase unsuroase, regina Margot era îmbrăcată de slujnice și avea rochii din mătase și dantelă brodată cu fir de aur; ei i se servea mâncarea pe o tavă de argint..., deci eu de ce trebuie să fac toate corvoadele? M-am săturat de viață și de sărăcie!

Ce-i drept, fata avea dreptate să se plângă. În gospodărie nu exista apă curentă, ci doar apa de la canalul din mijlocul curții. Când spăla vasele, îi înghețau bocnă mâinile. Sufla în ele din când în când, să și le mai încălzească. Mai spăla o furculiță, își mai aburea nițel mâinile.

Nicoleta se simțea asuprită de soartă și de maică-sa. Nu mai voia să se conformeze; acele trei luni petrecute în universul cărților, precum și conștientizarea faptului că există alte lucruri mai importante de făcut pe lumea asta decât să spele tacâmuri în lighean, îi schimbaseră mica viziune asupra vieții. Aflase că există locuri minunate în care poți călători și mai aflase că sunt fete de vârsta ei care primesc ponei de ziua lor și au părinți care le satisfac toate capriciile. Cunoașterea o încântase și-o întristase în aceeași măsură. Aflase că viața poate fi minunată, dar realizase că a ei este departe de a fi așa.

În aceeași seară, ieși pe stradă și se întâlni cu două fete care veniseră în vacanță la bunicii care locuiau în Văleni. Nicoleta le-a citat, tam-nesam, dintr-o carte, în loc de răspuns la întrebarea uneia dintre copile:

— Noi stăm cu părinții în Roman. N-am fost încă în Ploiești, dar mergem în fiecare vacanță la mare! se lăudă fetița. Cum este în Ploiești? Are multe locuri de joacă?

— Are o bibliotecă foarte mare și... „când intru noaptea într-un oraș mare, fiecare dintre casele strânse laolaltă în întuneric are în ea propriul secret; fiecare cameră din ele are în ea propriul secret"[1]

Fetele nu au mai spus nimic, doar s-au uitat la ea cum aiurează și au plecat în casă, deoarece bunica le strigase să vină să mănânce.

****

[1] Citat din romanul „Poveste despre două orașe" (Charles Dickens)

Printr-un concurs de împrejurări, Nicoleta a ajuns, mai repede decât intenționase, înapoi la mătușa Catia. Ce se întâmplase? Ei bine, bătrâna a resimțit lipsa fetei. Nici ea nu-și explica prea bine ce se întâmplase. Adevărul era că Nicoleta reușise să străpungă universul mic și plictisit al mătușii. Se hotărâse să îi telefoneze lui Grigore, propunându-i să ia fata la ea, măcar pentru un an școlar, dacă nu pentru mai mulți. După ce găsise un colț îndoit al uneia dintre cărțile ei preferate, Catia zâmbise, iar ea nu obișnuia să surâdă. Întâmplător, se aflase în fața oglinzii. Surprinsă de reflexia ei aproape amuzată, aproape caldă, căută agenda cu numărul de telefon al fratelui, pe care nu-l suna decât ca să-i ureze Crăciun sau Paște fericit. Pentru că Grigore, luat prin surprindere, nu zicea nimic, tușa Catia a continuat să-i vorbească despre avantajele acestei mutări. Nu-i spunea nimic despre plictiseala ce o însoțea ca o umbră, mai acută după plecarea Nicoletei. I-a spus, în schimb, că fata va avea șanse la o școală mai bună la oraș, că mai târziu oricum va fi nevoită să dea la un liceu. El nu zicea nici da nici ba, atârna neliniștit de telefon. Cam iritată, Catia a pus pe masă argumentul suprem:

40

— Haide măi Grigore, că mai aveți și alți copii. I-ați făcut ca iepurii și nici n-aveți cu ce să-i creșteți pe toți.

A avut dreptate. Ultima alegație a atras atenția tatălui, care, după ce s-a scărpinat în cap cu o expresie de om pus în fața unui fapt împlinit, i-a zis ezitant:

— Trebuie să vorbesc cu Aurelia. Să văd ce zice și ea de treaba asta, că mi-ai zis așa hodoronc-tronc.

— Gândiți-vă și anunțați-mă și pe mine. Dar să nu stați un secol la socoteală, că acum începe anul școlar și-apoi mă veți lăsa pe mine să mă descurc cu directorul școlii.

*****

Așa se aranjaseră lucrurile. Nicoleta plecă iar cu trenul în direcția Ploiești, către mătușa Catia. Era fericită și nu era. Se simțea vinovată și nu se simțea. O încercau tot felul de emoții cărora nu reușea să le dea un nume.

Viața ei s-a schimbat iar. A rămas mai mulți ani la mătușa Catia și intrat cu note foarte bune într-un liceu din Ploiești, cu profil de limbi străine. Nu mai era nimeni în toată familia Dragomirescu care să ajungă să treacă

41

de pragul liceului, darămite de al facultăţii, iar Nicoleta se gândea cu seriozitate încă de atunci la alegerea unei facultăţi potrivite. Catia îi dădea tot felul de sfaturi, unele mai fanteziste ca altele. Îi propusese să urmeze medicina, gândindu-se la bătrâneţea ei şi la bolile ce stăteau la pândă după colţ, în altă zi o sfătui să devină inginer metalurgist, deoarece o vecină îi spusese că se câştigă bine acolo, şi tot aşa. Nika voia să urmeze Literele, urmându-şi pasiunea ce o descoperise prin Aian la biblioteca municipală.

În vacanţe se ducea la ai ei, stătea cam o săptămână şi se întorcea înapoi în Ploieşti după prima ceartă cu maică-sa. Îşi găsea mai multe lucruri în comun cu tuşa Catia decât cu fraţii ei, care, în urma absenţei îndelungate a fetei, nu mai reuşeau nici ei să o considere drept un membru al familiei. Timpul şi distanţa separă oamenii, iar asta era lecţia pe care fata o învăţase foarte repede.

Nicoleta respecta îmbufnările mătuşii, nesfârşitele ei tabieturi, precum şi perioadele ei de muţenie, iar Catia, la rândul ei, respecta caracterul rebel al fetei, considerând-o cumva fata ei. Desigur, doar ei însăşi îşi spunea asta, nu ar fi recunoscut în faţa altora nici picată cu ceară sau bătută cu cilicele. Pentru ceilalţi, ea era mătuşa bună la suflet care-şi ajută fratele. De nevoie. Punct. Era, în fond, mulţumită de cum o crescuse, Nicoleta fiind o domnişoară în toată regula, înaltă şi firavă, înclinată către introspecție, cu note foarte bune la şcoală şi cu un viitor promițător la orizont. Toate acestea datorită ei, gândea Catia satisfăcută.

— A câta carte este? Iar ai îndoit paginile? se prefăcea mătuşa că este cătrănită, cu un oftat prelung.

— Numărul 728, mătuşă, îi răspundea fata cu un zâmbet, ridicându-şi ochii ca albăstrelele din lectură, pentru a inspecta dispoziția bătrânei.

În primul an de facultate — urma Literele, aşa cum dorise — fata a venit acasă, obosită şi înfometată ca o lupoaică tânără. Ştia că era ziua în care bătrâna gătea macaroane cu brânză sau cu ciuperci. A intrat pe uşă în verva ei obişnuită, dar nici vorbă de miros de mâncare, nici măcar de mâncare arsă.

— Tuşă! Am venit!

Cum tuşa nu s-a grăbit să-i răspundă, Nicoleta a deschis uşor uşa de la dormitor, pentru a nu o trezi pe mătuşă dacă adormise între timp. Un fior i-a străbătut tot corpul, de parcă ar fi lovit-o un fulger.

Tuşa era în fotoliu. Stătea rigidă-n el, cu ochii deschişi, încremenită pentru veşnicie. În

43

mâini încă avea încleștate andrelele cu un început de tricotaj multicolor, probabil un fular din lână pufoasă. Nicoleta țipă și scăpă rucsacul din mână. Continuă să o strige degeaba, mătușa plecase de mai multe ore din lumea celor care puteau să-i mai răspundă fetei. Candela era încă aprinsă, ca și cum mătușa presimțise ceva și-și asigurase un mic felinar care să-i călăuzească pașii în lumea de dincolo.

Într-un suflet, fata fugi la vecini și, printre plânsete și țipete, se strânseseră vreo zece capete să constate singurul lucru inedit ce se întâmplase în bloc de vreo jumătate de an, căci, deși era un bloc vechi, majoritatea locatarilor fiind pensionari, nici moartea nu catadicsea să intre-n scară din cauza mirosului de mâncare și de bătrânețe.

Locatarii imobilului nu aveau multe preocupări; cele de bază erau: să aștepte pensia, să butoneze telecomanda de la televizor, neapărat să nu deschidă ferestrele și să lase-n fața blocului, să discute noutățile ori să joace șah. Nu îndrăznise nimeni să le perturbe rutina sau să-i ia la plimbare către câmpiile Elizee, așa cum erau, în capoate de diftină, având căciuli cu ciucuri pe cap, în toiul verii — ca să nu-i tragă curentul —, cu picioarele învăluite-n șosete și, desigur, cu nelipsiții papuci de plastic cu găurele.

Dar iată că ceva se întâmplase şi pe strada lor. O lună de zile s-a dezbătut în bloc trecerea în nefiinţă a bătrânei mătuşi şi s-au dezvoltat ipoteze care mai de care mai flamboaiante despre cauza morţii. După o vreme apele s-au liniştit şi s-au retras în matca lor. Catia Dragomirescu fusese plânsă, îngropată, cu parastasul făcut, şi ultimul ei vestigiu, apartamentul cu două camere, a fost pus la vânzare, pentru ca banii proveniţi din tranzacţionarea lui să fie împărţiţi între Grigore, tatăl Nicoletei şi sora lor mai mică, strămutată cu familia prin nordul Moldovei, Agripa. Vânzarea apartamentului era acum subiectul principal. Catia Dragomirescu plătise pentru el timp de 30 de ani. Fusese singurul ei scop în viaţă, singura ei preocupare într-o existenţă fără suişuri şi coborâşuri.

Singura care-i simţea cu adevărat lipsa Catiei era Nicoleta, care ajunsese în decurs de nici o lună de zile să-şi întrerupă primul semestru de facultate şi să ajungă, cu tot cu bagaje, înapoi la maică-sa, până se lua o decizie şi în privinţa ei. Fata se simţea jefuită, retrogradată de tot ceea ce viaţa îi dăduse prin intermediul mătuşii, un sentiment familial, o casă acceptabilă, un trai tihnit şi un viitor sigur. Era iar în casa cu budă în spatele curţii, era iar certată de maică-sa, care nu realiza că fata avea acum 18 ani şi era o domnișoară în toată regula. Era iar lipsită perspective.

Tușică, tare îmi pare rău că nu am reușit să fim mai apropiate. Te-ai dus în liniște așa cum ai trăit..., o văita Nicoleta. Doar tu ai ținut cu adevărat la mine, așa, în felul tău molcolm, chiar dacă nu mi-ai spus asta niciodată. Trebuie neapărat să învăț să trăiesc, nu vreau să mor ca tine, mătușă, nu vreau să trec pe pământ fără să las urme. Iartă-mă, tușică, dar vreau să trăiesc măcar înainte să mor. Vreau să am o viață înainte de a mi-o pierde!

Aurelia și Grigore și-au frământat mâinile și creierele, dar nu reușeau să găsească o soluție acceptabilă, nefiind obișnuiți să ia decizii importante, ci să accepte, mai degrabă, deciziile altora.

— Asta este, trebuie să renunțe la facultate și gata! Ce atâta tura-vura! a acoperit maică-sa gălăgia din casă. Pusese lingura pe masă, arătând că acesta era ultimul ei cuvânt. Nu avem atâția bani încât să o ținem prin facultăți.

— Dar, mamă, oricum vindeți apartamentul tușicii. Veți avea o sumă de bani destul de frumoasă! protestă Nicoleta.

— Iar te gândești numai la tine! Dar cu frații tăi ce faci? La ei nu te gândești?

46

Dar tu te-ai gândit la noi toți când ne-ai făcut câtă frunză și iarbă, deși nu aveați posibilități materiale? ar fi vrut Nicoleta să-i răspundă maică-sii.

Nu-și putea imagina nimic mai îngrozitor decât să rămână pentru totdeauna în satul Văleni, să se certe cu maică-sa pentru tot restul vieții ei și să vândă în piață roșii și brânză, așa cum o îi prezise ea viitorul cu ani în urmă.

— Tată, spune și tu! Nu s-ar alege praful de tot ce m-a învățat tușa Catia, sora ta? Ea avea în plan să vândă apartamentul din Ploiești și să ne mutăm împreună într-o garsonieră în București! încercă fata un subtil șantaj emoțional, simțind cum devine din ce în ce mai disperată.

Fata spunea adevărul, este drept că mătușa nu luase o hotărâre înainte să moară, dar se gândise și la această posibilitate. Grigore ar fi spus el ceva, dar îi era frică de gura nevesti-sii; nu îndrăznea să o contrazică și nici nu înțelegea implicațiile deciziei lor asupra destinului fetei. Continuă să se scarpine în cap cu o mână, evitând să spună ceva, mâncând mai vârtos, ca și cum problema nu îl privea și pe el.

47

— Bine, nu puteți să-mi dați din banii tușicii, înțeleg, dar eu tot pot continua facultatea și fără ei.

— Bați câmpii, crezi că te așteaptă Bucureștiul cu covorul roșu? Din ce crezi c-o să trăiești, că doar n-o să te prostituezi pe bulevarde?! Aici, de, bine de rău, ai acoperiș deasupra capului, ai un blid cu mâncare și poate îți găsesc și-un loc de muncă. Ce altceva mai vrei? Ești nerecunoscătoare, se vede treaba că te-au prostit cărțile!

Nicoletei îi venea să plângă. Mai degrabă se vedea prostituându-se-n capitală decât muncitoare la strung, cot la cot cu maică-sa. Mai bine murea ca mătușa Catia care era pomenită acum mai ceva ca în timpul vieții.

— Și asta nu-i prostituție? Ești prostituata taxelor și a salariului de mizerie, prostituata statului. Voi nu vreți ca eu să fac altceva decât tot ce ați știut voi să faceți! Nu este corect! îi certă ea în gând, încuiată, neîndrăznind să-și afirme ideile revoluționare, care n-ar fi ajutat-o cu nimic în situația în care se afla, dimpotrivă.

— Pianina mătușii este a mea, nu-i așa? aruncă ea ultima carte pe masă. O să o vând și cu banii luați pe ea o să-mi asigur traiul măcar câteva luni de zile în București, apoi o să lucrez. Atâția studenți lucrează acolo, n-aș

48

fi nici prima, şi nici ultima. O să-mi fac singură transferul de la facultatea din Ploieşti. În capitală sunt mai multe oportunităţi.

— Eu zic să-ţi bagi minţile-n cap! ţipă maică-sa. Oportunităţi, auzi la ea!

— Aurico, are şi ea dreptate cumva, a locuit atât timp cu soră-mea. Eu unul ştiu că nu mă apuc să iau lecţii de pian la bătrâneţe. Şi are şi ea 18 ani, este majoră. Dacă ea crede că se descurcă..., a spus, în sfârşit, taică-su, evitând totuşi o responsabilitate prea mare, oarecum speriat de ceea ce tocmai afirmase.

Pe Nicoleta o fulgeră cuvintele lui.

Aşa este! Sunt majoră! Nu mai am nevoie de consimţământul lor, cum de am uitat asta?

Realiză că îşi putea impune voinţa, măcar din punct de vedere legal, putea să facă tot ceea ce îşi dorea şi nu era nevoie ca altcineva să fie de acord cu ea.

— Te-ai băgat şi tu ca musca-n oală, dacă mă luam după tine, nici casa asta n-o aveam. Amândoi visaţi cai verzi pe pereţi! Faceţi ce vreţi, dar pe mine să nu contaţi, dacă pleacă de-aici, e bun plecată! Asta să ştiţi! Dacă i se întâmplă ceva, e doar vina ta! aruncă ea ameninţarea către Grigore.

Discuția a mai continuat pe același ton câteva ore, ș-a reluat și-n zilele următoare cu o intensitate ceva mai scăzută, iar, într-un final, Nicoleta a câștigat. Avea să plece la București cu banii luați de pe pianina, veche de trei decenii și cam dezacordată, a mătușii.

O pianină veche pentru o viață nouă! Își spuse Nicoleta. Iartă-mă, tușică, oricum nu cânta nimeni la ea, știi și tu că era doar ca să ne dăm mari.

****

Nicoleta și-a găsit de lucru imediat de cum a ajuns în București. Dacă l-ar fi avut, patronul, un turc rotofei de la atâta kebab mâncat zilnic, de vreo patruzeci de ani, nu știa să citească românește. Îi scrisese fata bucătăresei anunțul corect.

Asta a fost tot, nu a fost nevoie de C.V.. Și dacă a avut noroc? Este greu de spus. A văzut un anunț scris pe o coală albă de A4 cu litere de mână: *Angajăm ospătăriță! Pentru detalii, intrați pe ușa din partea stângă a restaurantului.*

Cu banii luați de pe pianină, Nicoleta închiriase o cameră într-un apartament al unei septuagenare mai acră ca varza murată scoasă din butoi de sărbători pentru a îmbrăca sarmalele. Locuia pe Calea Moșilor, într-o vilă cu câte două apartamente pe etaj. Zona era bună, dar clădirea tipa de bătrânețe și după o restaurare ce ar fi trebuit să aibă loc cu un secol în urmă. Bătrâna proprietară, lingușitoare la început, și-a dat curând arama pe față. Deși bolnavă de gută, reumatism și hepatită, nu se gândea decât că ar fi trebuit să găsească pe cineva care să-i plătească mai mult cu 150 de lei. Regreta decizia luată în pripă. Atât, 150 de lei, aceasta era suma pentru care îi purta pică Nicoletei și, când fata era plecată de-acasă, se strecura la ea în cameră și dădea cu piciorul în lucrurile ei, justificându-i apoi fetei că iar intrase în casă cățeaua vecinilor și făcuse balamuc.

Fata își vedea de treabă urmându-și planurile scrise minuțios într-un jurnal. Dăduse un examen de competență, ca să intre la facultatea de Litere din București, și reușise. Ziua era la cursuri, seara se ducea la restaurantul turcului, deschis până la ultimul client, din zona Obor. Salariul era mic, dar primea bacșiș frumos de la clienții care-și clăteau ochii cu picioarele ei lungi, pieptul complet dezvoltat și chipul ei frumos, înflorit cu două albăstrele de munte în loc de ochi, inocente și fragede. Nicoleta nu era cochetă, dar cine are nevoie de cochetărie la nouăsprezece ani? Bărbații erau atrași tocmai de candoarea ei, de lipsa ei de experiență, dar, mai ales, de corpul ei mlădios ca o nuia magică de alun; erau atrași de visele ei încă nesfărâmate de un alt bărbat. Dar cât poate dura o astfel de minune? Nu prea mult, într-adevăr.

Angajații restaurantului, simțindu-se nedreptățiți pentru că Nicoleta era singura fată cu care clienții se simțeau mai generoși, au protestat până s-a formulat o regulă nouă în restaurant: tot bacșișul adunat de la clienți trebuia împărțită la opt, asta însemnând cele cinci chelnerițe, bucătarul și ajutorul de bucătar. Nicoleta n-a spus nimic, era obișnuită să i se încalce drepturile și știa să împartă ce avea, că doar nu crescuse singură la părinți. Veneau la restaurant mai mult turci și arabi, foarte rar români.

Pe la mijlocul celui de-al doilea an de facultate, Nicoleta a avut experiența primei idile. Povestea de amor a încolțit chiar în restaurantul turcului, într-o seară în care Sidar băuse cam multișor și renunțase la restricții. Era însoțit de alți doi prieteni, la fel de căsătoriți și de turci precum el. Generos, i-a lăsat fetei o bancnotă de 100 de lei pe masă. Când fata a venit să ia nota de plată, el i-a reţinut mâna într-a lui şi i-a şoptit cu o voce mai seducătoare decât telefonistele de la linia erotică:

— Ăstia sunt pentru tine, ai înţeles? Doar pentru tine, frumoaso! zise el printre zâmbete şăgalnice, părând a şti foarte bine regulile localului.

Nicoleta făcuse ochii mari; deşi nu era o sumă colosală, era totuşi cel mai mare bacşiş primit de ea vreodată. Zâmbi frumos, aşa cum socotise că ar trebui să facă, şi se întoarse pe călcâie să plece.

— Cum te cheamă? o întrebă el.

Prietenii lui îşi aruncară ocheade, dar nu comentaseră, nu obişnuiau să-şi împartă prada între ei, dar nici să-i stingherească pe ceilalţi vânători mai norocoşi, iar Sidar era pe cale să înşface căprioara de gât.

— Nicoleta, spuse ea timid.

— Hmm Nicoleta nu-mi place, este prea lung. O să-ţi spun Nika. Eu sunt Sidar. Ne vom mai vedea pe-aici, dragă. Mâine vin pentru tine...

Fata n-a răspuns, s-a ocupat de ceilalţi clienţi, gândindu-se că cei 100 de lei pe care tocmai îi primise ar putea să fie cheltuiţi pe o rochiţă de vară de la Mall — un adevărat lux pentru o studentă care munceşte într-un

53

restaurant. Lucra cam nouă ore cu totul, deși era plătită numai pentru șapte, iar în salariul ei intra și curățenia după clienții restaurantului. Uneori spăla și vase în locul ajutorului de bucătar, atunci când acesta nu catadicsea să vină la muncă, fiind o rudă de-a patronului. Fata privise cu stupoare la început cum celelalte două ospătărițe obișnuiau să mănânce din farfuriile cu resturi ale clienților. Una dintre ele, văzându-i expresia șocată, i-a spus ironic:

— Și, care-i faza? Abia a atins turcu' kebabu'. Nu toate suntem prințese.

— Prințesele nu spală vase! râse cealaltă, Ina.

Fetele, deși o luau des peste picior cu invidie, nu erau totuși rele. Una dintre ele avea douăzeci și unu de ani, doi băieți de patru și de cinci ani, bașca un divorț în desfășurare. Cu asemenea probleme, nu prea-ți mai permiți luxul de a înțelege sensibilitățile altora, deși nu era Nicoleta de vină că ea se căsătorise devreme și că fusese prea imatură ca să știe cum să manevreze consecințele acestui act radical, dar ca să ajungi la asemenea concluzii, trebuie să reflectezi puțin la ele, iar Ina nu obișnuia să facă asta, așa că frustrările ei se revărsau acolo unde se revărsau.

Sidar a mai trecut pe la restaurantul Alladin, așa cum îi spusese fetei. Îi lăsa fetei aceeași sumă de bani, iar ea îi răspundea cu același zâmbet sfios de început de romanță pe ritmuri orientale. Astfel ajunsese Nicoleta, în sfârșit, să aibă nu o rochiță, ci trei, sandale noi, două genți și farduri. De ce farduri? Sidar îi trezise dorința de a părea mai matură, întrucât el era trecut bine de 38 de ani și era o vulpe experimentată în astfel de aventuri amoroase.

Într-o seară, la început de octombrie, Sidar i-a spus fetei că o așteaptă după program, să o plimbe cu mașina lui. Nicoleta, pardon, Nika, pentru că așa i se spunea de atunci, și așa se recomanda și ea singură, nu știa încă ce înseamnă să plimbi o fată cu mașina, altceva decât să intri în mașină, să accelerezi și să ții geamurile deschise, să-ți fluture părul romantic în vântul unui București pregătit să adoarmă visuri. Delicios! În sfârșit, era luată în serios de cineva! Crescuse!

Cred că mă va cere în căsătorie! se gândea ea naiv.

Sidar avea alte gânduri cu ea, voia să cucerească fata așa cum turcii invadaseră pe vremuri teritoriile românești, dar fără a se lega la cap de vreun fel, doar de dragul posesiunii. Nu ar fi fost singura cetate cucerită, ultima fusese chiar o altă ospătăriță de la Alladin, dar Nika nu avea de unde să știe toate aceste lucruri, deoarece cealaltă față își dăduse demisia cu o jumătate de an înainte să înceapă ea să lucreze la restaurant. Nu avea de unde să știe nici de discuția dintre Sidar și patronul ei, care fusese cam așa:

— Foarte frumușică e Nika ta! De ce nu mi-ai prezentat-o?

— Mai bine mi-o lași în pace, ai văzut ce s-a întâmplat cu cealaltă! se stropși patronul la el.

— Era pornită aia, m-a amenințat că-i spune nevesti-mii! Haide, spune-mi că nu ți-ar plăcea și ție un desert ca Nika, o baclava de o asemenea dulceață! Îl momi Sidar în termenii pe care patronul lui Alladin ar putea să-i înțeleagă.

— Nu mai îmi trebuie, toate sunt nebune. Apoi mi-ar cere să o fac șefă de restaurant, n-ar mai face nimic toată ziua. Este prea complicat pentru mine.

— Sunt nebune, ai dreptate. Trebuie să le ții departe de numele de familie, de adresă, de rețelele de socializare nici nu mai vorbesc. Oricum, foarte frumușică e Nika ta..., repetă el ca un disc stricat sau doar ca un stricat.

Nu a fost greu pentru Sidar să o asedieze și să o cucerească pe Nika. Ea nu știa încă nimic

56

despre măritiș, minciuni, complicații și adevăratele lui intenții din spatele gesturilor galante. Câteva plimbări în Mercedesul lui roșu, cu trapa deschisă, ca să-i fluture vântul părul fetei, niște muzică romantică turcească pe fundal, care putea fi la fel de bine un soi de manele turcești, și un pahar de vin înainte de întâlnire au fost suficiente.

— Deschide gura mai mult, Nika! îi spuse Sidar. Nu te-a învățat nimeni să săruți?

Fata nu a răspuns, era puțin supărată de lipsa lui de tact și nici nu voia să pară o amatoare oarecare. Nu știa că asta și voia Sidar, ca de altfel, toți bărbații. Cu cât aveau mai puțină concurență, cu atât se simțeau mai bine în pielea lor, niște învingători ai unor oștiri inexistente. Desigur că niciun bărbat nu ar recunoaște asta, ar împărți femeile în doar două categorii: curve și fete cuminți. Dacă fetele îi refuzau, ar fi zis că sunt proaste sau frigide, dacă s-ar fi culcat cu ele, ar fi zis că sunt curve. Pe orice parte întorceai situația, tot nu era bine. Nika era o fată cuminte care arăta ca o fantezie sexuală, cu alte cuvinte, femeia ideală. Asta nu însemna că Sidar se gândea să divorțeze de soția lui și să se recăsătorească cu fata noastră, nu, nici vorbă. Soția lui, româncă și ea, avea un avantaj pe care Nika nu-l avea: taică-su era unul dintre cei mai bogați oameni din domeniul construcțiilor din București, unul dintre colaboratorii principali ai lui Sidar, care avea și el o firmă de importat materiale de construcții. Între iubire și bani a fost mereu o luptă crâncenă, dar bătălia era deja pierdută, în cazul lui Sidar, pierdută în favoarea banilor.

— Sunt îndrăgostită! Ce sentiment minunat! se confesă Nika unei colege de facultate. Parcă toate păsările ciripesc pentru mine, soarele mă mângâie doar pe mine pe obraji, Sidar mă iubește doar pe mine...

— Ce nume ciudat, Sidar. Ce nație este?

— Turc, răspunse fata cu mândrie de iubită.

— Ăstia's cam fustangii, eu așa știu.

— Poate că ai ceva dreptate. Știi, este căsătorit, dar nu toți bărbații sunt la fel.

— Nu mai spune! se miră colega ei, Gemma, o fată bondoacă, cu ochelari pe nas și aere de personaj desprins din cărțile lui Maupassant. De ce accepți situația asta? Nu avem destul de mulți băieți în facultate?

Într-adevăr, nu erau prea mulți băieți la Litere, iar viitoarele filologe se uitau cu jind după băieții mai interesanți de la Arhitectură. Era suficient să apară unul, cărând nesfârșitul rulou de plastic pe umăr, că toate fetele leșinau pe holurile facultății, una în brațele alteia.

— Va divorța, să știi. Suferă și el mult din cauza situației ăsteia. Îl iubesc, atunci când iubești faci și compromisuri! concluzionă Nika. Oricine poate greși o dată.

— Dacă spui tu...

Gemma nu părea convinsă, iar Nika se bosumflă. Colega nu voia să-i susțină elanul, aruncase deja o umbră de îndoială peste povestea ei de iubire curată.

Este doar invidioasă, își spuse Nika. Este invidioasă pentru că ea este fată mare, pentru că ei nu-i cumpără nimeni cadouri.

Nu se mai confesă nimănui. Îl iubea cu adevărat pe Sidar. Vedea în el potențialul pe care acesta nu va reuși să-l atingă niciodată. Îl iubea cu inocența fetei care n-a cunoscut încă mizeriile făcute de oameni în numele iubirii, nici resemnarea. Da, era căsătorit, dar în romanele pe care le citea ea nicio iubire nu era simplă, ba chiar valoarea acestora era dată de mulțimea de încâlceli și obstacole, de nostalgii și de neîmpliniri. Ar mai fi fost madame Bovary2 subiectul unui roman dacă s-ar fi căsătorit cu bărbatul iubit, ar fi călcat

2   Personajul principal al romanului scris de Gustave Flaubert — Madame Bovary

rufe, ar fi gătit, ar fi făcut copii, trăind fericită până la adânci bătrânețí? Poftim, să mai spună cineva că romanele franțuzești nu pervertesc mintea tinerelor! Ea îl iubea pe Sidar și aștepta cu răbdare și încredere divorțul acestuia. Nu se simțea vinovată. Era prea tânără pentru a înțelege complet impactul ei asupra vieții altora, iar Sidar nu vorbea niciodată despre nevastă-sa, nici măcar nu purta verighetă. Nika nu îi cunoștea numele nevesti-sii, nu o putea asocia nici cu un nume, nici cu un chip. Ea doar exista într-o bulă nebuloasă pe care fata o putea sufla oricând, făcând-o să dispară din realitatea ei.

Când el venea să o ia din fața casei de pe Calea Moșilor, în mașina lui roșie ca de celibatar, strângând-o vârtos în brațe, cu un buchet de flori luate de la florăria din colț, Nika se topea, uita și de îndoielile care ar fi putut încolți în mintea ei de căprioară visătoare.

— Sidar! striga ea și îi sărea în brațe. Mi-a fost dor de tine! Nu ne-am văzut de trei săptămâni, de ce așa?

— E o perioadă dificilă pentru mine, trebuie să mă crezi. Am atâtea pe cap la firmă. Hai, lasă asta, mai bine să mergem să mâncăm undeva, micuțo.

Nika nu-l mai dojenea, nu era suficient cât era el de ocupat la firmă? Să-l mai supere și ea acum când el era în pragul divorțului? Îl înțelegea, îl compătimea ca o martiră. De multe ori nu o ducea nicăieri să mănânce, doar el se înfrupta din corpul ei de cadână, iar ea era fericită să facă foamea pentru el. Turcul oprea mașina prin te miri ce coclauri, în păduri, lângă lacuri, ba chiar și-n spatele unei hale industriale, și-apoi se încingea atmosfera. Dacă ar fi fost un termometru în mașină, de mult timp ar fi explodat mercurul din el de la atâta patimă turcească. O iubea cu tot testosteronul lui, până la limita divorțului, desigur.

— Mă iubești, nu? îl întreba ea cu bluzița ridicată peste sânii tari.

— Te iubesc, Nika! îi răspundea el sincer.

Cum altfel? Cum să nu iubești o fată de nici douăzeci de ani, cu ochi plini de iubire, păr șaten înspicat, buze de culoarea și consistența cireșii pârguite și bluza ridicată peste asemenea sâni feciorelnici? Da, o iubea, mai sincer ca niciodată. Dacă ar fi făcut acum testul la detectorul de minciuni, nici cel mai performant instrument nu i-ar fi găsit cusur în declarația lui înfocată de dragoste.

...și fata își trecea picioarele lungi pe după mijlocul lui, ridicându-și fusta pe care tot el i-o cumpărase. Arșiță, deși ploua afară. Sidar își căuta nerăbdător nasturii de la pantaloni, mai-mai să și-i rupă de nerăbdare, și o mai iubea o dată. Maxim de două ori, așa că era fumător și nici sport nu practica, așa că trecuse deja de linia roșie a posibilităților lui masculine. Nika progresase, o dată cu noul nume cu care o rebotezase Sidar, își schimbase și identitatea, dar și purtarea. Își trecea micuța limbă, alunecoasă ca un melc, peste punctele cardinale ale turcului, insistând pe partea de sud, înnebunindu-l într-atât pe acesta, încât uita frecvent să-și ia fața cea mică de la grădiniță sau băiatul de la cursurile de înot.

În focul întâlnirilor cu micuța cadână — în devenire — își topi Sidar precauțiile și deveni neatent. Cotrobăindu-i prin buzunare, pentru a trimite rufele la spălătorie, nevastă-sa văzu un bon fiscal de la florărie și altul de la un magazin de pantofi. Știind că el nu-și cumpăra pantofi decât în prezența și cu sfaturile ei, aceasta intră imediat la bănuieli și începu să patruleze după el cu determinarea unui câine polițist și gelozia unei femei înșelate, trecute de pragul la care ar fi găsit și ea un înlocuitor conjugal la fel de repede ca bărbatul ei. Sidar n-a observat starea de nervozitate a soției, dar a înțeles până și el că i s-a înfundat, atunci când, ajuns în fața casei de pe Calea Moșilor, unde îl aștepta Nika, nevastă-sa i-a sărit în fața mașinii.

— Păi nu ziceai că te duci la bancă, nerușinatule? Aici e banca ta? Cine stă aici? Ia spune?!

Taman atunci Nika ieșea și ea din curte, îndreptându-se spre Sidar. Auzind țipetele femeii, se grăbi să dea înapoi, dar era târziu. Nevasta de jure3 și de facto4 veni la ea și-o înșfăcă de brațul gol.

— Spune, asta ți-e curvă? urlă ea cu mințile rătăcite.

Abia atunci se trezi Sidar din uluire și, culmea, tot el se supără:

— Lasă fata în pace! Te-a înnebunit căldura! N-o cunosc, nici nu m-aș uita la ea. Știi că doar pe tine te iubesc, își redobândi el calmul și galanteria.

— A câta este, ă?! continuă femeia să urle cu brațul fetei în mână ca pe un trofeu personal.

— Am oprit aici pentru că m-a sunat un client să-l aștept. Vezi că faci balamuc degeaba, spuse Sidar netulburat. Vrei să-l sun și să ți-l dau la telefon? Să afle și el, să știe toată lumea cu ce smintită am de-a face!

---

3 Traducere din lb. latină: „de drept" (din punct de vedere legal)

4 Traducere din lb. latină: „de fapt" (în practică, dar fără reglementare legală)

63

Femeia se opri dezorientată o clipă. Nu știa ce să creadă: ceea ce vedea sau ceea ce-i spunea bărbatul. Grea alegere. Lăsă mâna fetei care încă nu avea nicio reacție. Se uită disperată la cei doi, de parcă ar fi putut citi pe fruntea lor răspunsul pe care-l căuta.

Ca în astfel de scene demne de jucat la Teatrul Național din București, dezastrul nu vine niciodată singur. Atrasă de mirosul de scandal, ascultând cu nesaț țipetele femeii, proprietăreasa respiră și ea din toate foalele, ca și cum lupta o privea direct, gata să intervină pe platoul de filmare. Auzise totul de la fereastra larg deschisă și abia acum, după un an de zile, găsise prilejul potrivit pentru a se răzbuna pe cei 150 de lei pe care ar fi trebuit să-i ia în plus pe chirie, dacă nu ar fi încheiat pactul cu Nika.

— Te minte, stimată doamnă, ea este, ea este stricată! Umblă cu bărbați căsătoriți de pe-acum! O poamă stricată, aia este!

Venele de la gâtul proprietarei se umflaseră și se înverziseră de la veninul strâns de-o viață. Venise și ea lângă mașina turcului, cu mâinile încă murdare de amestecătura pentru chiftele. Mirosea a usturoi și a ceară, că se întorsese de la biserică cu o jumătate de oră în urmă, la țanc să prindă și ea tărăboiul.

64

Nevasta se opinti pe loc doar cât să-și ia iar avânt, de data asta către gâtul fetei, dar Sidar, care nu se pierduse cu firea nicio clipă, se interpuse între cele două. Avea simțul umorului și nu-i era teamă de nevastă-sa, ba chiar o parte din el era mulțumită de acest deznodământ, se săturase de ea până peste cap.

— Haide dragă acasă, nu mai face circ pe stradă! zise el și-o strânse de braț, cu poșetă cu tot, grăbind-o către mașina ei lăsată cu portiera deschisă.

Femeia făcea tot felul de mișcări comice pentru a se desprinde din brațele lui, dar nu reuși. Dădu din mâini și din picioare în direcția fetei, dar soțul aventurier o ținea ca-ntr-o cămașă de forță. Spectacolul nu era nici comic, nici tragic, nici grotesc, era doar un spectacol uman — ca multe altele. Nu avea elemente inedite și nici nu se deosebea prea mult de altele desfășurate pe fundalul cenușiu al mariajului lipsit de iubire.

Nika privea scena înmărmurită; stătea ca o stană de piatră. Nu așa se întâmpla în romanele citite. Nu era nimic romantic în cele ce se petreceau. Se strânse cu mâinile în jurul abdomenului, cât pe ce să verse acolo, pe Calea Moșilor. Hărmălaia iscată adusese vecinii la ferestre. Alții își ițiseră capetele pe gard, ca ciorchinii pe struguri. Erau curioși și agitați ca o sticlă cu șampanie în noaptea de Revelion. Trăiau momentul cu patos. Proprietăreasa le dădea explicații, mustind de fiere la adresa fetei care avea tot ce nu avea ea: frumusețe, sănătate și o viață înainte. O babă mai sensibilă sau, poate, doar mai senilă, luă apărarea fetei ostracizate de gloată:

— Așa de tânără, nici nu știe ce-i dragostea... Cât trebuie să sufere! Lasă, maică, toate trec. Mai sunt bărbați, că n-a fost război demult...

Fata se simți căinată și-i veni să plângă. O singură persoană fusese încercată de compasiune, toți ceilalți voiau mai mult sânge, mai mulți lei în arenă. Nu plânse. Intră în casă și se duse direct la șifonier, aruncând cu furie toate hainele pe jos. Puse totul într-un geamantan mare și plecă cu pași repezi în ocările proprietăresei. Nu știa unde se duce, dar asta nu mai conta. Căra după ea bagajul voluminos, mergând fără țintă. Dădu cu ochii de un pisoi zgribulit, aflat pe marginea străzii, și se văzu pe sine de parcă s-ar fi uitat în oglindă. Fără adăpost, fără nimeni care să te protejeze, lăsat în voia sorții. Luă pisicul în brațe și continuă să-și târască geanta cu rotile după ea. Făcea atâta zgomot, că pisicul tot încerca să-i fugă din brațele care-l țineau strâns, ocrotitor. Putea să se ducă acasă, la Văleni, dar Nika nu făcu asta. Mai avea niște bani în portofel, dar nu mulți. Oricum, maică-sa doar ar fi întărit argumentele proprietăresei, după care ar fi trimis-o la piață să vândă, așa cum o amenințase în repetate rânduri, ceapă, ardei sau brânză în hala mare. Ajunse într-un parc cu pisicul în brațe. Se așeză, amărâtă, pe o bancă. Cei doi erau un tablou înduioșător.

Încă auzea cuvintele lui Sidar:

— N-o cunosc, nici nu m-aș uita la ea. Știi că doar pe tine te iubesc!

Pisicul începu să miaune, trezindu-i instinctele materne. Era atât de murdar încât îi făcuse o pată mare și neagră pe bluza ei albă pe care o pusese special pentru a o admira Sidar.

— Îți este foame? Ce ne facem, iubitule? îl întrebă ea cu toată iubirea pe care și-ar fi dorit și ea să o primească de la cineva.

Își aminti că nu departe de locul în care se afla stătea Gemma, colega cea scundă, care, din fericire, era mare iubitoare de animale. Turrr... turrr... Porni iar cu geantă și pisic pe aleea parcului.

A avut un noroc chior, colega era acasă. A poftit-o să intre și i-a ascultat povestea. Îi era mai mare milă de pisic decât de ea, dar i-a acceptat pe amândoi pentru câteva zile. Gemma își făcea de cap în lipsa părinților plecați pentru o vreme.

67

— Sidar m-a mințit. Nu voi mai avea încredere niciodată într-un bărbat, niciodată! spunea Nika, iar lacrimile îi șiroiau pe față, oprindu-se în blănița pisoiului pe care încă-l strângea în brațe. Nu mai am nici unde să stau, nici iubit. Nu mai am nimic.

— Ai nevoie de bani, îi spuse Gemma, deși dacă ai fi întrebat-o pentru ce anume avea nevoie de ei, nu ar fi știut să răspundă, dar părea cel mai potrivit sfat pentru momentul acela.

— În curând trebuie să mă duc la muncă! își aminti Nika. Poți să ai grijă de pisic până diseară? Vezi că mă voi întoarce destul de târziu, să nu mă aștepți. Uite bani pentru lapte, spuse ea cotrăbăindu-se în geantă.

Nika s-a întors de la restaurant mai repede decât îi spusese Gemmei. Era panică la restaurantul Alladin. De cum intră, se auziră chicotele celorlalte ospătărițe. O întâmpină chiar patronul care-i spuse pe șleau:

— Pot să te mai primesc maxim câteva săptămâni, apoi trebuie să pleci! îi spuse acesta pe un ton ce nu admitea replică. Noi nu facem scandal aici, ne sperie clienții. Toate proastele cad după Sidar. Ce vă face domnule? Cu ce vă amețește?

Nika înțelesese tot. Toată lumea era împotriva ei, acesta era rezumatul acelei zile.

68

Nu știa ce creștea mai puternic în ea, umilința, suferința sau dorința de răzbunare. A plecat din restaurant cu coada între picioare, așa cum plecase și din casa de pe Calea Moșilor. A înnoptat la Gemma, deși nu a reușit în noaptea aceea să pună geană pe geană.

În două săptămâni cât a zăbovit la Gemma, Nika a mai primit o lovitură: era însărcinată. Și-a dat seama rapid că are încă o problemă peste celelalte deja existente, deoarece ea nu obișnuia să leșine, și nici să amețească de câteva ori pe zi. Gemma începuse să o privească cu dispreț, își dorea ca fata să plece cât mai repede din casa ei; îi era teamă că o vor certa părinții pentru că a adăpostit-o. Nici Gemma nu era o fată rea, dar bunătatea într-o cantitate insuficientă, pe care ea o avea de dat altora, se sfârșise. Părinții ei munceau șase luni în Italia, reveneau în țară alte șase luni și-apoi o luau iar de la capăt. Gemma considera că o făcuse destul de mult timp pe bunul samaritean pentru fată și pentru pisica adunată de pe stradă. Nimeni nu voia complicații. Nimeni nu o voia pe Nika.

— Poți face un avort! i-a spus și doctorița. La vârsta ta nici nu ai cu ce să-l crești. Părinții te pot ajuta? Ai unde să stai? Ai logodnic? Ai bani?

****

Nika și-a scuturat capul a negație la toate întrebările. Nu, asta nu era posibil. Nu-și putea imagina cum ar fi fost să se întoarcă la părinții ei cu burta la gură, fără bani și fără studii terminate. Dacă aflau ai ei că era însărcinată cu un bărbat căsătorit, ar fi dat-o chiar ei afară pe poartă. Știa că nu mai putea sta la Gemma, observase cu tristețe schimbarea ei de atitudine.

Luă o decizie disperată. Planul era simplu: va face un credit la bancă. Cu banii luați, va face un avort și va pleca din țară. Nu avea nicio alternativă, cel puțin nu reușea să vadă niciuna în acele momente în care i se părea că diavolii o țineau captivă într-un iad creat din circumstanțele recentelor întâmplări. Nu o ținea nimic în România. Nimic, dar, mai ales, nimeni. Încerca din răsputeri să nu se gândească la situația ei de tânără însărcinată, lua decizii fără nicio emoție, pentru că oamenii care nu mai au nimic de pierdut sunt sărăciți și de emoții, și de temeri.

A profitat de faptul că turcul nu îi închisese contractul de muncă și a depus documentele pentru creditul bancar. Angajații băncii au semnat inconștienți pe contractul stufos, deși dezolarea se citea pe chipul fetei ca o reclamă cu neon așezată pe Casa Poporului.

Avortul a fost făcut ca multe alte avorturi, fără multe întrebări, doar cu câteva analize înainte. Fata avea peste 18 ani, așa că era responsabilitatea ei. Dacă avea 18 ani fără o lună, da, s-ar fi agitat mai mult doctorița, ar fi căutat soluții, ar fi vorbit cu părinții, poate, dar nu era cazul. Nu conta faptul că era mai neajutorată ca un copil de cinci ani, conta doar că este majoră, așa că trebuia să-și poarte povara responsabilității sociale.

În timpul intervenției, Nika era amețită de pastilele luate; nu mai știa unde începe realitatea și unde se termina ea. În timp ce doctorița era cu aspiratorul în uterul ei, acesteia încă îi răsunau în minte cuvintele lui Sidar:

— N-o cunosc, nici nu m-aș uita la ea. Știi că doar pe tine te iubesc...

...apoi ale patronului:

— Trebuie să pleci! Noi nu facem scandal aici, ne sperie clienții. Trebuie să pleci! Trebuie să pleci!

71

Nika plânse pe masă. Boabe mari ca roua se prelingeau din ochii ei închiși. Plecă din clinică pe picioarele ei peste câteva ore, dar nu fără complicații, iar complicațiile au, în general, și urmări. Doctorița îi spusese grav că erau șanse foarte mari ca ea să nu mai poată avea vreodată copii. Nika simțea că i se vorbește despre lucruri covârșitoare, dar nu reușea să înțeleagă ce i se spunea.

Ce naiba vrea asta de la mine? Viața mea e sfârșită oricum, ce mai contează cât e de sfârșită și în câte zece feluri? Nimeni nu se uită la mine cu adevărat? Sunt pierdută!

Simțea că se schimbase și că nu va mai fi niciodată la fel, că doar tușa Catia a ținut la ea, pisicul luat de pe stradă, poate, și copilul care ar fi iubit-o dacă ea nu i-a fi luat șansa la viață. În geantă avea 5 500 de euro, atât îi mai rămăsese după operație. După ce se odihni încă o zi la Gemma, își îndesă iar hainele în geamantan și-i spuse colegei care o privea mulțumită cum își împacheta lucrurile și se ducea pe cărarea ei:

— Plec în Malta, Gemma. Îți mulțumesc pentru că m-ai găzduit.

— De ce tocmai acolo?

— Pentru că nu am de gând să plătesc creditul pe care l-am luat de la bancă. Din Malta nu mă vor extrăda. Nu au lege pentru aşa ceva..., spuse ea ca urmare a unui articol citit în ziar.

Imaginaţia Gemmei se aprinsese atât de mult, mai că îi venea să o însoţească şi ea pe Nika, dar nu făcuse nimic ilegal în ţară, ca atare nu putea veni. Cele două fete erau serioase, trăiau momente importante în viaţă, luau decizii ca toţi adulţii.

— Poţi să ai grijă de pisic pentru mine? o imploră Nika.

— Pot, că nu mă doare mâna, dar doar până când vor veni părinţii mei. Nu ştiu dacă o să fie de acord cu el sau o să-mi spună să-l arunc în stradă. Mama nu suportă animalele şi se crizează de fiecare dată. Abia aşteaptă să aibă ce să-mi reproşeze. Şi e maniacă în privinţa curăţeniei, iar pisica lasă păr cu grămada.

Nika se înfioră. În stradă! Aşa se simţea şi ea. Nu, nu mai putea să se despartă de încă cineva. Prea multe făpturi sunt la voia sorţii. Va lua pisicul cu ea. Cu ce e de vină pisicul că are blană? Nu este ca şi cum ar lăsa părul intenţionat prin casă ca să o supere pe mama Gemmei.

— Eşti nebună! Ştii că trebuie paşaport, cip, nu e aşa de simplu. Mai bine lasă-l la colţ, s-o găsi cineva să-l ia, dacă nu, asta este. Este grea viaţă! îi împărtăşi Gemma filosofia ei răsuflată, pasivă, despre viaţă.

73

Dar era simplu, motanul primi curând un nume, document oficial cu poză care atesta că el aparține Nicoletei Dragomirescu și un cip cât un bob de orez mai mare, ca un cod de bare, o altă invenție umană pentru a enerva animalele și a mai stoarce bani de la părinții lor adoptivi. Îl injectară cu tot soiul de vaccinuri, îl sedaseră și i-l puseseră fetei în brațe, pregătit prună de drumul cu avionul.

****

A plecat în Valletta pe picior mare. Neavând niciodată atât de mulți bani pe mână, fata nu s-a gândit să economisească. Era, în sfârșit, bogată. Cel puțin așa credea. Și-a cumpărat haine, a închiriat prin intermediul internetului o cameră la un hotel, timp de o lună de zile, și-a luat geamantan roz din plastic, ochelari negri și-o cușcă cu gratii, tot roz, pentru Margot, motanul care se dovedise a fi o femelă până la coadă. Așa văzuse ea într-un film, că așa călătorește o domnișoară.

Nu a condus-o nimeni la aeroport. Nu avea cine. Sidar nu o mai sunase de atunci, nici chiar când i-a mărturisit că este cât se poate de însărcinată. Nika îi trimisese un mesaj impresionant, trunchiat de cei de la rețeaua telefonică în două sms-uri distincte:

„Sidar, știu acum că ești un afemeiat de rând și că nu ai meritat niciodată marea mea iubire. Te potrivești de minune cu curca isterică de nevastă-ta. Spune-i că nu-i stă bine în buline, bulinele îngrașă iar ea nu este chiar o trestie. Apropos, sunt însărcinată. Știu, este un șoc și pentru mine. Nu mi se pare normal ca doar eu să decid în privința lui, până la urmă, nu l-am conceput singură. Dacă ai ținut vreodată la mine, vino mâine la adresa asta... Nu știu ce să fac. Dacă mă iubești cu adevărat, vei divorța sau mă vei ajuta să păstrez copilul. Vino!".

Dar el nu venise. Ori nevastă-sa îi interceptase mesajul, ori el era un bărbat de nimic, asta nu a aflat fata niciodată. Nu a vrut să mai știe nimic de el, a păstrat ca amintire doar numele pe care i-l dăruise, Nika, și a plecat.

În cinci ore a ajuns în Malta. Primul ei zbor cu avionul, prima ei aventură. În timp ce se afla deasupra norilor, și-a strâns pumnii, spunându-și de mai multe ori, ca pe o mantră:

75

Niciodată nu o să mă mai îndrăgostesc, niciodată! Niciodată nu o să-mi mai pese de nimeni. Veți vedea voi cine e Nika! le striga rând pe rând — lui Sidar, lui Aian, maică-sii, patronului de la Alladin, chiar și Gemmei și părinților ei.

Era revoltată. Amintindu-și de numele fostului ei iubit, Nika nu-și putuse stăpâni câteva lacrimi rebele, pe care și le șterse cu furie, spunându-și:

Nu te fleoști acum, Nika, dă-l în mucii lui, crezi că lui îi pasă de tine?

Simțea că a ajuns departe. Știa că este un drum fără întoarcere, pentru că nu avea de gând să plătească datoria la bancă, așa că nu se va mai întoarce niciodată în România, și gata. Nu o deranja gândul ăsta, nu avea decât amintiri dureroase din țara în care se născuse. Un petic de pământ este doar un petic de pământ dacă nu ai oameni dragi în jurul tău. Se gândea doar la copilul ei nenăscut, uneori la frații ei și la părinții ei. Nefericirea și remușcările au cuprins-o abia la câteva zile după avort, după ce trecuse de starea inițială de șoc și realizase ce se întâmplase de fapt. Dar era târziu. Pentru unele lucruri este prea târziu, iar Nika învățase o nouă lecție. Simțea că nu mai trăiește, că poate să meargă, să respire, să se îmbrace și să aibă grijă de Margot, dar ceva în ea murise definitv. Parcă cineva o deposedase de emoţii, i le luase pe toate şi i le dosise undeva de unde ea nu le va mai putea recupera niciodată, lăsându-i doar amărăciune în schimb.

****

Valletta era un oraş însorit. Proximitatea mării îi vindeca sufletul. Admira marea pe care o vedea pentru prima dată în viaţă. Timp de o săptămână doar asta a făcut, s-a plimbat pe faleză, însoţită de Margot care mergea în lesă mai ceva ca un câine. Se oprea pe o bancă, sub un palmier bătrân. Aceeaşi bancă, acelaşi palmier. Inspira cu nesaţ mirosul apei. Iubea acest oraş, această bijuterie arhitectonică. Seara mergea singură în centru, pe străzile mărginite de clădirile cu arhitectură barocă. Sub mulţimea de luminiţe viaţa părea că-i promite o fericire neaşteptată sau măcar nu încă o pacoste. Asculta în căştile telefonului versurile melodiei *Downtown*:

When you're alone, and life is making you lonely/You can always go downtown/When you've got worries, all the noise, and the hurry/ Seems to help, I know, downtown/ Just listen to the music of the traffic in the city/Linger on the sidewalk where the neon signs are pretty/How can you lose?/The lights are much brighter there/You can forget all your troubles, forget all your cares...

La căderea nopții orașul se etala maiestuos în luciul apei. Magic. Nu mai văzuse nicicând un loc mai mângâietor. Nika privea cuplurile tinere de îndrăgostiți, care se sărutau sub cerul de azur, și nu vedea decât urăciune. Sărutările lor păreau minciuni, îmbrățișările lor — pecete ale trădării.

Iubirea nu este ca în cărți. Veți vedea voi! se gândea ea, cu experiența vieții ei de până atunci.

În lungile ei plimbări din timpul zilei mai intra în câte un restaurant și îi întreba pe manageri dacă au locuri de muncă disponibile, la fel ca atunci când ajunsese în București pentru prima dată și avea nevoie disperată de job. Nu aveau. Și-a mărit plaja de căutare, a întrebat și la fast-fooduri, benzinării și chiar florării. Nimeni nu avea vreun post disponibil, iar banii ei se împuținau văzând cu ochii. Pentru a nu pierde timpul de pomană, a început să studieze italiana cu un curs online pe laptopul mic pe care și-l cumpărase de cum ajunsese în Valletta. Exersa în fiecare seară:

Io non parlo italiano... Parli più lentamente per favore... Non c'è problema... Di dove sei?[5]

Își răspundea tot singură la întrebări. Margot nu participa la aceste preocupări, era mulțumită să-i toarcă-n poală sau să-și ascută ghearele în canapeaua aflată la picioarele patului. O interesa doar să mănânce, să doarmă și să privească orașul de la fereastră.

— Ai face bine să mă ajuți, o certa Nika. Dacă eu n-am bani, nici tu nu ai ce să mănânci! Trebuie să fii mai responsabilă, Margot!

Dacă resursele financiare nu i-ar fi fost pe sfârșite, Nika ar fi crezut că asta este adevărata fericire, că așa arată Paradisul, ca Valletta. Marea îi era alinare și arhanghel. Câteodată își visa fetița nenăscută; avea părul blond ca paiele de grâu adunate-n snopi pe câmpul de lângă Văleni și ochii albaștri ca marea de safir. În acele nopți, Nika se trezea cu perna udă de lacrimi și apele sufletului îi erau iar răscolite.

****

---

5   Traducere din lb. italiană: „Eu nu vorbesc italiană", „Vorbește mai rar, te rog", „Nu este nicio problemă", „De unde ești?"

Era oficial disperată. Portofelul îi mai arăta 300 de dolari, asta însemnând doar câteva zile de supraviețuire pe teritoriul maltez, poate o săptămână, dar nu mai mult. Plecă iar să-și caute de muncă. Plimbarea ei fusese mult mai lungă și pașii ei erau mult mai nesiguri. Într-un final, se așeză pe ultima treaptă a unui bloc nou construit și-și luă capul în mâini. Nu plângea, nu toată lumea își poate permite un asemenea lux. Disperarea mușca din ea cu colți de lup. Tocmai atunci se nimeri să iasă din scara blocului o femeie, iar Nika o întrebă într-o italiană nesigură dacă se fac angajări în bloc. Femeii nu-i luă mult să realizeze situația ei jalnică. Îi făcu semn fetei să o urmeze și o aduse în fața unei uși, în al cărei prag, după câteva minute, apăru o femeie planturoasă, cu ochi negri, scânteietori sub sprâncene stufoase și cu mult păr negru, sârmos, la subraț. Nika își repetă întrebarea. Negricioasa o examină lung din cap până-n picioare și-i spuse, jumătate în italiană, jumătate în engleză:

— *Bene, bene. You, clean! D'accordo?*6

Ambele femei îi dădură de înțeles că a doua zi de dimineață trebuia să revină la aceeași

6 Traducere din lb. italiană și engleză: „Bine, bine", „Tu faci curat", „De acord?"

80

adresă și să-nceapă treaba. Fata a înțeles imediat. Așa a ajuns Nika și femeie de serviciu. Dădea cu mătura pe treptele imobilului, curăța frunzele în fața lui, spăla scările cu mopul, îi lustruia balustradele, curăța boschetii acaparatori din fața blocului, tăia frunzele cu un foarfece mare și orice altceva îi mai indica administratoarea. Aceasta o înarmase pe Nika cu un șorț de plastic, o găleată roșie, un clește metalic, mănuși și detergent. Uneori venea în urma ei și-i arăta cu degetul câte o pată, pe care-și dădea silința să o găsească, boscorodind în italiană. O enerva cumplit pe Nika, dar asta își și dorea. Nu părea să aibă un alt scop în viață, părea mereu plictisită. Nika ar fi vrut să-i dea cu mopul peste față, să-i șteargă expresia nesuferită, dar, în loc de asta, curăța mai departe cu cârpa udă, storcând-o cu năduf deasupra căldării.

De la facultate, la spălat scări, bravo Nika, devii din ce în ce mai descurcăreață. În ritmul ăsta puteai să rămâi în Văleni, puteai face curat și-acolo. De ce ai mai intrat la facultate? își zicea ironic.

A fost nevoită să schimbe camera din hotel cu una dintr-un hostel ceva mai ieftin. Deși muncea cât un bărbat, banii îi ajungeau doar pentru cazare și mâncare pentru ea și Margot. Nu-i mai rămânea nimic altceva. Intra în panică ori de câte ori proprietara întârzia cu

81

salariul, chiar și o singură zi o destabiliza. Tristețea îi devenise un accesoriu cotidian.

Patru luni a rezistat în ritmul ăsta, dar într-o zi răbdarea ei a luat sfârșit. Scorpia imobilului, administratoarea, nemulțumită de munca ei, a luat găleata cu apă și i-a aruncat-o pe jos, făcându-i semn să curețe după ea. Asta se întâmplase după ce o urmărise pe fată timp de două ore, ca o apendicită inflamată. În locul femeii se ivise ba Sidar, ba nevastă-sa, ba maică-sa — toți care au umilit-o vreodată. Vederea fetei se împăienjeni și nervii îi crăpară în două. A luat cârpa udă și a aruncat-o în fața femeii care a început să vocifereze ca o soprană la închiderea recitalului *Bărbierul din Sevilla*. Reprezentația n-a ținut mult. Nika și-a dat seama că trebuie să fugă repede de-acolo, înainte ca vrăjitoarea să cheme poliția și să se plângă că fata a maltratat-o sau sodomizat-o.

— A dracului de cotoroanță, hoașca pământului! murmura Nika tulburată, ajungând înapoi în camera sărăcăcioasă. Bine că ieri mi-a dat salariul, Margot, și nici acela întreg! se confesă ea pisicii. Ce ne facem acum, draga mea? Peste câteva zile nu voi mai avea ce să-ți dau nici ție de mâncare. Parcă văd că va trebui să te duci pe chei, să-ți procuri singură de mâncare. Știi să prinzi pește? Off, ce să știi tu! N-ai cunoscut umilința ca mine. Ce dracului au toți cu mine? Ce naiba le-am făcut?! Ştii ceva, nu ne mai văităm. Cui îi pasă de noi? Îţi spun eu, Margot, nimănui! Haide, capul sus, mâine caut iar un job.

Fata se încuraja singură, dar spaima o cuprindea în menghina ei şi-i storcea şi bruma de speranţă din ea.

Providenţa s-a îndurat de Nika sau, poate, de Margot, căci niciuna nu a dus lipsă de mâncare până la urmă. Nemaiştiind unde să caute de lucru, a intrat într-o clădire înaltă de sticlă, sediul unei corporaţii, o multinaţională ce activa în domeniul financiar. A fost o întâmplare cu deznodământ fericit. Au angajat-o imediat, o poziţie între femeie de serviciu şi fată la fax, dacă un asemenea job poate fi încadrat în vreo legislaţie a muncii de oriunde de pe glob. Nu avuseseră încotro, cealaltă fată tocmai plecase fără să-i anunţe şi toţi angajaţii se plângeau de dezordinea creată la parter. Nu era cine ştie ce jobul, dar îi ajungea să plătească hostelul, ba chiar şi să-i rămână ceva, cât să-i ajungă de-o cartelă pentru telefon. Când nu dădea cu aspiratorul la parter şi la etajul unu, aduna foile din fax şi le distribuia angajaţilor. Când nu era la fax, făcea copii la imprimantă, punea boabele de cafea în aparat, aranja cănile şi spăla vasele adunate în chiuveta din bucătărie. Nu era o muncă grea. Nu-şi permitea să stea degeaba nici seara, învăţa italiană şi-şi perfecţiona engleza începută din liceu și continuată în facultate.

Ah! De-aș fi putut continua măcar studiile! Cu ce este mai deșteaptă secretara lor ca mine? Poate că aș fi ajuns chiar și la administrație dacă aveam facultatea terminată. Mi-ar fi ajuns banii să mă mut iar la hotel sau să-mi caut ceva cu chirie și i-aș fi luat și ceva lui Margot. M-aș putea duce iar la școală dacă aș avea câteva sute de euro în plus. Cât poate să se chinuie o fată într-o viață?

Studia chiar și la serviciu, citea faxurile înainte de a le distribui, învăța tot ce putuse învăța despre activitatea firmei, știa biroul fiecăruia, unde este și ce rol juca posesorul lui în firmă, învăța ca pe apă toate departamentele, managerii responsabili, ba chiar și numerele lor de telefon. Învăța gândindu-se că într-o zi poate că îi vor folosi aceste informații la ceva, dar nu știa nici ea la ce. Era avidă de cunoaștere, dar nu avea nicio ocazie să demonstreze acest lucru. Nu lega prietenii cu niciun alt angajat, deși ajunsese să înțeleagă tot ce se vorbește în jurul ei și chiar să formuleze fraze complicate, corecte din punct de vedere gramatical, în italiană. Lângă ea era biroul celor de la marketing. Nika nu știa cât erau ei de ocupați sau cât știau să se prefacă a fi ocupați, dar păcăleau pe toată lumea. Nu păreau să aibă decât o singură, mare și lată dilemă: să lase fereastra deschisă sau să pornească aerul condiționat? Toată ziua schimbau e-mailuri între ei pe această temă, se certau și redefineau condițiile lor de muncă pe noi coordonate. Unul se plângea că e prea frig, altul că este prea cald, ori că aerul condiționat conduce microbii către sistemul lor imunitar și-l face praf. Acesta era mărul discordiei, altfel, toți zâmbeau când treceau unul pe lângă altul.

Ipocriți! îi cataloga Nika cu generozitate.

Ce-i drept erau motive pentru ca fata să se amuze de ei. Nu păreau să aibă prea multă personalitate, sau nu una plină de spirit și efervescență, păreau toți resemnați și ascunși, cu excepția unei fâțe, mereu în fustă scurtă, cu decolteul amețitor descoperit până aproape de buric, cu păr oxigenat și buclat permanent. Aceasta părea să aibă prea multă personalitate și încredere de sine. Trăia cu unul dintre directorii comerciali, de acolo i se trăgea expresia de mulțumire și de aroganță neacoperită măcar din respect pentru angajatele care nu făceau sex cu ceilalți directori. O alta, mereu îmbrăcată șleampăt, cu părul ca mătura cu care dereticase Nika toate treptele imobilului administrat de vrăjitoare, avea o voce insidioasă și, când nu muncea, își petrecea timpul analizând cine putea fi raportat directorului de departament. Avea pică îndeosebi pe colegele care stăteau în jurul lui Cecilio, un tip durduliu pe care ea îl plăcea. Desigur că nu îi spunea nimic lui Cecilio, nici nu încerca să-l invite la un film sau la o cină, nu, doar se mulțumea să încerce să ruineze colega care râdea prea mult cu el sau pe cea care i se părea ei că flirtează prea mult.

Ce tâmpită! își spunea Nika urmărindu-i manevrele. Sunt singura de-aici care vede ce se-ntâmplă?

Un alt coleg, Donato, nu se mișca din scaun decât atunci când se așeza pe el. La ora șase, cu precizie de ceasornic elvețian, se ridica de pe el. Astea erau singurele lui mișcări. În restul timpului era adâncit în calculator și nu vorbea cu nimeni. Nu părea ursuz, dar nici cu chef de conversații.

— O să moară aici pe scaun! râdea un alt coleg de Donato. Au greșit că l-au angajat cu contract nedeterminat și-acum nu mai scapă firma de el. E greu să-l mai urnești de-aici, nici Statuia Libertății nu este mai bine poziționată. Are prieteni la Protecția socială. Fine del messaggio!7

Nika observa toate aceste lucruri și tăcea. Asculta tot, analiza tot. Băga la cap. Observa și chiar judeca în voie, niciodată cu răutate, mai mult cu amuzament, dar nu spunea nimic celor din jur. Era mândră de ea, ajunsese să-și

7 Traducere din lb. italiană: „Sfârșitul mesajului!"

fie atotsuficientă; nu avea nevoie de aprobarea nimănui, de prietenia nimănui, de ocrotirea nimănui. Ea era fata care ajunsese din Văleni la Valletta cu un pisoi în brațe și nu avea de gând să se molesească acum. Avea multe întrebări asupra valorilor societății în care trăia. Totul i se părea un adevărat circ uman, un bâlci cu clovni, oameni cu măști, marionete fără voință cu un drum trasat de criteriile majorității. Toți se purtau ca și cum ar ști exact ceea ce aveau de făcut, dar nu știau. O ipocrizie generală. Nimeni nu voia ca altul să-i știe slăbiciunile, toți se temeau să nu dea satisfacție altora, nerealizând că tocmai făcând asta, ceilalți deja le-au influențat modul de viață. Se gândea la sărăcie și la copilăria ei. Fugise atât de departe de punctul de la care pornise în viață, dar nu simțea că s-a eliberat încă de povara fricii de sărăcie.

Tușa Catia mi-a zis să învăț mereu și mi-a mai spus că oamenii mari nu renunță niciodată. Chiar dacă tușica nu a fost un cine știe ce exemplu în această privință, știa ea ce știa, a citit mult la viața ei...

Așa că Nika citea tot ce găsea. În memoria mătușicii, nu mai îndoia colțurile paginilor. Înainte de a dormi își nota activitatea din ziua abia trecută. Se întreba dacă viața îi va oferi doar ocupația de fată la fax până la adânci bătrâneți, dacă fata de la fax va deveni apoi femeia de la fax, apoi bătrâna de la fax, după care va muri ca tușa Catia, în liniște, fără vâlvă.

Nika intra în firmă devreme, mereu la ora nouă fără un sfert. Nu-și permitea să fie dată afară. În fiecare zi era întâmpinată de fata de la recepție, dar nimeni nu-i spunea așa, i se spunea Desk Officer. Era îmbrăcată în cămașă albă, cu un soi de cravată—eșarfă albastră pe care scria cu litere mici: Vip Security. Era foarte demnă și nu răspundea niciodată la salut. Era de înțeles cumva, sute de oameni intrau și ieșeau zilnic pe ușa glisantă. Obositor. Mai era o fată cu aceeași emblemă, dar aceasta din urmă era de contemplat, un caz într-adevăr interesant. Se purta ca un mic Rambo feminin, în miniatură. I se spunea și mai acătării, Vip Security Officer. Încercând să pară impozantă, purta pantaloni precum polițiștii, cu vipușcă, accesorizați cu un dispozitiv de apărare la spate, asemenea unui pistol, deși putea fi foarte bine și un pulverizator cu piper ceva mai rudimentar. Avea ochelari Police și încălțăminte cu talpă groasă, ortopedică, pentru a părea mai înaltă. Avea sprâncenele atât de subțiri, încât păreau două virgule scrise de un copil care abia a învățat alfabetul. Nu zâmbea niciodată. Gesturile îi erau scurte, precum ale bărbaților sau ale mercenarilor văzuți de Nika doar în filmele polițiste sau de acțiune. Își arunca mucul de țigară doar cu buricele degetelor, uitându-se bănuitor în jur, anticipând un pericol care n-avea să vină, probabil, niciodată, dar asta nu o dezamăgea. Continua să fie precaută. Era impresionantă.

Nika începuse să vorbească puțin cu o colegă ce avea sindromul Cotard. Încă nu se împrieteniseră, dar schimbau uneori câteva cuvinte amabile. Era destul de bine atât timp cât își lua medicamentele. Dacă uita vreo doză, nu mai era la fel de bine. Era foarte creativă pe partea de design și făcea parte din departamentul de creație. Într-unele zile se uita cu neîncredere la Nika și-o întreba:

— Ți se pare că sunt mai palidă astăzi? Așa cred. Ceva nu este în regulă. Parcă nu-mi mai aud respirația. Parcă nu mai respir de ieri. Adu-mi repede o oglindă să probăm...

La amiază se mânca la cantina unui fost restaurant din apropiere, din care nu mai rămăsese mare lucru, în afara unei scene unde cântaseră odată niște muzicieni și se dezlănțuiseră pe vremuri mesenii cu chef de dans. Acum nu mai era nevoie nici de scenă, nici de muzicieni. Se punea muzică doar seara la sistemul audio, după program, atunci când începeau să sosească cupluri de pensionari să ia cina, precum și angajații firmei. Nika mâncase și ea de câteva ori la rând acolo din menu-ul nu prea diversificat, ce consta mai mult din paste cu paste. Câteodată, un fost cântăreț, care era mai degrabă un chefliu notoriu decât cântăreț, încerca să-și reia fosta glorie, făcând gălăgie, îmbrâncindu-i pe alții, încercând cu orice preț să ajungă pe scenă și să cânte. Când nu era nimeni prin preajmă, chiar reușea să ajungă la ea, și-acolo, cu glas de bariton, reda începuturi de serenade cărora le uita continuarea. Venea dichisit, la costum, cu floare la butonieră, trăsnind a băutură, și se umfla în piept de parcă în fața lui era audiența de la Albert Hall. Țipa la toți să-i acorde atenția cuvenită. Unii, cu mai multă compasiune sau cu mai mult respect față de muzică, nu protestau, îl ascultau în liniște, dar copiii... Ce te faci cu ei? Ei încă nu fuseseră învățați cum ar trebui să se poarte în orice împrejurare, așa că se prăpădeau de râs văzându-l. Alteori, cântărețul fără scenă, cherchelit zdravăn, voia să-i ia la bătaie pe cei prezenți, pentru niște nemulțumiri de-ale lui mai vechi.

— Așa vă purtați în prezența unui artist de seamă? Nu mai aveți pic de respect pentru artă! Să vă fie rușine! se stropșea acesta la ei.

Avea nasul roșu, umflat, diform și rozaliu, de bețivan, ca o brioșă cu căpșuni.

Interesant, se gândea Nika. Să pretinzi respect atunci când tu însuți nu respecți pe nimeni.

****

90

O schimbare importantă avu loc în viaţa fetei. Nu era importantă prin semnificaţia ei, dar era singura schimbare într-un an de zile, ca atare s-a creat iar forfotă în viaţa ei după 11 luni de letargie. Unul dintre manageri a decis să mute faxul la etajul doi. Unii au obiectat, de parcă era aparatul mamei lor, alţii s-au plâns că trebuiau să urce până la etajul doi, dar directorul nu a cedat. Destul erau călcate în picioare iniţiativele lui în sânul familiei, măcar aici îşi putea impune şi el voinţa, şi cineva chiar îl asculta. Se minuna şi el că un fax mic a creat un tărăboi atât de mare. Evident, Nika a fost mutată împreună cu faxul care nu se descurca să şi distribuie foile angajaţilor, doar le imprima protestând, scârţâind. La o zi distanţă, au adus şi imprimanta lângă fax, poziţionând-o pe Nika între ele. Aproape că nu mai vedeai faţa între cele două instrumente, dar toţi ştiau că este acolo, mai ales bărbaţii. Un alt departament, cel financiar, se întindea acum în faţa fetei.

Am ce studia aici, se bucură fata.

Nu era mare diferenţă faţă de cel de dinainte, doar că angajaţii de aici erau separaţi pe grupuri de către nişte plăci din panel, pe care fiecare lipise ceva aşa cum îl ducea capul şi imaginaţia: fotografii de familie, post-ituri, iar alţii, mai cu talent, desenaseră cu markerul pe ele niște caricaturi. Cel mai aproape de Nika stătea o tipă care părea să nu aibă caracter deloc sau să îl fi împrumutat cuiva care nu avea obiceiul de a restitui ceea ce nu-i aparținea. O chema Alfonsina. Ei bine, Alfonsina vorbea mereu șoptit, de parcă spunea doar secrete terifiante sau ca și cum nu voia să supere pe nimeni cu vocea ei, cu respirația sau cu însăși existența ei.

Nika ieșise la masă cu Alfonsina, dar aceasta nu avea nicio părere personală, iar Nika nu avea nimic altceva decât păreri personale, așa că a fost primul, dar și ultimul prânz luat împreună. Conversația a fost cam așa:

— Ce mult aș vrea să lucrez și eu la altceva decât la fax! Ceea ce faci tu este mult mai interesant! exclamă Nika

Pentru că se cerea un răspuns, deși nu fusese o întrebare, Alfonsina îi răspunse prudent:

— Crezi? Nu știu ce să spun. Ai auzit tu ceva?

— Orice alt job decât cel de la fax este unul bun. Ai văzut cum s-au mobilizat pentru proiectul cel nou? Este dinamism, este energie!

— Poate, nu-mi dau seama. Cine știe?

92

— De ce te-ai îmbrăcat azi în alb? întrebă Nika intenționat voind să vadă până unde mergea incapacitatea de a decide a colegei.

— Ah! Asta! Nu am ales-o eu, mama mi-a zis. Crezi că nu-mi stă bine?

În fiecare zi, de dimineață, Nika saluta toți angajații de la etajul doi. Nu de alta, dar era poziționată lângă ușă și ea venea mai devreme ca toți.

— Buongiorno... Buongiorno... Buongiorno8

— Ce îi tot saluți? o întrebă sec un contabil cu ochelarii mai groși decât fundul unui de borcan de 800 de mililitri. Aici doar șefii se salută, cu restul n-ai de ce să te obosești.

Se dădea mare finanțistul în fața fetei. În realitate, era doar un lingău de rând. În acea zi venise și el la costum. Era într-o perioada în care se decisese să divorțeze — nu era prima dată — și îl interesa subit prestanța lui în fața femeilor. Ba chiar a încercat să flirteze, dar nu avea nici experiență și abia își mai amintea cum se face, așa că eșuase lamentabil cu cele trei tipe din departamentul lui. Se

---

8 Traducere din lb. Italiană: „Bună ziua... Bună ziua... Bună ziua..."

93

văzuse nevoit să renunțe. Până la urmă a revenit la nevastă-sa, la bruschetele și la spaghetele ei cu fructe de mare. N-a avut niciodata ambiții mari.

Chiar atunci când încerca să pară impozant în fața fetei noastre, mimând superioritatea, un neavenit i-a făcut praf prestigiul, care nu exista decât în capul lui, spunându-i:

— Condoleanțe. Cine ți-a murit? întrebă colegul inocent, observându-i costumul negru, care nu părea croit pentru el, ci pentru altcineva mai solid.

Dar tu de unde dracului mai ieșit în cale? se întrebă înciudat contabilul. Nu răspunse, se întoarse cu spatele și plecă, lăsându-i pe cei doi ridicând din umeri.

La un alt birou, nu prea departe de Nika, se afla o tipă cu un corp de actriță porno, cu toate curbele la locul lor, destul de periculoase, dar un chip serios de avocată care își pledează propriul caz, pe viață și pe moarte, la bară. Mimica feței o ducea pe Nika cu gândul la o profesoară de chimie acră care preda la un institut de fete. Ceea ce era remarcabil la ea era lipsa oricărei legături între corpul ei sinuos și atrăgător și expresia feței, mult decât severă și rece, ca un congelator. Probabil că acesta era motivul pentru care n-o asaltase niciun bărbat din firmă, nici măcar contabilul disperat în costum de cioclu. Nu reușea niciunul să găsească acele puncte care să-i unească trupul de dansatoare din buric de față veșnic austeră.

Aș vrea să o văd cum se uită la un film porno! se amuză Nika înfundat.

O altă colegă cu părul vopsit alb ca varul o invită neașteptat pe Nika la masă. Fata acceptase, gândindu-se că așa își putea exersa cunoștințele de limbă italiană. I se părea destul de drăguță și amabilă, o raritate pe-acolo.

— Ce nuanță interesantă ai la păr! remarcă Nika, gândindu-se că seamănă cu un personaj de desene animate, precum Crăiasa Zăpezii.

— Vrei să-ți spun de ce îl vopsesc alb? întrebă ea șoptit.

Nika răspunse cu un zâmbet și ochi mai mari decât de obicei, așa că ea continuă:

— De la elfi... continuă ea serioasă.

— Poftim? întrebă Nika nedumerită.

— Da, de la elfi. Îmi plac foarte mult elfii. Cred că și eu sunt unul. Ce spui de asta? M-am obișnuit cu ideea că nu-mi vor crește urechile mai lungi și nu voi putea trăi și eu sub pământ, dar măcar părul pot să-l am alb.

Nika ridică o sprânceană.

Măcar e hazlie, se gândi ea. Sau nebună. Sau hazlie. Clar nebună. Și eu sunt fata care e pusă să pupe-n fund faxul?! Tare-mi place de ea! Mă face să mă simt validată.

Din nefericire, singura colegă pe care Nika a plăcut-o, domnișoara elf, s-a mutat la un alt etaj și, odată cu mutarea, nu a mai căutat-o deloc. Le povestea altor colege regretul ei. În locul ei s-a mutat un altul, proaspăt angajat. Un tip de vreo 30 de ani cu haine mereu mult prea strâmte. Acesta râdea ca un șoarece, sau cum ar fi râs un șoarece dacă ar fi râs. Hohotea de fiecare dată în cel mai absurd moment și niciodată când râdeau și ceilalți, niciodată când era ceva amuzant. Mereu agitat, arăta ca și cum, emoțional, rămăsese în copilărie, de unde nu mai reușise să se desprindă. Ba chiar și gesturile pe care le făcea într-un moment de mic triumf personal dădeau la iveală pragul afectiv la care el se afla. De obicei, lovea ușor cu palma un coleg, izbucnind în același râs nervos ca al unei persoane aflate în pragul unui colaps nevrotic sau care nu și-a luat Xanaxul la timp. Nika a renunțat să mai încerce să lege prietenii, până la urmă, și-a zis că îi place propria ei companie și n-a mai ieșit cu nimeni la masă, n-a mai purtat alte discuții decât cele strict legate de muncă.

Era nemulțumită însă de același lucru. Chiar și după o mărire de salariu, tot nu câștiga suficient pentru a-și permite să-și reînnoiască garderoba prea des, așa că privea cu jind la colegele care aveau haine Dolce & Gabbana sau măcar strălucitor de noi. Degeaba negociase cu administratoarea hostelului un regim de chirie ceva mai acceptabil. Banii nu erau suficienți, ăsta era adevărul. Stând între fax și imprimantă, Nika se uita le ele și ofta.

De ce să mint? Tare mi-ar plăcea să am și eu un salariu ca al lor..., îi spunea ea lui Margot atunci când ajungea seara acasă.

Pentru că era dornică să învețe, Nika rămăsese iar peste program. Citea un articol din ziarul financiar despre o finanțare în care era implicată direct firma la care lucra. Articolul făcea parte din corespondența unuia dintre fondatori și ea îl citise înainte să i-l înmâneze acestuia. Nu începuse bine lectura, că se apropie de ea, timid, tipul care repara faxul și imprimanta când acestea dădeau rateuri, ceea ce nu se întâmpla rar. Avea un contract de colaborare cu firma la care lucra Nika, iar în restul timpului vizita și alte unități comerciale. Tânărul nu era chiar un playboy, de altfel nici nu avea cu ce. Mereu împrumuta bani de la părinți. Nici fizicul nu-l ajuta, era scund, nasul i se lățea pe jumătate de față, ochii mici îi erau înfundați în cap, dar deși avea o gură frumos conturată, doar ea singură nu putea face miracole în interacțiunea lui cu femeile. Nika fusese mereu amabilă cu el, dar iată că angajatul interpretase greșit lucrurile și îi spuse, fără nicio altă introducere, că ar vrea să se căsătorească și că nimeni nu ar fi mai potrivit decât ea.

Cam are nevoie de însurătoare, constată Nika privindu-i fața plină de coșuri, dar eu ce vină am?

— Îți mulțumesc, Roberto, dar tu ești prea tânăr ca să te însori! Ce-ți veni?

— Știi că te plac, să nu-mi spui că n-ai observat. Și' știu că îmi răspunzi sentimentelor mele.

— Îmi pare rău că te-am indus în eroare, nu asta am intenționat, dar eu chiar nu vreau să mă căsătoresc. Nu am intenționat să flirtez cu tine, ai interpretat tu puțin greșit comportamentul meu.

Cererea acestuia venită din senin o cam iritase. Nu terminase războiul cu specia masculină reprezentată de Sidar în viața ei. Plătise prea mult pentru o clipă de naivitate, așa că nu era impresionată de propunerea colaboratorului de-a o lua de nevastă. El părea o fire foarte blândă și iubitoare, cu ochi calzi de bovină, dar pragmatismul din ea nu s-a putut abține să nu se întrebe:

Oare dacă ar fi fost și el extraordinar de frumos, ar mai fi avut aceleași calități sau comportamentul lui ar fi fost asemănător cu al lui Sidar? Cât din felul în care arătăm ne forțează să ne purtăm într-un fel sau altul? Cu adevărat excepțional este să găsești oameni înzestrați de la natură, frumoși, și care să aibă și un suflet mare. Sunt puțini aceștia din urmă, dar desigur, nici nu-i putem judeca pe cei care sunt sau par a fi buni la suflet, dar nearătoși, pentru că nu vom putea niciodată demonstra această teorie. Asta dacă nu cumva persoana respectivă decide să aibă grijă de corpul ei, să slăbească, să facă sport, poate să apeleze la chirurgie estetică și, cu toate acestea, să își păstreze frumusețea interioară. Doar așa frumusețea interioară este o certitudine și nu o lipsă de alternative. Dacă accept să mă căsătoresc cu Roberto aș avea și eu o casă și nu aș mai duce grija zilei de mâine. Ah! Ce spun aici, nici vorbă!

****

Într-o seară de vineri Nika zăbovi cu mult peste ora șase. Se înserase de-a binelea când l-a văzut lângă ea pe don Giovanni, unul dintre fondatorii principali ai firmei. Don Giovanni era respectat de către toți angajații. Avea un farmec discret care-l făcea să fie remarcat imediat de către ceilalți. Cam corpolent pentru vârsta de 60 de ani, acesta era totuși mereu bine îmbrăcat, cu freza neagră ca păcura, dată pe spate cu gel, având o vorbă bună pentru fiecare angajat. Le reținea numele și vorbea cu toți, dar până atunci nu ajunsese și la Nika.

— Bună seara, Nika, citi el pe ecusonul fetei aflat pe clapa buzunarului, fix deasupra sânului ei drept.

— Bună seara, don Giovanni! răspunse fata surprinsă de apariția lui neașteptată. Îl mai văzuse de câteva ori, însă era surprinsă că i se adresa.

Nika era stingherită. Dintre toate zilele în care era îmbrăcată mai mult decât cuviincios, fix atunci era în fusta care intrase la apă ca

100

naiba, pentru că o spălase la peste 40 de grade o dată. Nu citea niciodată ceea ce scria pe etichetele hainelor, așa că scosese uimită fusta din mașina de spălat, aproape lăcrimând, deoarece abia o cumpărase și nici nu știa când va mai avea bani de alta.

Când naiba a apărut ăsta lângă mine? Poate că mă va da afară că am pe mine batista asta. Sper să nu-și sufle nasul în ea...

— De ce stai atât de mult peste program, signorina?... o inspectă el curios.

— Am avut ceva de terminat, iertați-mă, vă rog.

— Nu mai este nimeni în firmă în afară de tine. Și de mine! se corectă el. Mi se pare că lucrezi mai mult decât tot departamentul financiar la noul proiect, râse el.

— Vă referiți la South Diamond? se dădu mare Nika.

Don Giovanni râse și mai tare. Examină lung fata speriată, dar puțin malițioasă.

— Ce poziție ai tu aici, ce faci mai exact?

— Femeie de serviciu pe cartea de muncă, răspunse ea, de data aceasta fără mândrie.

— Ce naționalitate ai? De unde vii? reluă el șirul întrebărilor. O scânteie nouă se aprinse în ochii lui, dar asta era tot ce se putea observa, altfel, părea că doar este amabil cu o angajată care stătea peste program fără să fie nevoie.

— Sunt româncă, din București.

Nu spusese că vine din Văleni, că oricum n-ar fi știut don Giovanni unde este acesta. În plus, București suna mult mai bine.

— Cu cine ai venit în Malta?

— Singură, don Giovanni.

— Nu e lumea prea mare pentru tine? Câți ani ai?

— 19, dar simt că am trăit un secol. Poate două.

— Ai venit cu avionul din România? Mie mi-e frică de avion.

— Cu avionul, da. Nu mi-e frică. Nu e mare lucru să mori! Nu știu de ce toată lumea acordă morții o asemenea importanță. Până la urmă, durează doar o secundă, spuse fata convinsă de cuvintele ei.

Directorul făcu o mică pauză. Părea că examinează fata cu atenția sporită de răspunsurile ei agile. Îi plăcea voiciunea

102

minții ei, îi admira trupul subțire, deși nu era pus bine în valoare de hainele pe care le purta. Picioarele lungi și subțirele îi ieșeau cam osoase din fusta scurtă intrată la apă, iar cămașa avea mânecile prea lungi. Nu era aranjată, avea unghiile tăiate scurt, dar îngrijite; chipul ei însuma trăsături armonioase: nas mic, ochi albaștri mărginiți de gene negre și dese, deși cam scurte, iar sprâncenele păreau desenate de o mână sigură, aproape împreunate deasupra nasului. Avea buzele pline, căzute într-un zâmbet frânt. Ceva lipsea de pe chipul ei, era prea multă neîmblânzire, prea mult tumult. Când surâdea, era evident că nu o făcea prea des, căci buzele i se arcuiau nesigure, iar ochii i se îngustau ca și cum ar fi pândit următorul pericol.

Seamănă cu o pisică sălbatică. Cred că este cea mai frumoasă fată din firmă, poate și din Valletta, își spuse bărbatul.

— Să vii mâine în biroul meu la ora prânzului, te rog.

Sigur mă dă afară. Sigur! se gândi Nika. La naiba cu el!

— Da, don Giovanni, răspunse respectuos.

A doua zi Nika se frământa pe canapea dinaintea uşii directorului, împreunându-şi gleznele şi desfăcându-le la loc. Îşi făcuse mii de scenarii despre ceea ce voia el să-i spună, dar rămăsese doar la două, pe care le considera mai plauzibile decât celelalte.

Ori mă dă afară, ori vrea să mă culc cu el! Ce altceva?

Când auzi că poate să intre, îşi îndreptă spatele, gândindu-se că iar va rămâne fără bani de mâncare pentru ea şi Margot, dar cum se obişnuise să înfrunte vicisitudinile vieţii, era pregătită să-i ţină piept şi acestea.

Don Giovanni stătea la birou, dar se ridică atunci când fata intră speriată în încăpere. Nu îi vedea ţinuta şleampătă, părul care ar fi putut fi aranjat mai bine sau pantofii mult prea purtaţi. Îi vedea doar expresia de pisică hămesită, fugărită de câini prin tomberoane. Nika înghiţi în sec atunci când a fost poftită să ia loc. S-a aşezat pe fotoliu ca pe un arici zburlit, neîndrăznind să mai ia vreo atitudine sau să mai facă vreo remarcă inteligentă.

— Ce spui, Nika, dacă de mâine viaţa ta s-ar schimba?

— S-a schimbat de atâtea ori, don Giovanni, ştiu doar că voi supravieţui, nu se putuse ea abţine de la această mică laudă.

104

— O afirmație foarte interesantă venind de la o domnișoară de vârsta ta. În mod cert, ești o tânără neobișnuită. Și frumoasă. Spune-mi, ce părere ai despre bărbați?

Opa! vrea să flirteze cu mine, se gândi Nika. Director sau nedirector, vede el! Drept cine mă crede? Am făcut și cea mai joasă muncă, dar asta n-o voi face niciodată! Ce mă ia așa pe ocolite, crede că sunt vreo tâmpită?

— Nu mă interesează acest subiect, îmi pare rău că vă dezamăgesc, îl asigură ea semeață.

— Subiectul nu pare să te încânte, este clar. Probabil că specia masculină te-a dezamăgit deja. Ești foarte tânără, dar nu suficient de copilă pentru a nu fi cunoscut deja niște adevăruri inconfortabile, se pare. Ce spui dacă îți dau ocazia să-ți iei revanșa pentru ceea ce ți-a lipsit și să câștigi mai bine decât toți managerii de departament la un loc?

Sigur de banii ăștia îmi cere să mai fac rost și de vreo două prostituate tailandeze. Să-l ia naiba de italian pervers! se revoltă ea.

— Aș zice că este o ofertă cel puțin ciudată, dar v-aș asculta, spuse precaută ciulind urechile. Îi era ciudă că-l respectase până acum, iar el se dovedise a fi mai pervers decât se așteptase.

Dacă don Giovanni era perfid sau nu, rămâne de demonstrat dar, cu siguranță, nu era perfid în sensul în care fata-l suspecta.

— Ascultă-mă atunci. Vom vorbi despre propunerea mea chiar în seara asta. Va trebui să mai ai puțină răbdare, pentru că aceasta nu este o conversație de purtat în sediul firmei; vei vedea de ce. Vino să iei cina la restaurantul Primavera — nu este departe de-aici. Știi unde este sau să vin să te iau de acasă?

Asta ar mai lipsi, să vină cu nu știu ce bolid să mă ia din hostelul aflat după un gang, la marginea orașului. Aș vrea să o văd și pe-asta!

— Îl știu. Vin pe jos în fiecare zi, spuse Nika dorind să-și poată lua cuvintele înapoi.

— Bun. Ora opt, o masă va fi rezervată pe numele meu, nu uita. La revedere, Nika!

Nika ieși mai descumpănită decât intrase în biroul aflat la ultimul etaj al clădirii. Nu înțelegea ce voia să-i propună domnul Giovanni, știa doar că nu va mai fi amanta nimănui, plătită sau neplătită. Cu toate acestea, purtarea lui nu îi dăduse niciun motiv să creadă că asta-și dorea de la ea, se purtase absolut profesional, dar ciudat de misterios.

106

E doar o invitație la cină, nu risc nimic. În cel mai rău caz este un bătrân țicnit care mă va da afară din firmă după ce voi mânca o lasagna gătită excelent! Haide, poate și un tiramisu.

*****

... — Ai înțeles ce ai de făcut, Nika?

— Să mă întâlnesc cu bărbații cu care dumneavoastră vreți să încheiați o afacere și să îi conving să semneze? Să le dau bani și-atât? Le dau bani și primesc bani? Fabulos!

— Ai uitat ceva, Nika. Te vei plimba prin toate colțurile lumii, vei călători și vei avea toate cheltuielile plătite. Cele mai bune hoteluri, cele mai bune locații. Te vei vedea cu ei, uneori la birourile lor, deși aș prefera să lucrezi în locuri mai intime, precum restaurante, baruri sau cafenele. O singură regulă, ține-o minte bine: nu te întorci până când nu ai o înțelegere, măcar verbală. Vreau

107

semnătura lor pe contractele pe care ți le voi pune la dispoziție.

— Nu știu de ce, dar sună ca un pact cu diavolul! exclamă fata.

— Într-un fel, este, nu-ți ascund asta. Dacă preferi să fii femeie de serviciu și să imprimi hârtii, eu nu-ți impun nimic. Să știi că poți ajunge pe un alt post, poți fi asistenta vreunui director. Dar poți fi chiar mai mult de atâta. Este alegerea ta, dar trebuie să fii conștientă că este o ofertă unică. Nici eu nu sunt sigur dacă ești cea mai potrivită pentru ceea ce caut eu, deși toate instinctele-mi spun că ești. Acum ești o frumusețe neșlefuită, dar chiar și frumusețea se duce, ceea ce va conta mai târziu vor fi șansele pe care le-ai avut și cum ai știut să le valorifici. Altfel, vor rămâne doar regretele unei vieți irosite. Gândește-te bine la ceea ce ți-am spus. Nu vreau să te presez, nu este deloc intenția mea, dar adevărul este că eu pot găsi o altă fată, tu poți spune același lucru despre ceea ce îți ofer?

Nika se gândea. Se foia pe scaun. Don Giovanni avea dreptate. Parcă vorbea despre tușa Catia și despre temerile cele mai intime ale ei. Nika înfipse furculița-n farfuria cu paste în sos. Se simțea ca Mata Hari, un fel de spion sau o seducătoare, poate ambele. Nu m-aș fi gândit niciodată că există astfel de oferte, astfel de roluri de jucat, cu mize atât de mari. Cât de ciudată este viața mea, parcă merg mereu pe sârmă. Dar cât de des ți se oferă oportunitatea de a-ți schimba viața radical? Ce-ar spune Mihaela din Văleni dacă m-ar vedea acum? Probabil că ar continua să amestece mămăliga în ceaun și-ar spune poate „— S-a ajuns a dracului!". De ce am plecat din sat? Ca să descopăr lumea, nu? Au săracii de ales vreodată, cu adevărat?

— Este legal ceea ce îmi cereți să fac totuși?

Don Giovanni se strâmbă niţel, încrețindu-și fața și descrețind-o la loc.

— Când vorbim despre asemenea sume, dragă Nika, diferența dintre legal și ilegal este ca un pod pe nisipuri mișcătoare. Eu cred că ești o fată destul de deșteaptă care știe ce întrebări trebuie adresate și care nu. Nu toate întrebările aduc răspunsurile pe care vrem noi să le auzim. Vei învăța cu timpul, este normal să fii precaută, dar, crede-mă, cu cât știi mai puțin, cu atât va fi mai bine pentru tine. Ai nevoie să știi exact ceea ce te voi învăța eu, nimic mai mult. Este spre binele tău.

— Să presupunem că aș accepta. Doar presupunem. Ce ar trebui să fac prima dată?

— Ai zbura peste câteva zile la Rio de Janeiro. Avem acolo o treabă ce nu mai trebuie tărăgănată o secundă în plus. Am nevoie de ajutorul tău.

— Dar... ce salariu aș avea? Dacă aș accepta, desigur, continuă fata să-și dea importanță.

Don Giovanni își apropie scaunul de cel al fetei.

— În astfel de meserii nu există salariu, Nika. Nu este o meserie în sine, adică nu vei putea trece asta pe CV mai târziu, dar la ce CV ai tu, nu cred că este mare pagubă. Vei câștiga un procent din afacerea încheiată. Un procent semnificativ. Dacă lucrezi pentru mine câțiva ani, nu mai ai nevoie de un alt job mai târziu, crede-mă Depinde doar de tine ce rezultate vei avea. Este cel mai corect lucru din lume. Câștigi exact cât muncești. Dacă vrei să aproximezi, îți pot spune cam care ar fi procentul tău din afacerea de la Rio de Janeiro...

Bărbatul îi șopti suma la ureche, teatral, uitându-se la ea cu un zâmbet șiret.

Fetei îi căzu furculița din mână. Pe față i se citeau atât neîncrederea, cât și ambiția de a reuși într-o lume care îi fusese mereu ostilă. A decis imediat. Era șansa ei. Își aminti cum obișnuia să-și treacă degetul arătător pe atlasul bibliotecii din Ploiești, spunându-și: Într-o zi voi ajunge și acolo, și acolo... Sosise timpul ei.

— Rio de Janeiro sună extraordinar! strigă fata entuziasmată.

— Nu atât de repede, Nika. Mai sunt lucruri pe care trebuie să le știi. Îți voi trimite materiale de studiat. Trebuie să înveți despre piața financiară, despre piața bursieră și trebuie să cunoști foarte bine profilul firmei noastre, precum produsele și serviciile pe care le prezentăm clienților. Trebuie să știi cine sunt competitorii noștri. Aceasta este partea care, poate, te va plictisi puțin, dar este necesară. Încă ceva, când vei fi în fața unui client vreau să arăți impecabil. Trebuie să seduci. Vei fi mereu politicoasă până la limitele tale, dar amintește-ți că nu ai voie să te întorci fără a încheia înțelegerea. Vei evita să existe o a treia persoană atunci când le prezinți propunerea, vei evita și camerele de filmat din încăperi, fie că vorbim de un hol prin care treci. Le propui un alt loc de discuție, unul mai cofortabil. Când vei vorbi cu mine la telefon nu vei pronunța cifre și nume sau nu vom vorbi doar în termeni generali. Când ne vom vedea, va fi la un restaurant, la ora pe care ți-o voi trimite eu printr-un mesaj. Trebuie să înveți toate acestea așa cum ai învățat cât ai stat aici treburile companiei cu care nu aveai nicio legătură. Mai este ceva, Nika, trebuie să știi că vreau să-mi fii loială. Ăsta este cel mai important lucru pentru mine, să știu că pot conta pe tine.

— Nu am nimic de pierdut, doar de câștigat, așa cum ați menționat deja. Puteți conta pe mine, don Giovanni.

— Vorbești engleză, nu-i așa?

— Da, mai bine decât italiana.

— Bun, bun. Ești deșteaptă, spuse el apreciativ.

Fata îl vedea într-o lumină nouă, ca pe o figură paternă. Începea chiar să-l îndrăgească.

Începe să-mi fie simpatic macaronarul. Parcă sunt într-un film cu mafia siciliană. Ce incitant! reflectă ea încântată.

— Bun. Vei primi un avans pentru a te face prezentabilă. Îl vei primi mâine în contul în care ți se virează salariul. Îți vei face singură formalitățile de călătorie, singură vei alege hotelul și vei plăti facturile. Cheltuielile tale vor fi înregistrate separat și nu vor fi în numele firmei. De mâine nu mai vii la serviciu, treci doar de dimineață și ceri un laptop și un telefon secretarei mele. Peste două zile ne vedem tot aici, la aceeași oră. Miercuri trebuie să fii în aeroport neapărat. Din informațiile mele, domnul Oliveira va fi la serviciu a treia zi. Nu-l cunosc decât din vedere, ne învârtim în aceleași cercuri, dar sunt convins că te vei descurca de minune.

Dacă totuși el te întreabă ceva ce nu apare în documentele pe care ți le voi trimite și tu nu vei ști să-i răspunzi, distrage-i atenția sau spune-i că-i vei da această informație mai târziu, după ce mă contactezi.

Nika a plecat buimacă de acolo. A ajuns la hostel și încă nu-i venea să creadă ce ofertă primise. Oferta ofertelor! Minunea minunilor! Trei coruri de îngeri cântau la saxofon în jurul ei, pentru ea. Nu mai era vorba de o pianină pentru o viață, de data aceasta miza era atât de mare că o uluise pe moment și uitase să mai comande tiramisu. Satul Văleni va rămâne undeva în colțul memoriei, Sidar, o bagatelă de bărbat fără importanță, căci ea, Nika, se va reinventa încă o dată.

Domnul Oliveira! Ce frumos sună numele ăsta! Voi călători în stil mare, voi încheia afaceri! Ah, Margot! Cu cine o las pe Margot când voi călători?

Își aminti de avansul pomenit de domnul Giovanni și se liniști. Surâse sigură pe ea. Știa ce avea de făcut.

O să închiriez un apartament și voi plăti pe cineva să aibă grijă de pisică. De mâine voi fi și eu bogată. Mă doare capul de atâtea gânduri. Nu te îngrijora, Nika, ia-o ușor, își spuse. Orice plan mare începe cu un pas mic, se încurajă singură.

113

Nika adormi aproape de zorii zilei. Era tulburată, emoționată, deși puțin temătoare. Nici ea nu știa cum mai era. Ceva însemnat avea să aibă loc în viața ei. Încă o dată.

****

Într-adevăr, avansul substanțial acoperea lejer chiria pe două luni a unui apartament, cu o proprietară în vârstă, dar care nu avea nimic în comun cu fosta proprietară din Calea Moșilor. O femeie foarte de treabă. O găsise și foarte repede. Mai avea și ea două pisici, așa că nu era nicio problemă în privința lui Margot. Nika ar fi plătit-o și dublu, numai să le accepte pe amândouă. Se mută în aceeași zi după ce vorbi cu ea, oricum nu avea multe lucruri. Au încăput toate în portbagajul unui singur taxi. Margot a protestat din cauza mutării, dar s-a resemnat în cușca în care era transportată către noua viață. După ce-și despachetă lucrurile fata își petrecu restul zilei citind materialele pe care le primise pe e-mail de la don Giovanni, în același timp cu laptopul pregătit de secretara, care se uitase lung, dar cu un respect neașteptat, către Nika.

Urmând instrucțiunile lui don Giovanni, plecă la coafor, apoi la cosmetică. Ce răsfăț pentru ea! După ce termină, părul ei lung era perfect întins și mătăsos la atingere, unghiile ei aveau o manichiură impecabilă. Își permisese și un masaj care o relaxase până la limita indolenței. Abia se dezlipise de masa de-acolo, era relaxată și alintată de mâini pricepute. Ieșise o altă persoană din salonul de frumusețe, cu fruntea sus și coloana mai dreaptă ca niciodată. Se uită în oglindă și nu se recunoscuse. Trecu și prin câteva magazine și-și cumpără nerăbdătoare seturi de lenjerie intimă, două rochii de seară, trei costume de zi, business, pantofi și sandale cu toc stiletto. Când se înapoie, proprietara apartamentului se uită lung la ea, admirativ:

— Bella donna10!

Are dreptate. Belladonna11, așa mă simt, o femeie de care ar trebui să te ferești ca de mătrăgună, își spuse Nika, dar nu se simțea vinovată deloc de această afirmație, chiar era încântată de noul rol pe care-l va juca cu determinarea omului disperat.

Și cine a spus vreodată că banii nu contează? Nika se simțea altcineva, simțea că are demnitate și libertate, lucruri neprețuite care veniseră în același timp cu neobișnuita ofertă. Știa că va avea un preț de plătit, dar știa și că nu putea alege altceva. Ar fi trăit în

---

10 Traducere din lb. Italiană: „Femeie frumoasă”
11 Joc de cuvinte. Atropa belladonna sau mătrăguna este o plantă erbacee toxică

115

continuare o viață mediocră, poate că ar fi găsit până la urmă un alt Sidar necăsătorit, după ce inima i-ar mai fi fost zdrobită de câteva ori, dar Nika nu mai avea nevoie de un bărbat. Avea nevoie de ea însăși, avea nevoie de provocări mari pentru că avea ambiții mari, iar don Giovanni o călăuzea spre ele.

Nika, trebuie să te cizelezi acum, vei fi o femeie fatală! Hainele astea au nevoie de o atitudine pe măsură. Și nu mai înjura, naibii!

****

Rio de Janeiro era un oraș neobișnuit de mare și de agitat. Nika se simțea pierdută de parcă avea cinci ani și tocmai se rătăcise de maică-sa în metroul din Beijing la ora de vârf. Se reculese. Nu avea timp să admire orașul, venise cu o treabă importantă de făcut și nu-și permitea să caște ochii aiurea.

Nu ești turistă, ce tot caști gura, revino-ți în simțiri! se încurajă singură.

Era prima ei misiune oficială și nu voia să-l dezamăgească pe don Giovanni, singurul bărbat care-i oferise o şansă reală. N-a mai pierdut timpul cu contemplări, deşi oraşul era feeric, ci a pus la cale un plan simplu şi, spera ea, eficient. S-a cazat la un hotel în apropierea sediului celui pe care trebuia să-l convingă cumva să încheie afacerea, domnul Oliveira, şi-a admirat în oglindă noua imagine şi s-a aplaudat singură. Şi nici n-a înjurat.

A doua zi de dimineaţă, cu adresa firmei în mână, îmbrăcată ca o adevărată femeie de afaceri, cu un sacou strâmt şi-o fustă care-i scotea în evidenţă picioarele lungi şi linia coapselor, machiată în asemenea fel încât ochii ei albaştri să hipnotizeze, pe tocuri înalte, cu care încă nu era obişnuită să meargă, Nika intră poticnindu-se în clădirea firmei. Anunţă fata de la recepţie despre dorinţa ei de a-l vedea pe CEO, domnul Carlos Oliveira, dar se lovi de primul obstacol:

— Agenda domnului director este plină. Ne pare rău. Da, l-am anunţat. Vă rugăm să veniţi în altă zi, domnişoară. Nu avem autorizarea necesară de a face noi programări.

Nika ieşi mohorâtă din clădirea impunătoare. Se simţea mică-mică, deşi intrase în clădire ca o cuceritoare. Nu ştia ce

117

să facă. Intră într-o cafenea unde ceru, evident, o cafea, își scoase laptopul din geantă și căută știri despre Carlos Oliveira. Fotografiile de pe internet îi dezvăluiau un bărbat de vreo 35-40 de ani, mai atrăgător decât ar fi vrut Nika să fie, cu părul negru și ochii întunecați, îndârjiți. Își aminti cuvintele lui don Giovanni și oftă: „— O singură regulă, ține-o minte bine: nu te întorci până când nu ai o semnătură pe contractul ăsta!".

Dacă toți bărbații vor fi la fel de chipeși ca el, cred că am o problemă nouă!

Citi pe internet câteva articole despre situația financiară a firmelor pe care Carlos Oliveira le deținea, alte informații despre cesiuni și finanțări din care nu înțelesese mare lucru și cam atât. Mai scormoni în laptop o vreme, dar trebui să renunțe. Nu erau date personale, nu erau adrese, cu siguranță că nu existau numere de telefon personale. Nika trebuia să fie inventivă sau să se întoarcă precum un câine bătut înapoi la don Giovanni și apoi la fax. Începuse să transpire de teamă în frumosul ei costum gri perlat din stofă fină. Se văzu în oglinda de pe peretele opus și-și zâmbi senin, ca o promisiune.

Și arăt așa de bine! Chiar să nu conteze asta deloc? De n-ar fi numai femei pe post de secretare, ce bine-ar mai fi! Mai fac o încercare. Trebuie să mă întorc! A naibii treabă! după care se corectă. Nika, nu mai vorbi așa, trebuie neapărat să scapi de vechile metehne.

În jumătate de oră reveni în fața clădirii cu o hotărâre nouă. Era determinată să aștepte. Pentru ea nu mai era loc de întors. Determinarea ei era în strânsă corelație cu lipsa alternativelor. Măcar acum știa cum arăta bărbatul pe care-l căuta, măcar atât, dar asta era cam tot ceea ce știa. A văzut angajații ieșind din clădire la pauza de prânz. Un adevărat exod. Grupuri-grupuri de corporatiști gălăgioși ieșind și intrând pe ușile rotative. A venit și seara, dar Nika tot nu s-a dezlipit de banca din fața clădirii. Simțea că machiajul i se duse pe apa sâmbetei, la fel ca și încrederea în ea abia căpătată. Nimeni nu a ieșit din clădire cu semnalmentele domnului Oliveira. Îi căutase chipul înfrigurată printre acei oameni. Degeaba. A fost nevoită să renunțe pe la ora opt seara, atunci când a realizat că nu mai era nimeni în sediu și că luminile erau stinse aproape la toate etajele. Nu mai coborâse niciun lift de vreo oră. Nika s-a întors abătută la hotel, mustăcind temeri și dileme.

Ah! Cum de nu mi-am dat seama! Parcarea, la naiba! se gândi ea cu ciudă în timp ce-și scotea pantofii din picioare. Cum mă mai dor tălpile! Nici ca balerină n-aș fi suferit în halul ăsta. Carlos Oliveira, cum mă faci să alerg după tine!

A adormit târziu. S-a uitat la știri și a făcut o baie prelungă, să-și mai calmeze durerile de picioare.

Noaptea este pentru cei care își permit luxul de a visa, își zise Nika îngândurată.

A doua zi s-a trezit devreme, cu un tresărit, după un vis erotic legat chiar de Carlos Oliveira. Nu a mai luat micul dejun la hotel — nu era timp de pierdut. S-a îmbrăcat, s-a parfumat mai mult ca de obicei, s-a machiat cu grijă și a plecat către aceeași clădire, de data aceasta la subsolul ei, acolo unde era amenajată parcarea principală.

A avut noroc. După o oră de așteptare stingheră pe tocurile care o chinuiau și mai abitir decât în ziua precedentă, Nika l-a văzut pe Carlos Oliveira ieșind dintr-un Ford Mustang negru pe care-l parcase chiar lângă intrare. Părea obosit și preocupat. Închise portiera și se pregătea să ia liftul.

Arătă mult mai bine decât în fotografii, se pierdu ea o clipă în visare, apoi porni către el, aproape țopăind de frică să nu-l piardă iar.

— Bună dimineața, domnule Oliveira! îi apăru Nika lângă mașină ca o stafie, încercând să se țină bine pe tocuri. Îi zâmbi timid bărbatului din fața ei.

— Ne cunoaștem? a întrebat acesta, răspunzându-i cu un zâmbet precaut, întrebându-se de când îl aștepta fata acolo. Ce-i și cu asta? O fi vreo activistă? Se pare că și-au reînnoit garderoba, în general sunt îmbrăcate-n in sau cânepă și au părul cu frizuri ciudate. Te pomenești că o fi vreo evanghelistă mai în trend cu moda...

— Îmi pare rău că vă abordez așa, dar nu am reușit să trec de asistentele dumneavoastră și am fost nevoită să improvizez, sper să nu vă deranjeze asta.

Încă un zâmbet larg. Făcu un pas mai aproape, interpunându-se între el și lift.

Bărbatul o cântărea din ochi. Își trecu mâinile prin păr, puțin nervos că întârzia deja la o întâlnire. Se gândea că fata nu are mai mult de 20 de ani și că era imposibil să-l caute pentru vreo afacere. Arăta ca o începătoare, indiferent în ce domeniu ar fi activat. Se uită amuzat la gleznele ei puțin răsucite. Nu părea să stea confortabil pe tocurile alea înalte.

— Aș vrea să vă vorbesc despre fuziunea Santos-Belvedere. Vă rog să-mi acordați câteva minute, promit că îmi voi expune

121

propunerea în câteva minute. Știu că sunteți un bărbat ocupat, adăugă Nika.

Încercase să-l flateze, dar el nu părea genul de bărbat căruia ai putea să-i schimbi părerile prin astfel de afirmații nesincere, parțial sincere sau cu intenții de măgulire la bază. Părea să pătrundă și cea ce ea nu-i spunea și nu părea prea încântat de ceea ce vedea.

„— Nu întreba, sugerează-le ferm, nu le da șansa să te refuze, nu te interesa niciodată de cei care au dat greș înaintea ta, tu ești altcineva, tu vei reuși! Nu accepta un refuz!”

Carlos Oliveira începu să râdă deodată, un râs tânăr, de neoprit. Dinții albi, poate îngrijiți de un stomatolog expert, se înșiraseră ca mărgăritarele în fața ochilor uimiți ai fetei care nu știa cum ar fi trebuit să reacționeze la acel hohot ce răsuna ca un ecou în parcarea goală. Nika nu înțelegea dacă râsul ăla este un semn bun sau doar un indiciu că nu este deloc luată în serios și că ar trebui să se care repede de-acolo pe cel mai scurt traseu până la fax.

— Nu pot să cred! Cine-a avut ideea asta? Cine te-a trimis, Giovanni?

Fata se pierdu. Nu avea răspuns pentru o asemenea întrebare. Recapitula febril toate materialele primite de la italian, dar nu găsea nicăieri ceva ce ar fi putut-o salva din situația

122

asta. Ocoli întrebările lui imperative și adăugă repede:

— Ce spuneți de o cină la Rios Live? În seara asta? întrebă ea plină de speranță, ca atunci când își întreba părinții dacă va merge și ea în excursie cu ceilalți copii. Încercă să alunge acest gând.

Pentru că el nu răspundea, Nika își mută tulburată greutatea de pe un picior pe celălalt și zâmbi iar, fără energie.

— Îmi pare rău, n-am timp! răspunse el scurt.

Carlos își încrucișă brațele pe piept, dar nu intră în lift. Era curios; fata era o apariție candidă și dezorientată. Atât de dezorientată încât i se părea că îi simțea inima bătând neregulat, ca a unui iepure încolțit.

Nika ar fi vrut să plângă și să bată din picior, dar se abținu.

— Mâine atunci? Voi fi și mâine în oraș, nu este nicio problemă pentru mine, insistă ea.

— Plec din Rio!

— Când să vă aștept? stărui Nika, privind cum speranțele ei cădeau ca frunzele din copaci toamna și mureau pe pământul reavăn.

— Niciodată.

123

Dar cât este de nesuferit! Dumnezeule! Am eşuat. Trebuia să ştiu că nu e de mine. Dacă eram mai deşteaptă nu rămâneam însărcinată cu Sidar, nu? Bine că am lămurit şi asta, sunt proastă ca noaptea — tabula rasa12! Ce mă fac? Mă întorc la hostel? O rog pe administratoarea aia să mă ierte? Reiau spălatul pe jos? Don Giovanni va fi dezamăgit de mine! Să eşuezi din prima încercare! Ce naiba s-a întâmplat cu norocul începătorului? Nu este deloc atras de mine, m-am aranjat degeaba. Nu sunt rafinată şi asta se vede cu ochiul liber.

Două lacrimi cristaline ca două mărgăritare se iviră între genele ei rimelate, dar nu îndrăzneau să se prelingă pe obrajii ei palizi. Buzele îi tremurau necontrolat.

Carlos Oliveira se simţi imediat vinovat. Este incredibil efectul lacrimilor asupra unui bărbat. Pentru că ei nu ar plânge decât dacă ceva absolut infernal s-ar întâmpla, în genere, ei aplică regula aceasta şi femeilor. Asta înseamnă că ceva absolut infernal s-a întâmplat şi fetei din faţa lui. De ce s-ar răzbuna pe emisar? Sigur faţa nu avea nicio vină şi oricum el avea de gând să semneze fuziunea cu pricina după ce ar fi negociat mai mult condiţiile.

12 Traducere din latină: „tablă ştearsă" (cotidian, expresia înseamnă ignoranţă crasă)

Stă să plângă de zici că am tras-o de codiţe! îşi spuse Carlos descumpănit.

Reintră în superba lui maşină, cu mai mulţi cai decât o herghelie de cai arabi pur-sânge a unui şeic, şi deschise portiera de lângă Nika, uitându-se la ea lung şi furios de propria-i slăbiciune.

— Cum te cheamă?

— Nika, zise ea. Buza de jos îi era răsfrântă a supărare ca o petală de bujor. Îşi frământa mâinile nervoasă.

— Doar atât?

— Atât.

— Este suficient, stabili el.

Îi zâmbi încurajator. Sună la telefonul din maşină şi începu să vorbească rapid în portugheză. Datorită limbii italiene pe care ajunsese să o stăpânească într-un timp foarte scurt, Nika înţelesese că omul de afaceri tocmai contramandase o întâlnire. Din cauza ei? Pentru ea? Inima îi bătea puternic. Încă stătea nesigură pe tocuri lângă maşina lui. Nu fusese poftită să intre în ea, dar ar fi intrat.

— Mergem acum, Nika. Unde spuneai că este Rios Live? Cred că este micuţ, nu-mi amintesc să-l fi zărit, încercă el amabil să

125

abată atenția fetei și să o determine să nu mai lăcrimeze ca o icoană făcătoare de minuni.

— Chiar după colț, îi arătă fata cu mâna o direcție imprecisă către colțul parcării.

— Chiar acolo? râse Carlos.

Nika își mușcă buzele în loc să-i răspundă.

Ce ticălos, nu doar că mi-a tăiat orice inițiativă, dar mai și râde de mine. Nu putea să mă refuze și fără a face spectacol? Oricum nu are spectatori în parcare...

Carlos invită fata cu un gest scurt al mâinii să intre în mașină, părând preocupat de ceva, dar și amuzat, în același timp. Nu știa prea bine ce să facă cu ea. Nika apăruse în fața lui ca o ploaie revigorantă dintr-un cer fără nori. O ploaie venită din senin care-ți dă planurile peste cap. Știa că nu plânsese ca să-l impresioneze, era disperare reală în ochii ei.

Nika mulțumi Domnului că poate sta pe un scaun, tocurile o omorâseră, susținul o strângea ca naiba și machiajul îi iritase ochii — lacrimile doar agravaseră situația. Se adânci de tot în scaunul moale al mașinii încă de la primul demaraj. Mașina torcea ca o felină îmblânzită de comenzile lui. Fetei i se părea că picioarele ei erau prea lungi și nu stăteau cum trebuie, așa că le încrucișă. Apoi își încrucișă și mâinile. Nu reușea să se facă deloc comodă. Carlos o intimida și o enerva.

Al naibii scaun, e dat pe spate de zici să sunt la dentist! Nu este deloc confortabil. Dacă n-aș avea o treabă de făcut, nimic nu mi-ar plăcea mai mult decât să mă ducă departe de toată lumea sau să nu ne oprim niciodată din drum. Ce naiba ai, Nika?! Ce spui acolo? Poate doar ca să-l arunci apoi din mașină pe drum. Da, da, pe un drum cu serpentine. Este prea necioplit!

El își puse ochelarii de soare, nelăsându-i fetei vreo șansă de a-i ghici gândurile. Amintindu-și de Sidar, cum obișnuia să o plimbe cu mașina, fața căută urma unei verighete pe degetele fine ale lui Carlos, dar nu văzu nimic. Avea maxilarul înclestat și părea doar nemulțumit de prezența ei.

— Restaurantul nu este pe strada asta. Ați trecut de el! observă ea.

— Nu mergem la restaurant, spuse el imperturbabil.

Nika înghiți în sec. Închise gura și nu mai spuse nimic. Carlos continuă să conducă atent pe străzile aglomerate cu mașini una lângă alta, ca sardinele în cutia de conservă. Viră brusc la stânga și opri mașina în fața unui hotel. Înmână cheile unui băiat în uniformă și se întoarse către Nika.

127

Dacă asta-și imaginează că mă culc cu el, se înșală amarnic, se gândi fata. Nu știu nimic despre el, așa m-am înșelat și-n privința macaronarului; poate Carlos vrea doar să vorbim netulburați, își îndreptă ea direcția gândurilor către unele mai plăcute. Acum asta este, haide să jucăm jocul ăsta de-a spionii, dar eu cu el nu mă culc. N-a fost niciodată vorba de asta în discuțiile mele cu don Giovanni. Ce vorbesc eu aici, în ultima vreme niciun bărbat nu pare să vrea să se culce cu mine, de ce mi-aș face griji? Totuși, este un hotel aici, nu o mănăstire, nu?

În timp ce Nika-și cernea gândurile, le colora și le rearanja în funcție de stările ei fluctuante, Carlos ceru o cameră recepționerei care îi înmână cardul fără a lăsa să-i scape niciun surâs. Discreția este un lucru de însemnătate în aceste hoteluri în care angajații au gândurile pe care clienții vor să le aibă, și atât. Nika nu arăta ca o prostituată, dar era prea tânără pentru a-l urma într-o cameră de hotel pentru a vorbi toată ziua despre starea vremii.

Au luat liftul amândoi. Deși era un lift spațios, li se părea amândurora că nu mai aveau aer. Nika nu mai știa ce să creadă, îl urmă pe hol ca un cățeluș, chinuindu-se să țină pasul cu el pe tocurile ce-o torturau continuu. Muzica ambientală din hotel o chema iar pe aripi de romantism, dar ea și le tăia repede ori de câte ori ele încercau să o înalțe. Oftă înainte să intre în cameră, și-apoi după ce intră. Apartamentul era la ultimul etaj, iar peretele transparent te invita să te minunezi ca un copil în fața vitrinei de la cofetărie: Rio de Janeiro se răsfira în toată splendoarea, văzut de la etajul zece al hotelului. Carlos își dădu sacoul jos, își descheie doi nasturi de la cămașă, lărgi strânsoarea cravatei, își suflecă mânecile și se făcu comod într-un fotoliu de lângă geam. Nu spunea nimic.

Nu uita de ce ești aici, Nika. Nu mai ești proasta care a părăsit Văleniul. Fii tare, fii sofisticată! Dar cât de bine arată! Sidar pare un țăran pe câmp pe lângă Carlos Oliveira! se minuna cealaltă parte a minții ei, cea ocupată cu latura ei sensibilă.

Încetează, păstrează-ți capul limpede, ai o afacere de rezolvat. Te vei întoarce curând în Valletta și vei primi banii pe care-i meriți, gândește-te la câte lucruri vei cumpăra cu ei, vorbea iar prima voce.

Ai dreptate, un bărbat nu aduce nimic bun, se resemnă și partea emoțională a fetei, amintindu-și visele cu fetița cu ochii albaștri ca marea Mediterană.

— Dezbracă-te! o trezi Carlos din pâcla gândurilor.

129

— Poftim?

Nika se trezi brusc la auzul cuvintelor spuse într-o engleză impecabilă, cu un fermecător accent portughez. Spera că a înțeles greșit.

— ...Știți că am venit aici doar pentru a vorbi despre fuziune. Știți că trebuia semnat contractul de două luni, iar firma... firma..., începu ea să turuie, repetându-se ca un disc zgâriat.

— Dezbracă-te, ți-am spus. Doar nu-ți imaginezi că vei reuși să mă convingi cu altceva. Ce ai să-mi dai? Bani? Mulțumesc, am și eu! continuă acesta impenetrabil. Ai altceva de pus pe masă în afară de fundul tău?

Nika se zgâia la el perplexă. Pe fața ei treceau emoțiile ca norii duși de vânt, unele mai răscolitoare ca altele. De la uimire a trecut la disperare. Se simțea mai umilită ca niciodată. Ar fi vrut să arunce cu mopul în fața lui Carlos, așa cum făcuse cu administratoarea clădirii din Valletta.

Totul a fost o capcană, el are dreptate, ce aș putea eu să ofer unor bărbați cărora nu le lipsește nimic? Don Giovanni m-a mințit! Nu pot să am încredere în nimeni! În nimeni! Mi-a spus că sunt ca și fiica lui. Cu siguranță că fiica lui nu este nevoită să îndure înjosirea ca mine. Cum de nu mi-am dat seama că nu voi fi atât o femeie de afaceri cât una de

130

moravuri uşoare?! Carlos a înţeles imediat! Cât pot să fiu de proastă!

Nu a mai rezistat să o facă pe interesanta, nici să se prefacă a nu înţelege ce i s-a spus; s-a aşezat pe marginea patului şi a început să plângă de-a binelea. Obida se amesteca cu furia şi disperarea. Şi-a aruncat cu ciudă pantofii insuportabili din picioare, dându-i de peretele de sticlă, care totuşi nu s-a spart doar din cauza unor tocuri, fie ele şi metalice. Îi era ruşine că arăta în halul ăla, dar era prea obosită de lupta cu viaţa ca să-i mai pese de Carlos Oliveira sau de oricine altcineva. Crezuse că din cer i s-a întins o mână de ajutor, dar era doar o palmă peste faţă, la fel ca toate celelalte.

O curvă, da, asta vrea don Giovanni să fiu.

Carlos se ridică încet din fotoliu şi veni lângă ea. Se aşeză pe pat şi o întoarse, forţând-o să se uite la el. Nika avea senzaţia că o priveşte până în lujerii irişilor ei, că îi scormonea în suflet şi-n temeri.

— Nika, ascultă-mă, pentru că o să-ţi spun doar o singură dată. Nu am nevoie de corpul tău, stai liniştită, este o marfă ieftină cu care e plină Brazilia. Nu am făcut decât să-ţi arăt ce te aşteaptă dacă vei continua pe drumul ăsta. Ştiu că este prima ta încercare, eşti mai amatoare ca un copil prins la furat. Şterge-ţi

131

nasul, te rog. Nu toți bărbații vor fi ca mine și cred că nu ai nici cea mai vagă idee în ce ai intrat. Renunță acum, cât mai e timp și viața asta nu te-a pervertit de tot. Poți face orice altceva. Al naibii Giovanni! Ce idee genială a avut! Unde te-a găsit? Din ce gaură de șarpe te-a scos?

— Nu aveți niciun drept să mă judecați! Niciunul! Cine vă credeți? se repezi ea să spună printre suspine.

— Spune-mi Carlos, la naiba!

— Carlos, la naiba! Își aminti fata că are simțul umorului pitit pe undeva prin ungherele sufletului.

Carlos izbucni în hohote de râs, la fel ca în parcare. Același râs frumos care a topit imediat atmosfera tensionată. Râdea cu atâta poftă încât îi venea și ei să râdă cu el, dar cu o singură condiție: doar dacă putea să și plângă în același timp. Nu înțelegea, dar simțea că poate să aibă încredere în el, chiar și în don Giovanni. Lumea bărbaților avea niște reguli pe care ea abia le înțelesese.

Acum ce naiba fac? se gândea ea. Să renunț, să mă întorc cu coada între picioare? Să continui? Să fac sex cu el? Nu este ca și cum aș fi vreo virgină! Și ce altceva ar fi de făcut? Să aștept un bărbat care să vină călare pe un cal alb? Un bărbat care să mă iubească așa cum sunt? Fleacuri, prostii de fete visătoare. Viața este așa cum este, iar a mea este mai grea ca a altora pentru că am venit pe lume cu stângul. Dacă ar fi să încep să fac sex pentru bani, Carlos este cel mai potrivit. Alte fete nici n-ar visa să ajungă într-o cameră de hotel cu el. Poate că dacă fac sex cu el o să înceteze și cu râsul ăsta insuportabil! Ce-ar fi să învăț regulile jocului și să-l bat la el? Poate că l-au inventat bărbații, dar ei încă nu m-au cunoscut pe mine. Am parcurs un drum lung și nu voi mai da înapoi.

— Ai documentele pregătite?

Nika știa la ce se referă. Se lumină la față. Scoase repede contractul din geantă și îl puse în fața lui. Scoase și un pix.

Carlos se așeză în fotoliu și începu să citească. Stătea cu cotul îndoit pe masă, iar vârfurile degetelor îi atingeau tâmpla dreaptă. Era atât de liniște încât puteai auzi rafalele aerului condiționat. Așa trecură vreo zece minute. Nika aștepta să termine de citit. Spera să semneze fără a o mai chinui, deși îi era greu să creadă că întâmplarea va avea un deznodământ fericit. Nu se aștepta să fie atât de ușor. Asta dacă era considerat ușor să plângi ca o toantă, să fii umilită de un bărbat necunoscut, după ce ai străbătut jumătate din globul pământesc ca să-l găsești.

După ce termină de citit și ultima pagină, fără să se mai uite la ea, Carlos luă pixul și semnă apăsat.

— Va exista un act adițional la acest contract, așa să-i spui lui Giovanni. Secretara mea îl va contacta și-i va trimite modificările pe care le vreau. Asta este tot. Poți să pleci. Doar pentru asta ai venit, nu?

Nika nu mai știa pentru ce venise, dar luă documentul semnat și-l băgă grăbită înapoi în geantă. Nici nu știa dacă ar trebui să se bucure sau nu. Simțea că trebuie să dea ceva la schimb pentru ceea ce primise de la el atât de neașteptat. Nu exista acțiune fără reacțiune, nu? S-a întors către Carlos și a început să-și descheie nasturii cămășii, apoi și-a dat jos fusta strâmtă, lăsând-o să alunece pe mochetă. Avusese timp să reflecteze în timp ce el citise contractul; a înțeles că asta va fi adevăratul ei rol, a înțeles adevăratul plan al lui Giovanni, a înțeles și generozitatea lui Carlos. A decis să facă parte din joc.

Cred că voi fi o curvă. Nu asta am visat, dar se pare că asta au astrele-n plan pentru mine. Voi fi o curvă de Malta — una al naibii de singură și, poate, tristă uneori. Voi începe cu el. Destinul a aruncat zarurile în locul meu. Am avut noroc de data asta, cu el chiar ar putea să-mi placă. Nu este cel mai amabil bărbat de pe pământ, dar m-a ajutat mai mult decât credeam inițial. Trebuie să fac asta, apoi va fi din ce în ce mai ușor, va fi rutină; voi învăța din mers, așa cum am făcut și până acum, îmi spuse ea încercând să-și păstreze calmul și să-și liniștească tremuratul mâinilor.

Veni lângă el și începu să-i deschidă nasturii cămășii albe, la fel cum făcuse cu a ei. Apropierea de el era diferită față de cea a lui Sidar. Carlos o intimida serios, avea un fel de a fi foarte greu de pătruns. Părea imprevizibil și impulsiv, îi demonstrase asta deja: ori o chinuia cu plăcere sadică, ori îi dădea cu generozitate tot ceea ce voia, nimic pe mijloc. Nika i se așeză în brațe și se miră de naturalețea potrivirii dintre corpurile lor. Inima îi bătea tare ca a unui animal hăituit și ajuns la capătul puterilor, care se decisese să se predea vânătorului. Carlos respira puțin mai greu, era singurul lucru pe care-l putea observa ea. Altminteri, expresia feței lui rămăsese impenetrabilă. El îi urmărea cu atenție fiecare mișcare, dar continua să tacă. Nika încercă să îi deschidă cureaua de la pantaloni. O încercare eșuată. Încă una. Nu renunță.

Ale naibii mecanisme! Zici că-i centură pentru păstrarea virginității! se enervă ea, căutându-i febrilă dezlegarea ghicitorii.

135

— Opreşte-te, îi spuse el, oprindu-i mişcarea mâinii mici. M-am înşelat, eşti făcută pentru asta. Poţi să pleci.

Nika se opri nedumerită. O umilea iar. Cum putea să o refuze chiar acum? Se întreba unde greşise. Se simţea respinsă până în vârful unghiilor de la mâini şi de la picioare.

Cred că este impotent! Numai din cauza curelei, că altfel sigur nu mă refuza.

— Draga mea, îmi permit să-ţi dau nişte sfaturi. Nu obişnuiesc să le dau cu atâta mărinimie, dar tu nu ai nici cea mai vagă idee despre ce este vorba aici. Data următoare, cu bărbatul următor, să nu mai procedezi aşa. Nu este nevoie să te culci cu toţi, unii vor accepta suma de bani pe care sigur o ai pregătită. Să nu faci asta decât în ultimă instanţă, ai înţeles? Bărbaţii sunt mai proşti decât ai tu impresia. O femeie deşteaptă îi poate face să semneze ce document vrea fără să-şi scoată nici bluza de pe ea. Învaţă să flirtezi, eşti mai seducătoare ca Sfânta Maria. Arată-le că ei au nevoie de tine, nu tu de ei, crede-mă, vor veni singuri. Te rog să nu mai plângi, iar dacă ţii neapărat să o faci, nu aşa. Fără sforăituri şi fără muci. Doar lăcrimezi puţin uitându-te în ochii lor. Uite, ţi s-a prelins şi machiajul pe faţă. Hai, pune-ţi pantofii înapoi în picioare, nu e nevoie să arunci cu ei de pereţi, este de prost-gust.

Cumpără-ți alții, abia mergi pe ei! Și nu-i mai aborda dimineața, au și bărbații cochetăriile lor, vor să fie văzuți la luminile palide ale restaurantului preferat, ăsta este doar un exemplu, ideea este să fii pe teritoriul lor deoarece acolo se simt stăpâni pe sine. Niciun bărbat nu este mai vulnerabil decât atunci când este complet relaxat. N-o mai face pe deșteapta, este un mit să crezi că bărbații apreciază deșteptăciunea unei femei, suntem mult prea egocentriști pentru asta. O rochie mulată, o femeie care pare vulnerabilă, cu un aer vag de gâscă pierdută de cârd, asta este ceea ce trebuie să mimezi. Bărbații iubesc cu ochii, folosește corpul ăsta fenomenal cu care te-a înzestrat natura, dar învață să mergi drept, cu capul sus, cu o grațioasă curbură a gâtului. Gândește-te la Monica Bellucci, ce știu eu, ia-ți un model feminin ca punct de reper, ai mare nevoie. Nu mai fi așa de agresivă, bărbații sunt stăpânii agresivității, așa nu faci nimic altceva decât să-i enervezi degeaba! Nu te mai avânta în luptă pentru că o să pierzi, du-te în partea unde stau femeile și cucerește de-acolo! Tu trebuie să le amintești de maică-sa sau de o mamă ideală, să fii blândă, feminină, să te interesezi de tâmpeniile pe care ei le debitează, să le acorzi importanță, să fii copleșită de puterea lor. Fictivă, desigur, râse el iar.

Nika asculta toate cuvintele, nevenindu-i a crede urechilor. Era încă goală, stătea în picioare în fața lui și mintea-i alerga repede gânduri, gânduri. Carlos îi dădea sfaturi, dar Carlos tocmai o refuzase. Nu mai înțelegea nimic, dar băga la cap tot ceea ce el îi spunea, înțelegând că tocmai îi împărtășește din secretele bine ascunse ale bărbaților, acele secrete care poate ar fi considerat tabu ca ele să ajungă din gura unui bărbat direct la urechile unei femei care le va folosi împotriva lor.

— Nu te teme să păcălești un bărbat, continuă el de parcă-i auzea îndoielile. Noi vrem să fim păcăliți, ne place senzația de a ne preda în fața voastră, dar cu artă. Ce plăcere mai mare poți avea decât să te lași sedus de o femeie frumoasă? Femeile știu aceste lucruri intuitiv și se poartă ca atare, dar tu va trebui să le înveți ca la școală pentru că, evident, ești mai mult bărbat decât femeie în manifestare. Tu ori arunci pantofii de pereți, ori te dezbraci de tot, nimic între. Zici că ești eu, râse el iar, mai scurt de data asta. Acum îmbracă-te, nimeni nu va face astăzi sex! sfârși el confesiunile. Mă rog, nu eu, tu poate mai ai și alte întâlniri pe ziua de azi!

În mod normal, Nika ar fi înșfăcat contractul și-ar fi dispărut cât se poate de rapid pe ușă, dar era ceva mai mult în legătură cu Carlos. Nici el nu era așa de sigur pe el, asta îi spunea firava intuiție feminină a fetei. Îi simțise cumva slăbiciunea, dar asta nu o făcea să fie mai puțin intimidată de el. Știa. Pierduse lupta. El o văzuse în cea mai jalnică lumină posibilă, așa că nu mai avea cum să decadă mai mult de atât. Iar când nu mai ai unde să te prăbușești, nu poți decât să te înalți.

— Doar din pură curiozitate, de ce, Carlos?

El știa la ce se referă fata.

— Să spunem că eu sunt aparte. Da, nu te uita așa la mine. Nimeni altul nu va mai face ceea ce am făcut eu, mai bine zis, ceea ce nu am făcut. Dacă ții musai să știi, nu am de gând să fac sex pentru un amărât de contract. Nici măcar nu este unul de o valoare prea mare, te vinzi ieftin, dragă Nika.

Altă insultă! Ce i-aș mai arunca în față contractul! Dacă aș putea, dar nu pot...

Terminând de spus aceste cuvinte, Carlos sună la recepție și ceru un taxi pentru Nika, fără a-i mai arunca nicio privire fetei.

Putea măcar să mă conducă înapoi la parcare sau la hotelul meu; mă expediază ca pe un colet. Nika, este clar că ai multe de învățat în privința seducției! se gândea ea bosumflată.

Nu voia să recunoască nici față de ea că-i plăcea compania lui Carlos, o făcuse să se simtă în siguranță pentru prima dată în viața

139

ei. Într-un mod ciudat, e drept, dar era ceva nedefinit acolo, o afecțiune neașteptată. Din partea lui? Greu de spus.

— Adeus pequena cobra 13... îi spuse el indiferent, înainte să iasă pe ușă, lăsând-o goală și nedumerită.

Nika ar fi vrut să arunce cu ceva după el sau să-i spună să mai rămână. Rămasă singură, mai contemplă încă o dată contractul.

Nu-i rău deloc. Am un contract semnat și nici n-am făcut sex. Să deschidem șampania!

Se îmbrăcă, puse documentele înapoi în geantă și închise ușor în urma ei camerei ce fusese martoră la acea scenă de intimitate deconcertantă între doi oameni care s-au văzut pentru prima și, probabil, ultima dată. Ceea ce Nika nu știa, era că, în timp ce ea se chinuia să părăsească hotelul, în pantofii incomozi, pe holul cu mocheta groasă, Carlos își trecea mâinile prin păr, strângând volanul mașinii, accelerând mai mult ca de obicei. Nu știa nici că a plecat fumând gânditor o țigară, deși nu era un fumător constant și apela la țigări doar când era destul de nervos. Ceea ce știa ea era că se va întoarce la Valletta ca Cezar după ce a cucerit Galia, știa că documentul a fost

---

13 Traducere din lb. portugheză: „La revedere, micuță cobră"

semnat și că-și va primi partea de bani care i se cuvenea. Mai știa și că nu-l va uita niciodată pe Carlos, pe cel care o inițiase în lumea bărbaților, dar și cel care îi refuzase corpul, nu tocmai amabil.

A doua zi era deja în Valletta. Misiunea fusese îndeplinită într-un mod neașteptat, dar asta avea mai puțină importanță. Don Giovanni a fost mai mult decât mulțumit de ea. Fata nu i-a reproșat nimic, nu i-a spus că și-a dat seama ce însemna de fapt rolul ei în toată afacerea. Niciunul nu a vorbit despre acest fapt, pentru că nu ar fi schimbat lucrurile cu nimic. Jocul era făcut și regulile trebuiau respectate. Făcuse un târg cu el și ea știa că în viață există legea compensației, iar pentru atâția bani, ea trebuia să renunțe la ceva. Și era pregătită să o facă.

*****

141

Nika a avut un șoc. Nu-i venea să creadă câți bani avea pe card, nici măcar după ce primise desfășurătorul de la angajata băncii. O buimăciseră zerourile din extrasul de cont. O clipă de neatenție, o ușoară amețeală, s-a clătinat nesigură și, din fericire, a fost prinsă de mână de un angajat al băncii chiar înainte să se prăvălească de pe tocurile de 10 centimetri până pe pardoseala din marmură albă a băncii.

— Dumnezeule mare, o să învăț vreodată să merg pe ele? susură Nika doar pentru ea.

Bărbatul care o prinsese înainte de cădere îi zâmbi îngăduitor și se îndepărtă.

După ce-și mai veni în fire și bău un pahar cu apă rece, scoase o sumă semnificativă din contul doldora de euro. Nu mai văzuse atâția bani în viața ei, nici chiar atunci când luase creditul din România. Se gândi, se răsuci, știa deja că banii se duc extrem de repede și nu mai voia să aibă grija zilei de mâine.

Mi-am învățat lecțiile și nu am de gând să pierd trenul acesta. Voi investi în mine, pentru că asta este ceea ce vor bărbații — corpul meu. Exceptându-l pe Carlos Oliveira, care nu știu ce vrea, dar dacă voi avea șansa de a descoperi, o să-i pară rău că m-a tratat așa. Ah! Nu o să mă mai gândesc la el, de ce o tot fac? Să revenim, voi plăti și blestematul de credit, altfel, afurisiții de la bancă pot cere banii alor mei. Nu că ar avea ei de unde să le dea, calculă ea mai pragmatică decât fusese vreodată.

Se așeză pe o canapea lângă perete, la parterul băncii, luă telefonul în mâini și-și aminti ca prin minune numărul de telefon al părinților ei. Formă prefixul României și, mai nesigură, numărul maică-sii.

—Nicoleta! se miră maică-sa în receptor. Grigore, Grigoreee! Vino-ncoace, a sunat Nicoleta! Mai trăiești, măi mamă? Nimeni nu mai știe nimic de tine de atâta amar de vreme! De unde ne suni? Pe unde umbli? De ce ai dispărut așa?

—Bună ziua, mamă. Sunt bine, nu, nu mai sunt în România... Da, stați liniștiți, am serviciu, totul este în ordine. Nu, nu m-am căsătorit. Sunt bine. Știu că nu am sunat de câțiva ani, dar de acum totul se va schimba, vom vorbi în fiecare lună... Da... Da, de câteva luni.

—Noi suntem cum ne știi... De la bancă? Nu, n-a sunat nimeni de la nicio bancă. Ce treabă s-avem cu băncile?... Nici bani de rechizite pentru ăstia mici n-avem, se plânse ea.

—Dă-mi datele de cont. Ai cont, nu? Sau dă-le pe ale lui tata. Vă trimit eu bani prin

143

transfer bancar... Cum când? Astăzi... 800 de euro vă ajung luna asta?

Maică-sa devenise mai mieroasă, mai umană, mai mamă.

— Ai tu atâția? Noi acceptăm, ce să facem.... Nu avem, asta este situația, suntem amărâți...

— Am.

— Când vii pe-acasă? Ne e dor de tine... Da, Grigore, e chiar Nicoleta! Zice că ne trimite niște bani! urlă ea la telefon, surzind-o pe Nika.

— Nu, mamă, nu cred că vin curând, am multă treabă cu serviciul, dar ne mai auzim la telefon.

Nika notă datele pe care i le dăduse maică-sa, pe o agendă, închise telefonul și reveni la ghișeu pentru a face transferul de bani către contul tatălui ei. După ce termină cu banca, zâmbi. Făcuse pace cu trecutul și se simțea mult mai bine.

Ajunsă acasă, își notă cheltuielile și planurile de viitor pe același carnețel. Doar Margot îi zădărnicea preocuparea, încercând să se așeze leneș pe filele pe care ea scria grăbită. Nika avea gânduri mari: va achita datoria la bancă, va aranja un transfer lunar automat pentru ai ei, va urma o facultate online şi va depune o sumă de bani la o altă bancă din Malta, una cu comisioane mai decente — acesta va fi fondul ei de rezervă. Mulţumită, realiză că nu i-ar prisosi nici un permis de conducere, întrucât după încă o afacere încheiată, îşi putea lua foarte bine şi o decapotabilă. De ce nu?! După ce visă îndelungat la un viitor mai strălucitor ca soarele ce răsărea în fiecare dimineaţă deasupra insulei, se puse pe treabă: vizionă toate filmele cu Monica Bellucci, citi toate cărţile autoeducaţionale cu titluri precum „Redescoperă femeia din tine", „Cum să fii o seducătoare" sau „Limbajul corpului", învăţă să se machieze astfel încât ochii să îi fie puşi în valoare, se înscrise la cursuri de dans pentru a-şi îmbunătăţi postura corpului şi graţia — în concluzie, făcu tot ceea ce îi spusese Carlos. Se gândea uneori la el cu emoţie, apoi se îmbujora amintindu-şi cât de jalnic apăruse în faţa lui.

De ce mă tot gândesc la el ca o toantă? Am alte treburi mai importante de făcut. Şi punct.

*****

145

Banii nu o încălzeau decât pe moment. Se simțea singură. Nu avea nicio prietenă. Venea singură acasă, pleca singură din casă. Nu ieșea cu nimeni. Vorbea doar cu proprietara cea cumsecade și cu Margot, care n-avea obiceiul să o contrazică. Seara mânca la restaurant, apoi se plimba pe faleză. Până să adoarmă, recupera materia pentru cursurile online pe care le urma și tot așa. Nu reușise să se împrietenească nici cu tinerele de la cursul de balet. Se simțea la ani lumină distanță față de celelalte fete de vârsta ei. Trecuse prin multe și asta o schimbase. Totuși, știa cine este, dar mai ales cine nu este.

A plecat mai încrezătoare în Calcutta decât în Rio de Janeiro. Don Giovanni avea iar nevoie de ea. O afacere de un milion de dolari stătea să se ducă pe apa sâmbetei și-a duminicii din cauza unui indian care nu prea-și ținea cuvântul. Corporația investise mult în acest proiect, dar balanța părea să se încline în favoarea unei alte firme, una tot din India. Nu era vorba de naționalism aici, naționalismul nu există atunci când vorbim de sume de peste 350 000 de dolari, vorbim despre faptul că indianul care trebuia să ia decizia finală era deja plătit de către concurența lui don Giovanni. O sumă de bani mai mult decât substanțială fusese pregătită pentru transfer și de partea opusă, dar era nevoie de un emisar pentru asta. Era nevoie de Nika.

Aşa a ajuns ea şi-n India. A ieşit din avion puţin bulversată de golurile de aer ce le suportase cu stoicism timp de câteva ore şi de mirosul de curry emanat de cuplul de indieni de lângă ea. A inspirat adânc. Mare greşeală. Plămânii i-au refuzat imediat aerul insuportabil de cald şi de toxic. Nika a început să tuşească. Şi-a repezit paşii către un taxi din parcarea aeroportului. A trebuit să-şi ridice singură geamantanul voluminos şi să-l pună în portbagajul maşinii ce stătea să cadă şi fără bagajul ei. Şoferul, un indian cu-n punct sângeriu în frunte, n-a schiţat niciun gest să o ajute. Se fâţâia în şalvarii lui albi pe lângă maşină. Nika se întristă văzând zeci de indieni săraci dormind pe trotuar. Traficul era de nedescris. Se auzeau asurzitor mii de claxoane. Maşini, tuk-tukuri, indieni cât vezi cu ochii.

Te pomeneşti că în loc de hotel o să găsesc un cort şi-o mână de orez. Credeam că voi ajunge într-un loc mai civilizat. Oare aceştia sunt paria? se întrebă ea uitându-se la sărăcia care domnea în Calcutta.

N-a ajuns într-un cort, dar nici departe de supoziţie nu a fost. De la fereastra apartamentului unde era ea cazată, se vedeau nişte corturi amenajate pe un teren viran, ca

147

de golf, doar că fără iarbă, pe care crescuseră în schimb așezăminte ce păreau temporare, în formă piramidală, pentru indienii care nu aveau bani să-și permită o casă adevărată. Și erau atât de mulți!

În dimineața zilei următoare, Nika privea cu admirație prin geam la indiencele care se spălau doar într-un lighean așezat lângă cort. Își curățau hainele, se pieptănau și-și împodobeau părul cu bijuterii țipătoare, se dădeau cu parfum și-și aranjau cu artă sariurile. Erau un tablou grațios, deși sărăcăcios.

N-o să mai plâng niciodată că nu pot să merg pe tocuri. Ele știu să fie femei, își spuse Nika. Le contemplă cu duioșie.

Nu avea însă vreme de pierdut. Venise cu o treabă de rezolvat și nu se putea pierde în visare. Se certă singură:

Vei veni altădată să vizitezi India, este fascinantă, dar acum nu ai timp. Ești aici ca să muncești, Nika. Vei câștiga o mulțime de bani și peste câțiva ani te vei plimba pe unde vei dori. Încearcă totuși ca de data aceasta să nu te mai faci de râs ca la Rio, se certă ea și amintirea lui Carlos îi flutură o clipă printr-un pliu al memoriei.

— Bună ziua, vă rog să-mi stabiliți o întâlnire cu domnul Shaan, îi spuse ea în engleză, la

148

telefon, unei secretare foarte amabile, dar cu un accent hindus îngrozitor, care o făcea greu de înțeles.

Secretara îi răspunse, și Nika închise telefonul, ca și cum ar fi înțeles. Dar nu înțelesese o iotă. Mai sună o dată ca să se asigure că avea întâlnire cu el.

Domnul Shaan era disponibil și fericit să-și ocupe serile cu întâlniri. Nevastă-sa tocmai născuse cel de-al treilea copil și el ar fi făcut orice, mai puțin să stea acasă în plânsete, olițe, aburi de mâncare și reproșuri. Nevastă-sa avea toane, iar el încetase să mai fie interesat de ea încă de la primul copil. Desigur, nu ar fi divorțat, ținea la prestigiul lui și nici maică-sa nu ar fi fost de acord cu un asemenea deznodământ, iar el nu-i ieșea din voie. Nika îl întâlni pe domnul Shaan în restaurantul ales de el, exact așa cum o învățase Carlos Oliveira și don Giovanni. Citise pe internet toate informațiile despre el, îi verificase amănunțit conturile de social media în încercarea de a-și crea o abordare personalizată. Aflase mulțumită că domnul Shaan era un fustangiu notoriu.

Nici nu a fost nevoie să îl cucerească, el fusese mai mult decât dispus să facă asta pentru ea. Indianul era galant, dulceag; o copleșise cu complimente neîndemânatice și apropouri deloc subtile. Nu reușea să vorbească cu ea

149

fără ca privirea să nu-i alunece ca un șarpe către decolteul fetei. Avea personalitatea unui adolescent care nu atinsese niciodată o femeie, deși era căsătorit și avusese aventuri cu duiumul.

Asta este chiar un nătărău, opusul lui Carlos; presimt că va fi ușor, se încurajă mândră de ea.

Ceea ce Nika nu știa este că el semnase deja contractul în favoarea lui don Giovanni, dar tăcea mâlc. Nici măcar don Giovanni nu aflase încă, de aceea o trimisese câine surd la vânătoare.

Domnul Shaan semnase contractul, în urma unei discuții aprige cu cei care-l plătiseră mai puțin decât acesta voise, dar nu apucase încă să înmâneze documentele secretarei lui. Și-a dat seama, chiar și-așa nătărău cum îl categorisise ea, că nu ajunsese contractul la don Giovanni și a profitat de ocazie. O considera pe Nika un bonus nesperat și îi convenea de minune că fata îl măgulea cu atenția ei, așa că nici prin cap nu-i trecea să-i spună adevărul. Avea de gând să prindă doi iepuri în același timp. Bani și sex. O invitase în mai multe seri la rând să ia masa cu el, lăsând-o pe fată să îi explice amănunțit detaliile afacerii. Totul i-a mers strună. Nika era fermecătoare și îi aproba toate ideile pe care el i le împărtășea într-o engleză știrbă. Își dădea multe aere, dar fata părea încântată de tot ceea ce el îi debita mai rău ca Amazonul. Mai puțin atunci când el încercase să o momească într-o cameră de hotel închiriată de dinainte pentru o cântăreață care plecase în turneu și-l lăsase pe domnul Shaan cu întreaga dorință nesatisfăcută. Cu cel mai mieros ton din lume, Nika i-a dat clar de înțeles că nu se va mai întâlni cu el decât după ce va semna documentele. I-a spus acest lucru, punându-și ușor palma pe pieptul învelit în cămașă albă al indianului, într-un gest intim și delicat, așa că el nu a mai avut ce face și i-a spus că era deja semnat contractul, neprecizând totuși data. Așa stând lucrurile, Nika a fost nevoită, la rândul ei, să-i promită că va veni la hotelul indicat, deși simțise că el îi ascundea ceva și o enervase.

Dl Shaan a întâmpinat-o galant în fața ușii, cu un pahar plin ochi cu șampanie scânteietoare. Îi pocnise dopul înainte ca fata să vină, reușind să spargă și geamul de la balcon cu ocazia asta. Înainte de a intra în camera rezervată de indian, Nika și-a schimbat total expresia chipului. În nici măcar o secundă, trăsăturile feței se schimbaseră radical, părea tulburată, tristă.

Refuză cu un gest moale paharul de șampanie, zicându-i blând bărbatului care

151

zâmbea ca un motan ce se pregătea să înfulece un șoarece suculent:

— Știu că nu ești un bărbat care duce lipsă de femei. Este evident, dragul meu Kunal. În doar câteva zile mi-ai sucit capul complet. Nu am prea multă experiență, dar se vede că ești un bărbat râvnit de toate femeile. Sunt atât de emoționată în preajma ta... Ah! Simți cum îmi bate inima? îi spuse Nika și-i puse mâna deasupra sânul ei stâng.

Flatat, indianul își luă o moacă impasibilă de om de succes. Era înfierbântat. Îi pusese degetul arătător — cu un ditamai ghiulul pe el — pe buzele ei pentru a-i opri confesiunile de femeie îndrăgostită până peste cap. Până la urmă voia doar să facă sex cu ea, nu avea nevoie de complicații, soția lui și-așa era nespus de geloasă.

— Vino în pat, dulce Nika. Europenii nu știu cum să se poarte cu o femeie, o ademeni el.

— Nu-ți imaginezi cât de mult aș vrea! Este cea mai mare dorință a mea, dar...

El se opri nedumerit.

— ... Dar trebuie neapărat să ajung în Malta. O mătușă, spuse ea lăcrimând. Era grav bolnavă și acum a decedat, suspină ea în cămașa lui. Acum jumătate de oră am aflat și nici nu știam cum să-ți spun. Dragul meu...

Indianul rămase consternat. Voia să pară că împărtășește durerea fetei, dar era doar dezamăgit că nu avea atmosfera pe care și-o dorea pentru o partidă prelungită de amor. Ideea morții îl înspăimânta; făcuse ochii mari cât cepele.

— Săracuța de tine, o compătimi el.

— Trebuie să plec neapărat, Kunal. Familia mea mă așteaptă.

— Nuuu..., protestă el ca un copil în timp ce paharul înclinat din mâna lui vărsa din șampanie pe covor.

— Trebuie, Kunal, nu am de ales, dar voi reveni în India în două săptămâni. Îmi doresc tare mult să ne revedem. Oh! Domnule Shaan, ce i-ați făcut bietei mele inimi? îi spuse ea dulce și îl pupă drăgăstos pe obraz cu buzele țuguiate. Mă voi gândi doar la tine zilele astea. Voi număra secundele până ne vom reîntâlni, zise ea și se grăbi să iasă pe ușă înainte ca el să protesteze.

După ce ieși din hotel, Nika își relua expresia relaxată a feței.

Ce tâmpit! Contractul era semnat de dinainte să vin, sunt sigură de asta!

În câteva cuvinte, Nika părăsi India, pe dl Shaan, elefanții și tuk-tukurile cu contractul

153

semnat, fără să se dezbrace de nimic, și cu o promisiune pe care nu o va onora niciodată. Mereu îi spunea tușa Catia că învăța mai repede decât oricine. Acum o demonstrase din plin. Urmase sfaturile lui Carlos Oliveira cu acuratețe și era uimită de eficiența lor. Doar un bărbat știe drumul spre inima altui bărbat, în ciuda a ceea ce se propovăduiește peste tot. Reveni în Malta, iar contul ei mai primi un virament generos din partea lui don Giovanni, care ajunsese că creadă, într-un timp relativ scurt, că Nika era o adevărată comoară.

****

Într-o seară, înainte să adoarmă, Nika primi un telefon care o bulversă complet. O voce inconfundabilă ce-i transmise un fior în tot corpul cu timbrul ei cald.

— Bom dia, pequena cobra!14

— Carlos! se bucură fata.

Zâmbetul de pe faţa ei îi lumină chipul şi-i umezi ochii albaştri. Cu toate acestea, ţinea să nu pară evident faptul că nu-l putuse uita pe Carlos, că se gândea la el aproape zilnic, de fiecare dată cu emoţii contradictorii.

— Sunt flatat că nu m-ai uitat!

— Era mai bine dacă te uitam, dar uneori...

— Şi alteori?

— Flirtezi cu mine, Carlos?

— Puţin, râse el. Se vede că ai făcut progrese, ai o voce de miere, aproape că aş putea crede că ţi-am lipsit, dar nu voi face greşeala asta. Spune-mi, cum merg treburile?

— La ce te referi?

— Ştii bine la ce, Nika. Nu o face pe deşteapta cu mine.

— Nu o fac, dar eşti sigur că de-asta ai sunat?

— Eu ştiu de ce, tu ştii?

— Cine o face acum pe deşteptul?

Carlos râse iar.

---

[14] Traducere din lb. portugheză: „Bună ziua, micuţă cobră!"

Are cel mai frumos râs de pe pământ atunci când nu este dezagreabil, își zise ea.

— Eram curios dacă ai reținut câte ceva din cele ce ți-am zis atunci.

— Ai fi uimit, Carlos!

— Mă îndoiesc serios, dar mă rog. Mă gândesc uneori la tine cum stăteai goală și nedumerită.

— Mulțumesc, spuse ea fără să i se mai pară amuzant. De unde ai numărul meu de telefon?

— De la Giovanni. Acum suntem parteneri de afaceri. Din cauza ta, desigur. Bine, Nika! Ne mai auzim. Trebuie să plec acum.

Carlos îi închise telefonul înainte ca ea să mai apuce să spună ceva.

De ce m-o fi sunat? se întreba ea fără a-și putea găsi răspuns. Un lucru era clar, o emoționase și o enervase în aceeași măsură apelul lui, adică peste măsură.

Nu-mi place cum mi-a închis, o conversație scurtă care nu a avut nici cap, nici coadă. Oare își dorește să ne revedem? Nu cred, voia doar să se distreze pe seama mea, reflectă dezamăgită.

****

Nika mergea oriunde era trimisă de don Giovanni și făcea minuni, în timp ce contul ei bancar se îngrășa văzând cu ochii. Era determinată să fie o femme fatale15. Învățase să-și minimizeze efortul și să-și maximizeze productivitatea. Avusese și noroc, aproape că făcuse sex pentru bani, și doar o singură dată se întâmplase asta. Chiar și atunci, cu o femeie, deoarece bărbatul cu pricina era impotent și voia doar să le vadă pe cele două, nu să și participe. Până la urmă, era greu de spus dacă asta putea fi considerată o partidă de sex sau doar o joacă între două fete care aveau interese diferite. Chinezoaica părea o escortă de lux și venise cu o geantă roz în care erau așezate tot felul de jucării sexuale. Nika a refuzat să le încerce, dar le-a folosit pe cealaltă tânără, urmând indicațiile omului de afaceri. El îi spunea ce să facă, în timp ce stătea în fotoliu și urmărea scena. Totul

---

15 Traducere din lb. franceză: „femeie fatală"

157

durase cam o jumătate de oră, deoarece omul de afaceri fusese chemat într-o întâlnire urgentă.

Australianul semnase și fusese de acord cu toate condițiile din contract. Don Giovanni fusese pe deplin mulțumit, doar Nika avea ceva discuții contradictorii cu conștiința ei.

A fost doar o hârjoneală. Nu se pune. Nu a fost sex! Nu, deloc! Încercă ea să se convingă singură.

O altă misiune a avut loc chiar în Valletta. Un om de afaceri local nu se lăsa convins de don Giovanni, indiferent de metoda abordată, așa că, acesta din urmă o trimise pe Nika să rezolve treburile. Fata și-a dat seama imediat că nu va fi vorba despre bani. Bărbatul era un frustrat și jumătate în vârstă de șaptezeci de ani, un ursuz care refuza orice interacțiune umană, preferând să rezolve lucrurile prin asistenta lui. Majoritatea angajaților lui nici nu-l văzuseră la față vreodată. Locuia într-o casă enormă în care nu intra nimeni în afara asistentei, a doctorului curant și a gărzii lui de corp. Nimeni nu-i intra în grații. Nika reuși cu greu să obțină o întâlnire cu asistenta lui, dar femeia era implacabilă. Nici măcar nu a stat la discuții. O refuzase scurt și nu-i lăsase loc de nicio manevră.

Nika aplică planul numărul doi. A început să-l urmărească pe domnul Rossi. S-a dus în parcul în care acesta obișnuia să se plimbe zilnic. În ținută de jogging, după ce alergase jumătate de oră așteptându-l să vină, îl privea atentă de la câțiva zeci de metri distanță. Asemenea unui detectiv care lucrează în criminalistică, Nika încerca să completeze tabloul cu ceea ce știa despre el, dar ceva nu se lega. În fiecare zi, el se așeza pe bancă, lângă un parc pentru copii, privind fără expresie către aceștia cum se dădeau în carusel, cum mâncau vată pe băț și țipau alergând neobosit.

A patra zi, Nika a înțeles. Știa că bărbatul nu avusese copii niciodată, doar două căsătorii scurte cu două tinere de vârsta ei. După ce înlătură prima ipoteză, apoi pe a doua, reflectă la descoperirea ei. Și-a dat seama că bărbatul era un pedofil, din aceia care nu ar fi făcut însă niciun gest pentru a momi un copil către satisfacerea dorințelor lor sexuale. Și-ar fi tăiat mai degrabă un braț decât să facă asta, suferind în tăcere. Piesele începeau să se potrivească în puzzle. Nika privea acum tot ansamblul.

De aici permanenta lui tristețe, incredibil! Sigur, pot să mă înșel, dar nu cred. Oricum, voi risca! Nu cred că pot afla altfel.

Fata se uita la el de lângă un copac de care se sprijinise după ce alergase doi kilometri, mirându-se de complexitatea firii umane, de diversitatea viciilor și de văgăunile sufletului omului. Era efervescentă. Descoperirea o uluise și acum chiar avea nevoie să se sprijine de ceva.

Se duse lângă el cu pași mai nesiguri și se așeză pe aceeași bancă. Îi puse mâna ei mică peste mâna lui inertă și zbârcită; îi spuse blând, pe acel ton cu care era obișnuită să obțină de la bărbați tot ce voia:

— Domnule Rossi, nu este nevoie să vă feriți de mine. Vă înțeleg. Nu știu cum este să trăiești cu un asemenea secret, să nu te înțeleagă nimeni și să nu te poți destăinui nimănui. Să nu vă fie teamă, eu nu vă judec. Vă admir determinarea. Sunt convinsă că nu este ușor să te abții o viață de la obiectul celei mai nimicitoare dorințe.

Bărbatul tresări și se uită speriat la Nika, din spatele ochelarilor. Mișcă puțin bastonul cu mâna dreaptă, dar nu spuse nimic. Se bucura că fata nu pronunțase cuvântul de care lui îi era atât de teamă; se uita absent către carusel. Nu știa cine este, dar nici nu avea nevoie să o cunoască.

Nika știa ce avea de făcut. Bătrânul nu o contrazise — avusese dreptate.

160

— Nimeni nu-şi alege preferinţele sexuale, le avem şi-atât. Dacă cineva ar putea alege, cu siguranţă că nu ar alege o asemenea cale odioasă. Niciun doctor nu va putea înţelege vreodată adevărata sursă a libidoului, ei doar observă simptomele, restul este un mister şi, cred eu, va rămâne un mister. Vă propun un compromis. Este un hotel mai încolo, dacă nu mă înşel îl deţineţi chiar dumneavoastră. Cred că mi-ar sta bine cu fustă în carouri, ciorapi lungi şi două codiţe împletite! îi spuse şi-i surâse inocent.

Bărbatul întoarse capul către ea şi-i zâmbi, probabil primul şi singurul zâmbet după mulţi, mulţi ani.

— De ce ai prezenta încredere?

— Dacă intenţia mea ar fi alta, aş pronunţa cuvinte care nu trebuie să fie pronunţate. Eu am un contract de semnat, cred că ştiţi despre ce este vorba, iar dumneavoastră aveţi nevoie de puţină relaxare. Este o situaţie din care nimeni nu ar avea de câştigat dacă am vrea să ne înşelăm unul pe celălalt. Ce spuneţi, domnule Rossi?

— La ora opt seara? spuse el calm.

— Va fi plăcerea mea, domnule Rossi.

Pentru Nika, promisiunea era promisiune şi contractul era contract şi trebuia semnat. În aceeași seară, îl aștepta în camera de hotel așa cum promisese, ba chiar mai devreme cu jumătate de oră. Părea mai tânără cu zece ani, o copiliță ceva mai înaltă decât media. Venise cu o acadea mare și colorată ca turlele bisericilor din Piața Roșie a Moscovei. Bătrânul o privea încântat. Nici nu încercase să o atingă, se mulțumise să o vadă purtându-se ca o copilă. Ea desena fluturi și flori, își colora desenele fără îndemânare, mesteca gumă roz și făcu baloane mari cât fața ei, îi șezu pe picior și-l pupă pe frunte.

— Domnule Rossi, ce ați vrea să fac pentru dumneavoastră?

— Nimic. Este suficient că ești aici. Ești ca o rază de soare ce luminează o viață trăită în tăcere și rușine. Să nu mă judeci, Nika.

— Nimeni nu are dreptul să judece, doar Dumnezeu, îi spuse ea liniștitor. Nu vă mai chinuiți singur, nu ați făcut rău nimănui.

Ochii lui nu aveau lacrimi, în ei era doar întuneric și disperare. Nika îl luă în brațe ca pe un copil și-i aranjă puținele șuvițe de păr deasupra capului.

Plecă și de acolo cu o semnătură proaspătă pe contractul lui don Giovanni.

Am făcut-o și pe-asta. Ce bine că am citit Nabokov16! Am îndoit eu paginile și m-a certat tuşa Catia, dar mi-a fost de folos! Bietul de el! îl compătimi ea.

Deşi afacerile lui don Giovanni mergeau ca pe roate, viaţa fetei se mai schimbă încă o dată, şi nu în bine — cel puţin la prima vedere. Într-o seară primi acasă un pachet frumos acoperit cu hârtie lucioasă. O panglică mare de mătase împodobea cadoul ce se anunţa cât se poate de rafinat. Nika îl deschise curioasă. Încântarea de pe faţa ei se schimbă imediat în stupoare şi-apoi în teroare. În colet se afla un pistol micuţ, negru şi un trandafir alb. Fata deranjase mafia locală prin afacerile pe care reuşise să le încheie şi acum suporta consecinţele.

Nika puse pistolul pe masă, acoperit de un şerveţel.

— Ce-i asta, Nika? întrebă don Giovanni.

Fata desfăcu şerveţelul şi-i arătă arma.

Don Giovanni nu părea prea mirat.

— Ah!..., zise el inexpresiv.

---

[16] Referire la romanul „Lolita" scris de Vladimir Nabokov

163

— Nu mai pot să fac asta, trebuie să mă înțelegeți. Este evident că a venit ca reacție la contractele încheiate. Aveți rivali, dar văd că problemele se răsfrâng asupra mea. Ați primit și dumneavoastră așa ceva?

— Ah, Nika! Cred că știu și de la cine vine. Câinele care latră nu mușcă. Nu am primit, dar nici nu m-ar înspăimânta. Știu un singur om care ar face așa ceva și sigur e vorba de el. Un tâmpit, dar nu unul periculos.

— Poate că aveți dreptate, dar eu sunt prea tânără și nu am în plan să mor acum.

— Gândește-te, Nika. Chiar faptul că ți-a trimis ție pistolul, și nu mie, arată că nu este o declarație de război. Este doar un avertisment pe care-l voi înăbuși din fașă.

— Don Giovanni! exclamă fata.

— Nika, am nevoie de tine! Nu are ce să-ți fie teamă, încercă el să o liniștească. Chiar ar trebui să pleci iar în Creta săptămâna următoare. Nu trebuie să te lași afectată. Lumea afacerilor este mai periculoasă decât să tragi hârtiile din imprimantă. Nu te-aș pune în pericol, ești ca și fata mea.

M-am săturat până-n gât de replica asta. Fata ta sigur nu primește pistoale cadou, nici nu se expune bărbaților, ar fi vrut ea să-i spună revoltată, dar nu i-a   zis acest lucru.

— Știu că țineți la mine, de aceea am o propunere pentru dumneavoastră. Vă deranjează dacă mă mut în Monaco?

— Monaco! Nu ești ieftină! Până la urmă, nu are de ce să mă deranjeze atât timp cât vei continua ceea ce faci mai bine decât oricine. Locul unde dormi are mai puțină importanță. Dacă așa te vei simți în siguranță, du-te la Monaco.

Fata respiră ușurată. Nu mai avu răbdare să aștepte al doilea pistol sau un glonț vesel în ceafă. Pregăti mutarea. Peste două zile plecă cu Margot cu tot, după ce-și luă rămas bun de la proprietara care-i fusese aproape la fel de dragă ca mătușa Catia.

Îmi va lipsi Valletta, dar în viață nu te poți atașa de lucruri, te poți bucura doar pe moment, dar trebuie să fii mereu conștient că nu deții nimic. Nimic nu este al nostru pentru totdeauna, încheie ea șirul gândurilor.

Ajunsă în Monaco, își cumpără un apartament mobilat, micuț, cu două camere, la vreo 35 minute de mers pe jos de palat. Își schimbă și numărul de telefon, își închise contul bancar și apoi redeschise altul la o bancă din Elveția. Primejdia fusese înlăturată, cel puțin pentru moment, și Nika se mai destinse după sperietură. Tot mai dormea cu

165

lumina aprinsă pe hol, dar se trezea iar mai relaxată și încrezătoare.

Privi primul apus de soare din balconul apartamentului ei și rămăsese gânditoare până la miezul nopții.

Nopți la Monaco! cred că o să-mi placă aici! Un nou început în lumea opulenței și-a oamenilor care par mereu fericiți.

Nika se puse pe treabă. După un drum în București, își luă permisul de conducere pentru că își luase o mașină și nu mai avea răbdare să se vadă conducând cu viteză pe serpentinele dintre Menton și Nisa. Spera să aibă mai mult noroc acolo, deoarece în capitala României fusese singura persoană, poate, care o luase în sens invers pe Splaiul Unirii. Ceilalți șoferi fuseseră atât de șocați văzând-o, că nu mai avuseseră timp de nicio reacție. Unii au claxonat-o nervos, dar Nika le-a arătat un deget, ca altădată să-și vadă de treburile lor. Mașina închiriată în București era un Citroen mic, închiriat de la o firmă cu sediul în aeroportul Otopeni. După o zi numai, ea s-a relaxat, ba chiar a devenit galantă în traficul infernal de lângă piața Victoriei. I-a făcut semn unei blonde într-un jeep alb să treacă în fața ei, pentru că și-așa de cinci minute nu se mai mișcase nicio mașină în față. Ceea ce nu a luat în calcul Nika, este că blonda avea semaforul pe roșu și, imediat ce a trecut în fața ei, a fost oprită de un echipaj de poliție venit de niciunde.

La naiba! se făcu Nika mică în scaun, simțindu-se vinovată de amendarea blondei.

Se uita cu coada ochiului în oglinda retrovizoare cum blonda vocifera cu geamul deschis, către polițist, arătând cu degetul în direcția Citroenului ei.

Nu era pregătită să renunțe la șofat, însă. Nici chiar după ce fusese la un centru de copiat din zona Universității și, uitând că schimbătorul de viteze era în marșarier, a lovit din plin o mașină micuță, căreia i-a căzut imediat plăcuța cu numerele de înmatriculare. Speriată, a dat repede în față, lovind o altă mașină parcată regulamentar. Îi înfundase portbagajul cu totul. Era dezastru pe toată linia. Conștiincioasă, Nika a plătit pagubele și a plecat cu permisul la Monaco, unde era hotărâtă să fie mai ceva ca un șofer de Formula 1.

Îi plăcea Monte Carlo. S-a obișnuit și cu supele care costau 30 de Euro la orice restaurant, cu yachturile acostate în golf ale milionarilor, cu sticlele cu apă cu magneziu, cu familiile mixte arabo-franceze din Sudul Franței și cu bolidele parcate peste tot. Dacă

167

magnații ruși preferau mașinile negre, Hummer, cu geamuri întunecate și bodyguarzi care păreau desprinși din filmele cu mafia rusească, arabii veneau în Principat cu mașini joase și sport, încercându-le toți caii putere în parcările hotelurilor cu valeți îmbrăcați în uniforme strălucitoare și mănuși albe.

****

S-a adaptat repede. Nika se plimba cu Margot în lesă pe stradă, la fel cum văzuse zeci de femei din Monte Carlo plimbându-și câinii minusculi cu zgardă Versace. Aceste plimbări aveau loc după căderea întunericului, pentru că doar așa se simțea Margot în siguranță. Într-una dintre nopți, în timp ce Nika se lăsa dusă de pisică lângă aleea parcului Princess Antoinette, pentru ca pisica să se poată cățăra și în copaci, în tăcerea nopții se auzi muzică clasică: Richard Wagner — Walkiria.

O mașină, sursa sunetelor, opri chiar lângă Nika.

Se întoarse cam speriată să vadă cine era, pentru că Margot deja zvâcnise în primul tufiș văzut, smucindu-i lesa din mână.

Un bărbat foarte elegant, care părea să aibă cincizeci sau poate chiar șaizeci de ani, zâmbea la priveliștea ce i se înfățișa în fața ochilor.

— Iubesc pisicile, dar este pentru prima dată când văd una în lesă! râse el.

— Și eu iubesc și mașinile, și păpușile, dar este pentru prima dată când văd în mașina cuiva animale de pluș, râse și Nika după ce privi către decapotabila ce avea pe scaunul de lângă șofer un urs, o jucărie imensă, pufoasă, cu centura de siguranță pusă.

— Ah, Martin! Da, am treburi nerezolvate din copilărie.

— Îmi pare bine de cunoștință, domnule Martin, zise ea în direcția ursului. Toți avem probleme nerezolvate, domnule...? se întoarse ea către bărbatul excentric.

— Gustav, se prezentă el.

— Nika, îi strânse fata mâna, după ce se convinsese că străinul nu prezenta nici cel mai mic pericol.

169

Înalt, blond, slab, cu ochii deschiși la culoare, acesta părea scandinav. Era îmbrăcat într-un costum din stofă, cu carouri galbene. O batistă din mătase roșie se revărsa din buzunarul de la piept.

— Nu păreți de prin părțile astea! exclamă el.

Așa de evident o fi că vin din Văleni? se întrebă ea amuzată. Sângele meu n-are nicio tentă de albastru?

— Nici tu, de altfel, zâmbi ea.

Gustav se întoarse către mașină, deschise portbagajul și luă de-acolo un telescop.

— Ce spui, draga mea Nika? Vrei să privim stelele? Ești singura mea companie pe o rază de un kilometru, mă însoțești?

Nika râse zglobiu. Îi plăcea străinul și nu-i mai era teamă de bărbați. Încuviință din cap cu un surâs amuzat. Gustav așeză telescopul pe un stativ portabil și o invită să admire cerul.

— Este cel mai frumos lucru pe care l-am văzut în viața mea, spuse ea încântată. Stelele par atât de aproape de noi! Sau poate noi suntem aproape de ele?

— Mai degrabă noi de ele, spuse Gustav enigmatic.

Nika se uită iar în telescop.

— Cât de multe sunt, o puzderie! Mă simt atât de mică acum! Crezi că există extratereștri, Gustav? Universul este atât de vast!... Nici nu mă mir că ne simțim pierduți în el. Ce suntem noi? Fire de nisip pe care le ia primul val. Trăim la mila universului, a toanei vreunei asteroid care ne poate șterge de pe fața pământului într-o secundă, reflectă ea cu voce tare.

— Ai auzit de noțiunea de multivers, Nika? Se spune că sunt mai multe universuri, un fel de univers în univers. Cât despre extratereștri, poate că noi suntem extratereștri! Te-ai gândit la asta?

— Adică?

— Pur și simplu, pentru alte entități ce locuiesc pe alte planete, deși locuiesc nu este cuvântul cel mai potrivit, noi suntem extratereștrii. În plus, există destul de multe teorii ce susțin ideea că oamenii au fost manipulați genetic de către o anume specie de extratereștri la începutul evoluției umane.

— Nu se poate!

— De ce nu?

Fata se opri. Era mai gânditoare decât fusese vreodată.

— De fapt, de ce nu? Nu este ca și cum am fost acolo și putem avea certitudinea asta. Crezi, Gustav? Crezi că este posibil așa ceva?

— Uite, există o verigă lipsă în evoluția scheletului uman. S-au examinat scheletele începând de la cel mai asemănător cu o maimuță, dar nu s-a găsit nimic care să arate trecerea de la acesta la ceea ce se cheamă homo sapiens. Probabil că atunci a intervenit manipularea genetică, dacă a intervenit. Vezi tu, Nika, în natură totul este armonios, totul este strâns legat în lanțul trofic, toate speciile, mai puțin omul. Dacă dispar albinele, tot ecosistemul de poate prăbuși. Dacă dispare omul, totul va înflori. Vezi diferența? Nu facem parte din acest minunat ecosistem. Fără unelte am muri, ba de foame, ba de sete, ba de frig sau de căldură. Nu suntem adaptați acestei planete extraordinare. Bebelușii noștri se dezvoltă atât de greu față de puii animalelor. Omul nu are cum să se tragă din animale. Înțelegi?

— Așa se explică faptul că omul este mereu la limita dintre instincte și conștiință? Conștiința ne-a fost dată de cei care ne-au manipulat genetic? Dacă nu făceau asta, eram supuși instinctelor, ca toate animalele?

— Înțelegi mai repede decât mine, Nika. Bravo! Nu doar că nu suntem stăpânii acestei planete, așa cum ne place să credem, dar suntem chiar musafirii ei toleraţi. Nişte musafiri care au intrat încălţaţi şi jefuiesc tot ce văd.

—Nu m-am gândit niciodată la asta. Îmi place compania ta, Gustav! Nu am avut niciodată astfel de discuţii, cu siguranţă nu cu un străin, şi, sincer, m-am săturat să vorbesc despre vreme sau despre afaceri.

Nika nu se prefăcea, simţea o ciudată afecţiune faţă de bărbatul acela. Nu-l cunoştea şi nu o cunoştea, dar în limbajul inimii ei erau deja apropiaţi.

—Nu mă complimenta acum! Îţi voi spune şi eu ceva, cu toată sinceritatea... Mi-ar plăcea foarte mult să fim prieteni. Nu iubiţi. Iubite am destule şi mereu altele. Ce spui de asta, Nika? Nu va fi nevoie să flirtezi cu un biet bătrân! Ar trebui să fie o uşurare.

—Ce prostie! Nu eşti deloc bătrân. Accept doar dacă îmi promiţi să-mi mai vorbeşti despre extratereştri. Studiezi astronomia? Eşti mistic, poate?

Gustav râse.

—Mai rău. Colecţionar, arheolog din când în când. Din fericire, sunt destul de bogat ca să-mi pot permite această manie a mea. Eu caut trecutul, Nika. Îl caut obsedat, neliniştit, ca un nebun. O nebunie pe care nu o voi dărui

173

niciodată unei femei. Aşa mi-am propus acum mulţi, mulţi ani şi nu mă voi răzgândi.

Nika respiră uşurată. Nici ea nu avea nevoie de un iubit.

— Din noaptea asta mă poţi considera prietena ta.

Au pecetluit înţelegerea cu o strângere onestă de mână şi au mai râs împreună o oră înainte să se despartă.

****

Cea mai mare plăcere a ei, când nu lucra sau când nu călătorea, era să-l vizitez pe Gustav. El colecţiona maşini de epocă, monede, timbre, arme, ceaiuri, ţesături, podoabe şi tot felul de vestigii arheologice. Era fascinant. Nika trecea pe la el cel puţin o dată pe săptămână şi-l asculta cum îi povestea despre fiecare obiect nou achiziţionat, care era mai vechi decât ea, clar, sau chiar decât Iisus Hristos. Casa lui era un adevărat mausoleu. Complet restaurată, dar păstrându-şi aerul de eleganţă al secolului trecut, sfida arhitectura

174

moderna din nordul orașului Monte Carlo. Când Nika intra cu mașina pe lângă porțile metalice larg deschise, avea senzația că intra într-o poveste cu pitici, crăiese și grădini fermecate. Gustav era un prinț mai în vârstă, un adevărat gentleman, iar purtarea lui era ireproșabilă. Se ținuse de cuvânt și nici măcar nu încercase să flirteze cu ea. Erau într-adevăr prieteni, o noutate absolută pentru amândoi.

—...Nu-mi place să mă culc cu femei inteligente, draga mea, îi spuse el. Mă suprasolicită, iar eu vreau să-mi păstrez energia pentru ticnelile mele. Eu alerg doar trecutul, îi caut disperat secretele, îi simt parfumul ca și cum ar fi cea mai frumoasă femeie. Poate că m-aș fi culcat cu tine dacă ai mirosi ca o vază Ming sau ca o carte veche de 300 de ani măcar. Nu te bosumfla, draga mea. Acestea sunt defectele tale în ochii mei. Vezi tu, Nika, bărbații se împart în două categorii, cei care își dedică toată viața femeii și cei care au alt scop decât femeia. Aceștia din urmă sunt rara avis[17]. Majoritatea bărbaților trăiesc pentru a satisface o femeie, chiar și atunci când nimic nu pare să indice asta. Bărbații trăiesc pentru femei, iar femeile trăiesc pentru ele însele. Nici măcar de asta

---

[17] Traducere din lb. latină: „pasăre rară"

nu sunt sigur, adaugă el îngândurat. Dacă mă duc la un psihanalist, să spunem mâine, și realizez în timpul unei ședințe că, de fapt, alerg trecutul pentru că, undeva, cândva, în colțul memoriei mele am fost atras de o femeie care, să spunem, colecționa bastiste vechi de dantelă? Dacă alerg trecutul pentru a o recrea pe ea? Dacă am o astfel de amintire și nici măcar nu sunt conștient de ea și, iată, stau aici înșirând tot felul de prostii unei fete tinere și frumoase iar, în realitate, nu sunt decât un bărbat ca toți ceilalți? Îmbătrânesc Nika, mai am puțin și mă pot așeza într-una dintre vitrinele mele, să vină Marta în fiecare dimineață, să mă șteargă de praf cu nepăsarea și dezgustul cu care șterg o urmă. Promite-mi că tu nu vei îmbătrâni, mi-ar frânge inima, draga mea. Haide mai bine în cealaltă cameră, să-ți arăt ce-am cumpărat ieri! Am fost la o licitație...

— Câteodată mă gândesc că tu ai fi bărbatul meu ideal.

— Ce prostii îți trec prin cap, Nika!

— Așa e, știi asta. Nu-mi ceri nimic, nu ți-aș cere nimic, doar am sta de vorbă-n fiecare seară despre comorile tale. Ce mai există altceva în viață? Ce tihnă ar fi.

— Vezi, confirmi teoria mea. Femeile nu sunt făcute să gândească, atunci când una

176

gândește, spune doar prostii. Femeile trebuie să viseze, să inspire, să fie crude ca o panteră înainte să te sfâșie. Credeți că doar voi căutați suferința, dar vă înșelați, și noi facem asta. Da, așa primitivi cum ne credeți, bazați pe instincte. Cum să nu-mi ceri nimic? Ar trebui să-mi ceri, să te înfurii când nu-ți voi da ceea ce vrei, să vrei să mă muști și-apoi să mă săruți. Asta înseamnă să trăiești.

Câteva minute nu au mai spus niciunul nimic. Gustav mergea pe linia fină a prieteniei lor, iar ea nu voia să-i influențeze pașii.

— Haide sus, pe terasă, Nika, sparse el tăcerea. O să ascultăm ploaia și-o să bem ceai adus din Nepal. Trebuie să asculți ploaia din octombrie. Doar în octombrie ploaia are cântecul trecutului și dansul amintirilor. Ai văzut cum cade un strop de ploaie pe o frunză de arțar? Cu iubire, Nika.

— Dragul meu, ești un nostalgic încântător. Eu încă mă lupt cu o viață, care, pentru mine, este un risc total, cu un Dumnezeu căruia îi place să parieze și să joace la ruletă. Încă îl caut. Ce este cu manuscrisul acesta, Gustav? întrebă ea descoperind ceva nou pe biroul lui.

— Ah! Acela. Ai grijă cum îl deschizi, a fost descoperit în secolul al XVII-lea. Este scris pe frunze de palmier, ăsta-i un alt mic miracol. Am fost un norocos, l-am găsit la o licitație

care s-a ţinut într-un orăşel din India, lângă
graniţa cu Nepalul.

— Este în sanskrită?

— Poţi descifra din ceea ce este scris în el?

— Dar desigur, draga mea. Ai început să te
pricepi. Îţi admir agerimea minţii...

— Nu, draga mea. Îmi ajung orele de ebraică
pe care le iau, mă extenuează de-a binelea. O
copie a manuscrisului va fi trimisă la un
institut din New Delhi. Un profesor de acolo,
un bun prieten de-al meu, îmi va dezvălui
secretele încrustate în manuscris. Şi asta cât
de curând!

— Cum poţi cumpăra ceva fără a şti despre ce
este vorba? Dacă nu te interesează?

— Cum să nu mă intereseze, fată prostuţă?
Mă interesează tot. Cu cât este mai vechi, cu
atât poartă în el mai multe întrebări şi
enigme.

— Eşti cel mai interesant bărbat pe care l-am
cunoscut, zise Nika visătoare. Nu vrei să mă
iei cu tine în călătorii? Ce trebuie să fac? Să
stau în cort? Să călăresc vreo cămilă? Două?

— Nu ar avea niciun sens. Nu eşti făcută
pentru asta. Ţi s-ar părea interesant în
primele zile, apoi te-ai plânge că soarele îţi

arde pielea, că drumul este insuportabil, că este prea cald sau prea frig, că ploaia e udă, că am prea multe tabieturi... Te vei plictisi îngrozitor și mă vei plictisi și pe mine. Probabil că nu ți-aș reproșa nimic, nici tu mie, iar asta ar face totul mult mai chinuitor. Nika, cele mai mari dureri sunt cele păstrate în tăcere. Nu, draga mea, ce rost ar avea?

— Cum îți place să mă subestimezi, Gustav! O faci intenționat, nu-i așa? Vrei să-mi găsești defecte și acolo unde nu am. De ce mi le-ai căuta acolo? Nu am atâtea altele pe care le-ai putea exploata în voie?

— Fata mea deșteaptă! Da, mi-e frică de tine, de aceea te țin la distanță. Dacă aveam douăzeci de ani îmi asumam acest risc, poate, dar am peste șaizeci. Ne-am întâlnit prea târziu, draga mea. Niciodată nu este prea devreme să iubești, doar prea târziu. Eu plec și tu vii. Mai bine lăsăm astfel de speculații fanteziste și vorbim despre altceva. Bine că mi-am amintit, săptămâna viitoare este ziua ta. Spune-mi, ce vrei să-ți dau? Chiar am chef să fac o extravaganță!

— Nu mai vorbi despre bătrânețe. Ai spiritul tânăr și doar asta contează.

— Spiritul, da. Dar corpul? Ce te faci cu corpul ăsta, Nika? Și-a încetinit comenzile, nu mă mai ascultă. Spune-mi, ce vrei de ziua ta?

— De fapt, am o dorință...
— Să auzim.

— Vreau să dorm o noapte în deșert, lângă piramide. Vreau să privesc cum răsare soarele din deșert, cum se înalță din nisp către vârful piramidelor, vreau să văd stelele, să rămân în contemplație. Vii cu mine, nu-i așa? Dacă nu vii tu cu mine, mă duc singură.

— Extraordinar! exclamase el, nerăspunzând totuși la întrebarea fetei.

În acel moment a intrat majordomul invitându-i pe terasă, unde era așezată o tavă cu ceai parfumat. Îl serviră în cești de porțelan pictat. Leneveau amândoi pe fotolii, fata sorbind ceaiul, stând turcește, iar Gustav aprinzându-și un trabuc cu aromă de cireșe. Într-adevăr, ploaia lovea în cadențe dese plafonul din geam al terasei. Cei doi au rămas tăcuți până la douăsprezece noaptea, atunci când șoferul lui Gustav o conduse pe fată la locuința ei. Niciodată nu dormea la el, indiferent de ora târzie la care se întorcea. Uneori Gustav îi făcea mici cadouri, având grijă ca darurile să nu aibă nicio conotație sexuală. Nu primea de la el bani, rochii sau parfumuri. Îi aducea, în schimb, trufe belgiene, tomuri de cărți din colecția lui, mici excentricități precum a-i aduce cu avionul niște sushi gătit în Japonia și păstrat într-o ladă frigorifică, genți lucrate manual din cine știe ce țară din Africa sau din America de Sud. I-a adus chiar și o mână de scoici și o sticlă cu nisip din Fiji. Nu aveau însemnătate materială decât prin prisma modului în care au fost aduse sau găsite de el.

— Ești singurul bărbat care nu mă dorește. Extraordinar! Care nu mă vrea, se lamenta ea, mai mult glumeț decât dramatic.

… și Carlos Oliveira, dar asta nu-i mai spuse lui Gustav.

— Tocmai pentru că te vreau într-adevăr, nu te voi avea. Știi cum este să-ți dorești ceva și să nu-l ai? Orgasm pur. Va rămâne mereu dorința, te va ucide pe dinăuntru și te va sfâșia până la ultima suflare. Norocul meu că nu mai am mult de trăit. Grandios! Viața este o comedie la care plângem cu toții, dragă Nika.

— Poate că alergăm cu toții după suferință, Gustav, dar tu chiar reușești să o prinzi. Conviețuiești cu ea și cu trecutul. Mi te-au răpit! râse ea.

— Ești o micuță vulpe!

— Mi s-a zis și mai rău, hohoti fata.

— Serios? Cine mi-a luat-o înainte?

181

— Carlos, un brazilian, șopti ea evaziv.

— Înseamnă că este un bărbat care te-a plăcut, poate, la fel de mult ca mine.

— Mă îndoiesc, dar să știi că sfaturile lui au fost extraordinare. Ceea ce m-a învățat în cinci minute îmi va ajunge pentru o viață.

— Mi-ar plăcea să-l cunosc. Ne faci cunoștință? Vezi? sunt aproape gelos. Dacă mai stai puțin, ți-o prezint pe Valerie! ripostă Gustav.

— Nu cred că mai stau, m-ai obosit îngrozitor. Și nici n-a fost nevoie să facem sex! îl tachină ea.

— Nu vrei să luăm toți trei o cină târzie? Ce bine mi-ar sta între două femei frumoase. Ce altceva își mai poate dori un bărbat?

— Îmi pare rău, dar te vei mulțumi doar cu una singură în seara asta. Te las să încerci să mă convingi data viitoare.

Nika a plecat fără să-și ia rămas-bun de la el. Amândoi detestau acest lucru. Preferau plecările liniștite care lăsau o urmă de mister și o alta de îndoială. Va mai veni? Nu va mai veni? Când? Ce chin dulce!

182

Nika se plimba în fiecare noapte. Nu îi era somn și nici nu avea un program care să-i ceară să se trezească dimineața. Singurele restricții pe care le avea erau cele pe care și le impunea ea singură. Își lua mașina din parcare și o conducea, fără o traiectorie anume, unde o chema sufletul. Îi plăcea să inspire întunericul, magia pe care o răsfrângea asupra tuturor lucrurilor. Acestea erau momentele ei. Orașul privea cerul, scăldat de mare. Nika se lăsa călăuzită de lună. În timp ce stelele se iveau una câte una, casele își stingeau luminile și vegheau somnul și visele locuitorilor din principatul Monaco. Era, într-adevăr, o poveste modernă, cu prinți și prințese care supraviețuiseră trecutului și priveau către un viitor incert, dar neapărat fastuos.

Opri mașina pe un deal, de unde putea auzi foșnetul valurilor mării.

Îmi amintesc de nopțile din Văleni, de frica ce-o strângeam la piept atunci când ieșeam afară și auzeam mugetele animalelor. Erau sfâșietoare. Păreau că vor și ele să evadeze din grajdurile și cotețele lor, la fel ca mine, către libertate. Cine a inventat lanțurile și

183

îngrădirea? Nicio ființă de pe pământ nu trebuie îngrădită. Ne-am născut liberi și trebuie să murim în libertate deplină. Aici lumea petrece și nu mai știe pe ce să cheltuie banii, în Africa se moare de foame și de sete. A cui este vina? Ce ar trebui să învățăm? Cum să-mi fie sufletul liniștit când altul este flămând? Cum să mă bucur de libertate, când altul trăiește cu grija zilei de mâine? Cum să mănânc un animal care a crescut între ziduri și n-a văzut niciodată lumina soarelui? Ce este omul? Ce-i trebuie pentru a fi fericit? Diferențele de mentalitate dintre cele două locuri mă năucesc și mintea mea face eforturi să înțeleagă discrepanța dintre Văleni și Monaco. Aș vrea ca lumea întreagă să fie un loc al grației și-al iubirii, al libertății pe care o simt eu acum! Totuși sunt fericită. O fericire frumoasă, deși solitară. Ce am sacrificat pentru a avea această viață această fericire? Totul. Mi-am ars lutul trecutului și-am sculptat altceva care mă reprezintă mai bine. Mi-e dor de părinții mei, dar nu și de sfaturile lor. Nu că nu ar fi fost bine intenționate, dimpotrivă. Toți părinții vor binele copiilor, doar că majoritatea nu se pot desprinde de experiența propriilor lor vieți și reflectă asupra copiilor temerile lor, problemele lor și ideile lor de viață. Nu realizează că timpurile s-au schimbat, că unele legi nu mai funcționează așa și că destinul copiilor va fi diferit de-al lor din simplul motiv că fiecare ființă este unică. Am învățat să mă sfătuiesc singură și, poate, asta este cea mai mare realizare a mea. Ah, albastrele mele nopți la Monaco!

****

Nika stătea relaxată pe fotoliu, cu picioarele pe brațul acestuia. Gustav stătea pe fotoliul din fața ei. Între ei era o măsuță joasă, în stil japonez, acoperită cu o placă subțire de marmură neagră. Amândoi sorbeau încet dintr-un ceai de iasomie și flori de portocal.

— La tine mă simt ca acasă, Gustav. Este un sentiment pe care nu mi-l pot explica.

— Draga mea, te poți muta aici oricând. Sunt atâtea camere nelocuite.

— Nu aș face asta. Prefer să mă simt așa din când în când, nu ar mai avea farmec altfel. Ți-ar mai face plăcere cafeaua dacă ai bea numai cafea? Trebuie să ne cultivăm micile plăceri, sunt atât de rare. Asta am învățat de la tine, dragul meu, deci nu te plânge!

— Nika, nu există plăceri mici, o întrerupse el.

Nika zâmbi.

— Ah, Gustav, am început să vorbesc ca tine, am devenit o resemnată, una fără aerul tău boem. Nu mă mai recunosc. Mai bine vorbește-mi despre călătoriile tale. O comoară nouă?

— Am fost plecat o vreme bună. Uitasem, nu ți-am arătat ce-am luat din Madagascar. Trebuie neapărat să vezi asta. Nu-mi vine să o las nici pe Marta să o atingă sau să-i mute locul. O piesă splendidă.

Ambii evitau discuțiile ce impuneau acțiune. Tangoul lor verbal ascundea neliniștea pe care o simțeau unul în preajma altuia, o neliniște pe care n-o asociau cu nimic cunoscut, ca atare o ascundeau abil sub cuvinte frumoase, fără conținut, pentru că nu știau ce să facă cu ea. Nika se ridică în picioare și-l urmă pe Gustav în camera comorilor. Așa denumise ea încăperea în care el își depozitase obsesiile și vestigiile. Camera se deschidea cu un card special, iar seifurile nu își dezvăluiau conținutul decât dacă dețineai cifrul. Chiar și acest cifru se schimba în fiecare zi. Ușa de la intrare era din lemn de abanos, cu miez din metal. Era nerăbdătoare să-l însoțească acolo. Luminile neoanelor se răsfrângeau pe fiecare obiect așezat cu grijă într-o vitrină de sticlă. Un adevărat muzeu modern.

Gustav o aduse în fața uneia dintre vitrine și luă cu grijă o jumătate de vază, un vestigiu. Vaza ciobită și cu decorațiunile șterse de timp nu i-a spus fetei mare lucru, dar el vibra ca o strună de vioară. Părea mai tânăr ca niciodată, avea entuziasmul unui adolescent la prima întâlnire cu o puștoaică.

— Cât este de veche? Nu e în cea mai bună formă! E doar o jumătate de vază, Gustav! Ai început să te mulțumești cu jumătate din ceea ce poți avea, râse ea.

— Are mai bine de o mie de ani. Nika, îți dai seama?

— Câteodată mi-e greu să-ți înțeleg pasiunea. Pentru mine este doar o vază ciobită, glumi ea.

— Asta pentru că nu o vezi prin prisma mea, dragă. Știu ce să-ți arăt. Să vedem ce vei spune acum, micuță profană!

Bărbatul se îndreptă către unul dintre seifuri și-l deschise. O chemă lângă el. Chipul ei se lumină — o metamorfoză care nu-i scăpă lui Gustav.

— Superbă! Este superbă, Gustav!

187

În cutia de catifea luată din seif era o diademă de aur cu cristale încrustate. În mijlocul rafinatei lucrări se afla un smarald magnific din care se revărsau petale din aur, cu margini ce păreau sculptate cu rouă de argint.

— Vezi, Nika? Această piesă te impresionează, dar vaza nu te-a interesat. Ce spune asta despre tine?

— Spune că sunt superficială, Gustav. Și eu îmi spun că sunt superficială, dar nu am nicio problemă cu asta.

— Nu ar trebui să te judeci atât de aspru, draga mea. Oricum o vor face alții. Tu fii bună cu tine!

— Îmi place cum miroase în camera asta. Miroase a interzis și a tine, Gustav. Așa ești și tu, deții multe secrete, la fel ca toate piesele astea. Mereu te voi asocia cu mirosul acestei camere. Ești un bărbat ca nimeni altul.

— Vulpiță, încerci să mă învălui. În unele clipe îmi pari mai prețioasă decât toate comorile mele și aș încerca să fim împreună, dar nu ar duce la nimic bun. În toate celelalte clipe mă contrazic.

— Nu te mai cer de bărbat, nu-ți face griji! surâse ea. Prietenia noastră este mult prea prețioasă pentru mine, valorează atât cât valorează comorile tale. Apropos de comori, când vine Emma? întrebă ea puțin ironică.

— Poate că a și venit. Este ora două noaptea. Coborâm la parter?

— De cât timp sunteți împreună, Gustav? Nu ai trecut deja de limita de siguranță cu Emma?

— Doar de trei luni, nu te grăbi cu concluziile. O ador pe Emma, dar o voi adora și pe cea care-i va urma.

— Nemilos! Ăsta este cuvântul care te-ar descrie cel mai bine.

— Dar nu este adevărat, dragă Nika. Nici ele nu sunt îndrăgostite de mine mai mult decât sunt eu îndrăgostit de ele.

— Pentru că nu le dai posibilitatea să o facă! Nu poți intra într-o casă încuiată cu lacătul. Te vei mulțumi să bântui prin curte, dar nu vei uita niciodată că a fost încuiată pentru tine.

— Nu cred că poți porunci inimii, Nika. Ești încă prea tânără pentru un astfel de subiect spinos.

Ea se strâmbă puțin, dar îl lăsă să câștige acest mic duel.

Cei doi reveniră pe terasă. Printr-o apăsare de telecomandă, tavanul se despărțise în două, glisându-se până când nimic nu le mai stingherea vederea către cerul înstelat. În scurt timp își făcu apariția și Emma. Era o blondă foarte frumoasă, tunsă scurt, cu brațe subțiri, acoperite de tatuaje și cu picioare interminabile. Era îmbrăcată foarte modern, tineresc, în contrast cu sobrietatea elegantă a lui Gustav. Aceasta veni să-l sărute el și să o salute pe față ca pe o prietenă apropiată. Era o plăcere să fii în preajma Emmei. Conștientă fiind că muștele vin la miere, pe tot parcursul conversației flata oricare interlocutor. Întotdeauna oamenii vor avea îngăduință pentru lipsa de sinceritate a admiratorilor lor.

După jumătate de oră, Nika găsi de cuviință să-i lase singuri pe cei doi. Plecă în liniște condusă de majordom, admirând priveliștea de care nu se mai sătura. Era mai melancolică în noaptea aceea decât fusese vreodată. Ajunsă pe povârnișul unui deal, opri motorul mașinii și admiră panorama splendidă a orașului Monte Carlo. Nika adora noaptea și adora Monaco.

****

190

Nika ajunsese în Cehia. Don Giovanni avea iar nevoie de ea. Ținta era un om de afaceri bosniac. Ea presimțise că nu avea să fie ușor și-n ultima vreme se obișnuise să-și asculte intuiția. Acesta era prevenit de venirea fetei și știa exact ce dorește de la ea și nu putea avea de la don Giovanni. Nu despre bani era vorba, nici despre o aventură pitită de ochii lumii. Își iubea soția, o poloneză blondă care fusese o mare frumusețe cu douăzeci de ani în urmă, dar cei doi formau de-atunci un cuplu plictisit. Vorbise cu nevastă-sa despre dorința lui și amândoi ajunseseră la concluzia că aveau nevoie de o a treia persoană. Când Nika l-a contactat să vorbească despre afacere bosniacul i-a spus clar:

— Dacă vrei să semnez, va trebui să vii la noi acasă. Soția mea te așteaptă cu mai multă nerăbdare decât mă așteaptă pe mine să vin de la serviciu.

— Vă mulțumesc pentru ofertă, dar prefer să avem o discuție la un restaurant.

— Nu ne refuza, te rog. Am auzit că faci orice pentru don Giovanni și pentru afacerile lui.

Nika a ezitat la început. S-a gândit serios să-l refuze pe don Giovanni pentru prima dată în viață. În ultima vreme se descurcase foarte bine fără să-și dea jos nici măcar pălăria. Îl sunase pe italian să-i spună să o înlocuiască.

— Trimite o escortă în locul meu. Nu trebuie să fie prea greu. Și de când am ajuns să am o astfel de reputație? Îmi pare rău, dar nu pot să mă expun astfel.

— Nika, te rog, nu pot renunța la afacerea asta. Dacă o pierd, se duce totul de râpă. Va angrena și înțelegerea cu serbii. Ei te vor pe tine. Nu este genul de afacere pe care îmi pot permite să o pierd. Îți măresc comisionul. Știi că ești suficient de abilă încât să îi faci să accepte ce vrei tu, până la urmă.

— Nu este vorba de comision și o știi foarte bine.

— Știu ceea ce îți cer, dar acesta este un caz aparte. Eu te-am înțeles când ai vrut să pleci la Monaco, te rog să faci un efort și să mă înțelegi că nu am de ales decât să te trimit acolo.

Nu era nimic de făcut. Nika acceptă cu greu, enervată. Făcuse sex în trei cu bosniacul și cu nevastă-sa. Avusese o senzație de greață tot timpul și chiar se gândise să renunțe la viața pe care o ducea. Apucase cu dezgust contractul semnat de pe masă și plecă fără să spună măcar rămas-bun. Cei doi formau un cuplu grețos, iar după ce documentul a fost iscălit, Nika nu a mai avut chef de politețuri.

Cuplul credea că totul li se cuvine, chiar și oamenii; eventual, serviți pe un platou de argint precum capul lui Ioan Botezătorul în fața desfrânatei Salomeea, fiica Irodiadei.

Nika reuși cu greu să-și dosească întâmplarea într-un colț întunecos al memoriei, ferecat cu mai multe lacăte decât o fortăreață. Și-a spus că nu se va mai gândi niciodată la ceea ce se întâmplase și chiar a reușit să alunge amintirea cu totul. Își impusese să fie puternică și asta făcea. Cu orice preț. Știau că și banii aveau prețul lor.

*****

— Îmi propui ceva indecent? Unde mă răpești?

— Desfrânat de-a dreptul, râse Gustav.

Șoferul opri la marginea unei păduri, iar Gustav îi întinse mâna să îl urmeze. Nika mergea cu pas ușor în urma lui. Au urcat cam 10 minute pe o alee pietruită. Luna le lumina cărarea oglindindu-se în lacul din partea dreaptă a drumului. Era o noapte liniștită, una dintre acele nopți care-și lasă amprenta în albumul nostru de amintiri. Gustav trecu în spatele fetei și-i puse mâna la ochi.

— Înaintează, draga mea.

— Ce mi-ai pregătit? Este ceva intrigant? Este ilegal? Este imoral?

Nika începea să se întrebe serios dacă în noaptea aceea se va termina farmecul prieteniei lor liniștite și dacă el nu cumva va contrazice ceea ce a susținut până atunci. Va începe o idilă? Nici măcar nu-și putea da seama dacă-și dorea sau nu o idilă cu el. Îl iubea pe Gustav, dar nu ar fi putut spune cât din iubirea ei era romantică sau dacă tot ceea ce simțea pentru el era o prietenie la care ținea ca la ochii din cap.

După câțiva pași făcuți împreună, Gustav își luă palmele de pe ochii fetei. Era în spatele ei, înlănțuindu-i talia subțire.

Nika scoase un țipăt ușor de încântare.

— Lamprohiza splendidula18, preciză el. Splendid, precum le e numele, nu-i așa?

— Dumnezeule, suntem într-un basm, nu-i așa? Un basm într-un alt basm. Licurici! Gustav, tu mereu mă aduci într-o altă lume și

18 Specie de licurici

mă emoționezi! Cu tine sunt doar un copil fericit. Asemenea lui Merlin, rotești bagheta magică și creezi o feerie! Îți mulțumesc, dragul meu prieten! M-ai făcut să uit de tot ce a fost rău vreodată.

Pădurea era magică. Licuricii îi înconjurau din toate părțile, purtându-și focul viu pe aripile lor fragile.

— Este atât de frumos! Mă aștept să-mi apară spiritul pădurii în față și să-mi îndeplinească o dorință.

— Și care-ar fi aceea?

— Să trăiesc pentru totdeauna în locul ăsta. Este divin! Cum de l-ai găsit? Nu, nu-mi spune, nu vreau să știu! Vreau doar să ascult pădurea, să contemplez astrele aceste micuțe cu aripi. Vezi, Gustav? Cerul a poposit în pădure, iar licuricii sunt stelele. Avem două ceruri. Nu-mi spuneai tu de multivers? Ah, Gustav, așa mă simt și eu, un licurici. La lumina zilei sunt doar un gândăcel, dar noaptea mă simt un licurici.

Se lăsase răcoare, dar Nika refuza să plece din pădurea fermecată. Urmărea licuricii și se afunda și mai mult în hățișurile întunecoase. Gustav o urmărea mai greoi încercând să țină pasul cu capriciile ei încântătoare.

— Micuța mea, încep să regret că te-am adus. Nu mai am 20 de ani. Nici măcar nu am ceva să-ți dau să pui pe tine. Este frig. Vrei să-l sun pe David să-ți aducă un șal sau altceva?

— Nu pot să plec, inima mea nu mă va ierta niciodată dacă mă reîntorc la viața mea de până acum. O să rămân aici și o să fiu un spiriduș al pădurii! Fii și tu unul!

— Nika, fii rezonabilă, trebuie să plecăm, altfel vei dormi aici.

— Nu am chef să fiu rezonabilă, vreau să rămân, bătu ea din picior.

— Cu riscul de a te lăsa aici în pădure? Ce vei face când eu voi ajunge acasă și voi bea un ceai în fotoliu, lângă șemineu? Vei dormi cu capul pe o piatră? Te vei cuibări într-o scorbură plină cu furnici care te vor mușca de fund?

— Nu-mi pasă! Du-te dacă vrei! Rămân!

— Te porți ca un copil.

— Sunt un copil!

— Atunci ascultă de cineva care-ți vrea binele și este mai matur decât tine.

— Nu vreau! continuă fata cu tărie. Știu că mă răsfeți, Gustav, n-am avut parte de asta în copilăria mea, dar acum nu vreau să fiu dificilă, chiar vreau să rămân aici. Tu du-te, nu mă deranjează. Chiar nu pot să plec de aici, parcă am făcut un legământ cu pădurea, și nu-l pot încălca. Este pădurea mea magică, sunt licuricii mei!

— Bine, renunță el și se îndepărtă de ea părând bosumflat.

Parcă l-ar fi înghițit pădurea în crângul ei. Nika rămase singură. Încercă să prindă un licurici între palmele ei făcute cuib, dar nu izbuti, îi era frică să nu frângă aripile minunii. Teama nu-i dădea târcoale, ce-ar fi putut să se întâmple rău în pădurea fermecată? Poate doar să apară Lizuca și Patrocle sau să vadă lucind felinarul din casa Albei ca Zăpada.

Ce fantezie! Gustav nu știe ce pierde, își spuse ea.

Era fericită. Mai urmări câțiva licurici până ce ajunse pe malul lacului. Se uita fascinată la spectacolul măreț al naturii. Micile făclii împânzeau pădurea. Erau peste tot. Nika se uita ca un copil la bradul împodobit de Crăciun. Așa s-a scurs o oră. Apoi încă una. Și-a scufundat mâna în apă, unduind luciul liniștit.

Unde este zâna lacului?

Frigul începuse să-i muște pielea înfiorată încet-încet. Nika parcă se trezea din vis nedumerită.

Nu vreau, veniți înapoi! Ce liniște este! Gustav n-a glumit, chiar m-a lăsat singură. Oare pe unde am venit?

Parcă și licuricii migraseră către lac și o părăsiseră. Mai erau doar câțiva în jurul ei.

— Haide, pune mâna și ajută-mă, auzi ea vocea lui Gustav care venea către ea cu o lanternă în mână.

— Nu pot spune că nu mă bucur că te-ai întors! Îmi pare rău că-ți dau bătăi de cap. Este pur și simplu prea frumos aici!

— Mai bine ajută-mă, spuse el mofluz. Am adus doi saci de dormit.

— Vom dormi uitându-ne la cer?! Vai, Gustav, ce mult te iubesc!

— Bagă-te-n sac! îi spuse el poruncitor fără a-i împărtăși entuziasmul, dar mulțumit în fond că o face fericită cu atât de puțin.

Nika a făcut ce i s-a spus. S-au instalat chiar pe potecă, iar ea a intrat în sacul moale ca-ntr-un cocon de flutur al nopții. Nu îi era teamă de insectele ce mișunau nestingherite, avusese parte de ele din plin în timpul copilăriei petrecute la Văleni. Cei câțiva licurici rămași dansau în jurul lor pe muzica nopții. Au adormit amândoi către răsăritul

198

soarelui, când lumina micuțelor insecte s-a stins sub primele raze de soare.

****

Erau vreo cincizeci de persoane pe yachtul acostat. Petrecerea o luase razna cu totul. O tipă extraordinar de frumoasă, cu un nume ce i se potrivea mănușă, Medeea, o meduză matoală, era înconjurată de vreo cinci tipi care o îndemnau să mai bea. Părea toată o pâlnie, deși nu avea cea mai robustă constituție, dimpotrivă.

— Tot! Tot! scandau ei către fata care nu părea să aibă nici 18 ani împliniți.

În aplauzele lor, Medeea își scoase cămașa de pe ea, aruncând-o peste bord. Nu avea sutien, era ca o sirenă beată criță, stâlcită de alcool, acoperită doar în partea de jos a corpului. Bărbații erau în delir și nu se mai dezlipeau de ea, intuind o continuare de vis. Au fost decepționați însă, fata a trecut de la starea de extaz direct la cea de depresie și a început să plângă cu lacrimi grele amestecate cu tuș negru. Fața ei oglindea disperare extremă. De parcă ar fi sunat clopoțelul de pauză la şcoală, cei cinci şi-au luat imediat tălpăşiţa de lângă fată. Au plecat să caute altă victimă, una mai puţin nevrotică.

Nika privea spectacolul ce se desfăşura în faţa ochilor ei. Îi era milă de fată şi simţea un dezgust vechi faţă de rasa umană, în general. Se duse la ea şi o întrebă dacă o poate ajuta cu ceva. O luă de mână.

—Vrei să găsesc o cabină unde să poţi dormi? Ai nevoie de ceva?

Medeea răspunse vehement la gestul fetei:

—Lasciami! Lasciami![19] ţipă ea la Nika şi mai dădu pe gât un pahar de şampanie. Lacrimile i se scurgeau în pahar, dar ea era determinată să continue pe drumul pe care-l începuse.

Nika renunţă, ştia că nu poţi ajuta pe cineva care nu vrea să se ajute singur. Oftă şi se duse mai aproape de Gustav. Începuse să regrete că acceptase invitaţia lui. Venise mai degrabă din curiozitate. Nu-şi putea imagina cum de un bărbat atât de fermecător şi de liniştit poate participa la astfel de petreceri ce nu erau deloc o noutate în Monaco — făceau parte din decandenţa cu care Principatul chiar se mândrea. Cele şase cabine de jos erau toate ocupate. Făceau sex ca şopârlele, unii

[19] Traducere din lb. italiană: „Lasă-mă! Lasă-mă!”

peste alții, cu patimă. Trei tipe fumau pe punte amestecându-și substanțe mai ilegale decât toate cazinourile din Malta la un loc. Cele trei erau manechine, se vedea cu ochiul liber. Corpuri lungi erau deșirate, dar fără cusur, dar părul natural rămas prins extravagant, părea un cuib părăsit de berze. Nika le auzea conversația de unde era și o pufnea și pe ea râsul din când în când. Una dintre ele zicea că ea are doar fotbaliști în portofoliu, pentru că au bani, rezistență fizică și pentru că sunt mereu plecați.

— Iubiți perfecți! râse cea de lângă ea, o asiatică.

Una dintre ele venise lângă Nika, privind-o languros:

— Ai cele mai senzuale buze pe care le-am văzut vreodată. Mă însoțești până la baie? glăsui ea, convinsă că nimic nu-i putea sta în cale.

Nika se simțea bine, dar era detașată de tot ceea ce se întâmpla acolo. Băuse suficient Martini cât să nu aibă niciun fel de prejudecăți, dar nu avea de gând să accepte nicio invitație la amor spontan.

— Aș veni, dar se supără prietenul meu, râse ea arătând către Gustav.

— Poate să vină și el, în trei este mereu mai amuzant, insistă tânăra.

Era evident că nu accepta să fie refuzată. Altfel, de ce ar fi refuzată? Arăta ca o fantezie sexuală scăpată de sub control. Nika nu voia să o jignească refuzând-o, așa că se afla într-o mică încurcătură. Până la urmă se eliberă de invitație datorită unui alt tip, un african care veni lângă ele și, fără nicio introducere, începu să-și plimbe limba de-a lungul decolteului manechinului excitat. Fata începu să râdă.

—Mmmm, îl aprobă ea, mai adânc, mai adânc...

Așa se face că bărbatul câștigă terenul pe care Nika nu era dispusă să joace nici măcar o rundă. Ea zâmbi ușurată. Se mută lângă Gustav, pentru a evita și alte propuneri cărora nu le-ar fi dat curs.

Dumnezeule, cum de este posibil ca sub același cer să existe vieți atât de diferite? În Văleni oamenii muncesc, asudă și se necăjesc toată viața pentru un salariu de mizerie, iar celor de aici nu le ajung zilele ca să se distreze până la ultimul ban. Ajung să cred că cu cât muncești mai puțin, cu atât mai mult ai! Văleni și Monaco, ce paradox al existenței! Viața nu este grea, așa cum mi-a spus, viața este așa cum ți-o faci, este în funcție de ceea ce ești dispus să dai la schimb. Nu vrei primi nimic mai mult decât valoarea pe care ți-o atribui singur. Eu sunt dovada vie că poți ajunge de la Văleni la Monaco. Am fost o curvă de Malta, iar acum sunt o curvă de Monaco, dar una foarte singură și, desigur, atipică, una care face sex de două-trei ori pe an, deși câștigă mai bine decât un director de bancă din România. De la patul cu arcuri sărite, latrina din fundul curții și de la camera cu tavanul crăpat, din care se scurgea ploaia într-o găleată, la cele mai tari petreceri de pe Riviera! Dar ce drum, ce chin, ce dezamăgiri am îndurat pentru asta! Am fost atât de tristă și de revoltată pe Sidar, dar poate că fără el nu aș fi ajuns aici. Totul pare o broderie perfectă a arhitectului divin, dar noi nu vedem imaginea completă, doar mici bucăți pe care încercăm să le îmbinăm căutând fericirea. Nu am avut nimic în comun cu cei din micul sat, nu am nimic în comun nici cu oamenii aceștia, doar ne tolerăm unul pe altul, ne privim slăbiciunile cu îngăduință. Să petreci până la lacrimi. Aceasta este desfătarea cu care se mândrește Monaco.

Muzica o moleșea plăcut, dar compania lui o ținea trează. Îl asculta fascinată cum fermeca audiența formată doar din femei. Gustav era un cuceritor de mare clasă. Nika remarcă o tipă slăbuță, cu ochi foarte pătrunzători. O singuratică. Stătea rezemată de bar cu un pahar în mână. Nika nu-și putea aminti unde văzuse astfel de ochi. Sclipeau verde ca ai unei pisici, de sub pleoapele cu gene lungi care se închideau molatic. Părea plictisită, ca și cum

203

toți cei de pe ambarcațiune ar fi cu mult sub nivelul ei, oricare ar fi acesta. Venise lângă Gustav, după ce o examinase scurt și pe Nika, fără a părea că-i acordă vreo atenție totuși.

Făcură cunoștință.

— Larisa Lermontova, o prezentă Gustav. O foarte încântătoare veche prietenă.

— Nu așa de veche, Gustav! îi reproșă ea un zâmbet cuceritor.

— Iertați-mi câteva minute, doamnelor…

Gustav le părăsi brusc pentru a începe o conversație cu o tipă roșcată, cu păr lung, îmbrăcată într-o rochie roșie cu paiete, mulată, lungă până la glezne.

L-am subestimat pe Gustav. Deci așa își cunoaște prietenele, mereu altele, se gândi Nika. Nu și le alege dintr-o licitație cu tablouri, nici din vreun anticariat, cu siguranță nu de la un curs de gătit.

— Și tu ești o prietenă veche de-a lui Gustav? o întrebă Larisa.

— Nu, râse Nika. Ne știm de aproape un an. Altfel, poate că aș fi fost geloasă.

— Este un copoi bătrân, dar se ține al naibii de bine, râse și Larisa.

Petrecerea continuă, băutura se reînnoia mereu în pahare și nici Nika n-ar fi putut spune când și ce se întâmplase, dar către ora cinci dimineața dansa languros între o striperiță focoasă și Larisa Lermontova.

— Mai e o petrecere și diseară, sunteți invitatele mele! spuse Larisa tare, încercând să acopere muzica lounge cu volumul dat la maxim.

— Isabella! se prezentă bruneta care luase mințile bărbaților de acolo, dar și femeilor.

Sexul nu mai avea granițe clare pe acel yacht. Isabella dansase pe bar toată noaptea și nu părea deloc obosită. Dănțuise, cocoțată pe cele mai lungi tocuri pe care le văzuse Nika vreodată, cu părul în vânt, făcând bezele invitaților, ca o invitație de nerefuzat în cetatea Sodoma.

— Ce dulci sunt nopțile la Monaco, apucă să le spună un tânăr belgian, pictor, înainte de a se prăvăli pe una dintre canapele, cu ochii pe jumătate închiși.

Nika, din instinct, întinse o mână către el pentru a-i atenua căderea, deși nu i-ar fi putut susține oricum greutatea. Din fericire, erau destule canapele în jur, probabil că cineva se gândise și la asta.

— Lasă-l, o sfătui Larisa imperativ. A exagerat cu drogurile, își revine el.

— Ce păcat că nu mai e în stare de nimic, zise Isabella coborând de pe bar, uitându-se către trupul tânărului. Este exact tipul meu de bărbat! Păr cârlionțat, ochi verzi, corupt până-n măduva oaselor. Doar atâta văd deocamdată, dar sigur mai are și alte calități, mai puțin evidente. Mi-ar plăcea să-mi calce-n picioare sentimentele.

Larisa râse în hohote lungi.

— Ți-l invit mâine. Mai ai o șansă să-l prinzi treaz între reprize. Te asigur că nu va pierde nicio ocazie pentru a te deziluziona. Din câte știu, e putred de bogat. Atât de bogat încât se zice că plătește pe altul să joace golf în locul lui.

Cele trei femei începură iar să râdă în hohote. Doar ele păreau a mai controla ceva, fie și propriul mers, de pe toată ambarcațiunea. Unul dintre modele vărsa peste bord, iar celelalte două dormeau una peste alta, de parcă erau niște păpuși de cârpă cu sforile rupte, care atârnau abandonate pe canapele. Lângă ele, un grec între două vârste adormise cu degetul în gura ce aparținea unei tipe cu picioare lungi și lucioase, care părea să aibă poate un sfert din vârsta lui. Fustița ei de asistentă medicală era cu poalele în sus, iar stetoscopul atârna de prohabul pe jumătate încheiat al bărbatului.

— În sfârșit, o femeie care știe unde se ia pulsul inimii unui bărbat! se amuză Isabella.

Un pescăruș mai înfometat ciugulea din caviarul rămas într-o casoletă de pe una dintre mesele așezate lângă bar. În dormitoare era un haos total, nu se mai știa cine era partenerul cui, cu atât mai mult cu cât una dintre femei se dovedise a fi bărbat, după ce pierduse la poker și a trebuit să se dezbrace până la piele. Nu s-a supărat nimeni, doar s-au refăcut jocurile.

Se crăpase bine de ziuă. Larisa Lermontova plecă cu șoferul care o aștepta în mașina ei — o limuzină neagră, opacă — dar ațipise între timp. Larisa lovi cu putere claxonul care-l trezi pe bărbat, speriat de parcă auzise sirena de pe Titanic.

— Ai cu ce să ajungi acasă? o întrebă Nika pe Isabella, imediat ce au rămas singure.

— Nu-mi amintesc unde am parcat nici dacă mă bați, surâse ea dulceag.

— Eu îmi amintesc, dar degeaba, nu sunt în stare să conduc, râse Nika.

— Suntem amândouă inutile, draga mea Nika.

Hohotind dezlănțuite, se dădură jos de pe yacht ținându-se de mâini. Nu mergeau foarte drept, dar arătau aproape respectabil, dacă ar fi să le comparăm cu cei rămași pe yachtul Alexandris. Singurii care nu se lăsaseră duși de val, ci erau deasupra lui, erau Nika, Gustav, care plecase imediat după ora două cu una dintre manechine, Isabella și Larisa.

Până să ajungă acasă, fetei i s-a făcut o mare poftă de fasole cu ceapă, așa cum mânca ea odinioară la Văleni. S-a dus într-un supermarket deschis non-stop, de unde a cumpărat o pungă cu fasole albă, și, cum nu voia să folosească plastic, fiind ecologistă de fel, a îndesat-o în geanta ei Louis Vuitton, cu un zâmbet triumfător pe buze.

Abia acum ești bogată, Nika. Acum când îți permiți să pui fasole în Vuitton! își zise și-ncepu să râdă de-a binelea.

****

De la acea petrecere, cele trei tinere petreceau mai mereu împreună. Se poate spune că erau prietene, dacă acceptăm faptul că Larisa putea fi prietenă cu cineva. Aceasta glumea răutăcios cu soțul ei, Boris Lermontov, atunci când se referea la cele două. Se considera cumva deasupra lor pentru că atât Isabella, cât și Nika, își foloseau corpul pentru a obține ceea ce ea, Larisa, avea în mod legitim, datorită căsătoriei cu magnatul rus. Această prejudecată era departe de a fi una susținută de realitate, căci nici rusul Lermontov nu s-a căsătorit cu ea pentru că-i admirase viziunea asupra vieții sau cunoștințele ei în floricultura de care el era pasionat. Deși căsnicia lor nu era una tocmai una fericită, ea socotea că are tot ceea ce-i trebuie. Până la urmă, nu avea nevoie de foarte multă iubire pentru că nici ea nu putea da iubire, decât în doze mici, cântărite cu grijă.

După o noapte foarte lungă și foarte albă, cele trei se răcoreau la piscina hotelului Hermitage Monte-Carlo. Era luni, dar ziua de luni semăna cu ziua de duminică sau cea de sâmbătă.

Nika se avântase în piscină, deși abia învățase să înoate și obosea foarte repede. A luat o gură zdravănă de apă, apoi s-a panicat. A luat-o și pe-adoua. Și pe a treia. Mișcările ei disperate o trăgeau mai abitir către adâncul bazinului în loc să o ridice la suprafață. Apa îi intrase din abundență în nas inundându-i plămânii. Nika se zbătea să ajungă la marginea piscinei, dar brațele îi tremurau necontrolat și nu avea aer. Deschise gura să strige după ajutor și reuși să înghită și suficientă apă cât să se înece cu ea de-a binelea.

Ce mod idiot de a muri, avuse timp Nika să constate, înainte să vadă stele verzi.

Din fericire pentru ea, cineva îi observase mișcările disperate. Nimeni altcineva nu se alarmase, deoarece în locul în care se zbătea Nika se afla o ferigă imensă care umbrea exact locul unde era. Două brațe viguroase au tras-o la suprafața apei. Tânărul văzuse ce se întâmplase tocmai pentru că o admira de câteva ore. O scoase din apă și o așeză cu grijă pe prosopul lui de la marginea piscinei. Nika s-a trezit abia atunci când a simțit respirația puternică a cuiva în gura ei. Ceva îi apăsa pieptul cu forță. Deschise ochii, cu pupilele dilatate, și-l văzu. Deasupra ei stătea aplecat un bărbat blond și angelic, parcă desprins din icoana pictată pe lemn cu Sfântul Gheorghe, aflată în biserica micuță din Văleni. Ea auzea până și cântecul corului bisericesc. Acestea au fost primele ei gânduri după o absență de câteva minute din lumea neliniștiților. A scuipat apă ca o fântână arteziană, deoarece bărbatul continua să o apese cu ambele mâini, cu mici pauze. Vederea lui o zăpăcise mai tare decât faptul că fusese la un pas de a trece pragul dintre lumi.

Un înger..., se gândi ea, dar realiză curând că nu era chiar mucenicul Sfântul Gheorghe, ci un bărbat foarte chipeș, care, pe deasupra, era salvatorul ei și cu care tocmai avusese un contact destul de intim într-o împrejurare nu tocmai fericită sau ideală. Nika nu-și putea aminti de când nu se sărutase cu cineva cu care să-i facă și plăcere.

Ce proastă sunt, mai bine mă ridic naibii de-aici, ca să se risipească toți gură-cască ăștia!

Asta și făcu. Se ridică amețită, în comentariile panicate ale celor două prietene care nu reușeau să se convingă una pe alta despre ceea ce ar trebui făcut în astfel de situații de urgență. Isabella și Larisa se agitau fără rost pe lângă ea, nefiind de niciun ajutor concret. Își puseseră toate speranțele în necunoscutul salvator.

— Să chemăm o ambulanță! țipă Isabella.

Era agitație generală în jurul ei. Deși tulburată, Nika observă că sutienul ei nu-i mai acoperea cum trebuie sânul drept și îl aranjă stângace. Salvatorul cel blond văzuse mișcarea și îi zâmbi dulce.

— Te simți bine? Ai amețeli? o întrebă el, după care se întoarse către prietenele ei: Trebuie să o ducem la un spital, să îi facă un control. Este posibil să aibă încă apă în plămâni.

— Nu am nimic, sunt bine… Nu merg la spital, nu cred că este cazul…, au fost primele ei cuvinte, mai mult decât dornică să vadă cum se îndepărtează mulțimea de curioși, adunată în jurul ei, decât să-și afle starea de sănătate.

Bărbatul se împotrivi:

— Nici vorbă, trebuie să mergi la spital. Te duc eu cu mașina. Vrei să-ți aducă cineva lucrurile?

Fata ar fi vrut să-i spună că poate merge pe picioarele ei, dar nu mai protestă, important era să plece de-acolo. Ar fi vrut puțină liniște, pentru a-și da timp să se obișnuiască cu gândul că fusese cât pe ce să dea colțul.

— Da, spuse ea repede.

Se ridică în șezut. Își duse mâna la cap, deși nu avea amețeli, doar o julitură la genunchi și o jenă în brațe, din cauza efortului depus pentru a ieși la suprafața apei. Isabella îi puse lucrurile în geanta de plajă.

212

— Venim și noi cu voi! spuse ea, incluzând-o în discuție și pe Larisa, deși aceasta nu părea să-și dorească să părăsească piscina.

— Nu, nu e nevoie, rămâneți aici. Sigur nu este nimic grav și mă întorc și eu repede. Rămâne geanta la tine, îi spuse Nika Isabellei.

— Am eu grijă de ea, este OK, spuse și blondul salvator.

— Suntem sigure de asta! chicoti Isabella, uitându-se lung la corpul atletic al bărbatului.

— Isabella, îi întinse ea mâna.

— Louis.

— Larisa Lermontova, adăugă cu un timbru mai coborât ca de obicei, voit seducător, având o expresie asemănătoare cu a Isabellei, una de încântare pisicească, atunci când îi strânse mâna.

Doar Nika nu spunea nimic. Încă se gândea cum ar fi fost ca viața ei să se încheie la o vârstă atât de fragedă și într-un mod atât de stupid.

— Ea e Nika, vorbi Isabella în locul ei, văzând că aceasta întârzie cu reacțiile. Nika, te-ai lovit și la cap?

213

Nu, sunt doar șocată de faptul că puteam să mor, de bărbatul superb, ud, din fața mea, și de comportamentul prietenei mele dusă cu pluta... Dar la ce bouche-à-bouche20 mi-a făcut, cine nu s-ar fi trezit pentru continuare? se gândea Nika, deja amuzată.

Louis a avut grijă de ea, atât de multă încât a vrut să se asigure și că este bine hrănită după vizita la spital, așa că a invitat-o și la masă. Nika, la rândul ei, era impresionată de el, de umerii lui lați pe care ea își odihnise capul, de linia fină a maxilarului, de osatura pomeților lui înalți și de ochii lui albaștri, dar și-a revenit repede din contemplare. Se purtase extraordinar cu ea, o salvase de la moarte până la urmă, iar Nika îi era recunoscătoare. Cu toate acestea, era decisă ca niciun bărbat să nu mai stea în calea ambițiilor ei. Ce putea să aștepte de la el? Una sau câteva partide de sex, multă dezorientare, speranțe pe care nu le vedea concretizându-se și complicații, de care n-avea nevoie. Nu, Nika nu avea nevoie o asemenea pacoste. După accident, ea nu i-a mai răspuns la telefon. Desigur că un asemenea comportament nu a dus decât la sporirea interesului bărbatului. Louis a curtat-o insistent, distorsionându-i claritatea mintală

20 Traducere din lb. franceză: „gură la gură" (tehnică de resuscitare)

și programul ei solitar, iar Nika a sfârșit prin a ceda insistențelor acestuia. Devenise puțin absentă, puțin melancolică, fiind subiectul glumelor Isabellei și Larisei. Și-a permis să viseze; citea mai mult și percepea altfel subiectul cărților, care se elevau la înălțimea stărilor ei, ce gravitau în jurul ideii de dragoste, tachinând experiența pe care ea o dobândise și care o îndemna pe Nika să revină iar cu picioarele pe pământ. În zadar. Iubirea a învins încă o dată.

****

Louis deveni iubitul ei oficial. O prezentase chiar și mamei lui, o femeie cu un comportament de cuceritoare neobosită. Prefera bărbații de vârsta fiului ei, considerând că astfel își putea menține frumusețea și tinerețea pentru mai mult timp. Blondă, cu ochi albaștri, la fel ca ai fiului ei, Leona avea încă multe de oferit lumii. Avea 55 de ani, însă ridurile îi erau umplute cu grijă de cei mai buni doctori esteticieni, așa că i-ai fi dat maxim 40 de ani, nu mai mult. Era o văduvă atipică, mereu zâmbitoare, cu un

Ea a acceptat-o imediat pe fată pentru că nici ea, la rândul ei, nu credea oricum în relații statornice, așa că a făcut-o doar ca să aibă o grijă în minus și-apoi să-și vadă nestingherită de treburile ei. Idila lui Louis nu o interesa deloc. De altfel, nu se preocupa prea mult de niciun alt subiect în afara ultimelor petreceri din Monaco, prezentărilor de modă din Milano sau de la New York și a celor mai noi terapii pentru menținerea frumuseții ei native. Încheiase afacerea vieții ei atunci când se măritase cu tatăl lui Louis. Ca și Isabella, fusese și ea o dansatoare care luase mințile unuia dintre cei mai bogați industriași din Monaco la acea vreme. Nu se întâlnea des cu Nika și Louis, mai mult pe la petrecerile în care erau invitați, deși separat, dar prefera compania Larisei, dacă era și aceasta prezentă. O cunoștea de câțiva ani pe soția lui Boris Lermontov și-i plăcea de ea. Era fata pe care ea și-ar fi dorit-o, pentru că Larisa era la fel de cinică și de nepăsătoare ca și Leona. După căsătorie, Leona știuse că trebuia să-i facă un copil bogatului ei soț, pentru a-și asigura viitorul, dar își dorise o fată, nu un băiat. Fiul ei fusese crescut mai mult de către bone și guvernante, și nici el nu avea vreo afecțiune deosebită față de ea. Ea își

comportament de adolescentă focoasă. Își schimba iubiții cu repeziciune, pentru că se plictisea foarte repede, ca și de orice alt subiect, în general.

deprinsese fiul să participe la cele mai sălbatice orgii încă de când avea doar opt ani — vârsta la care alții încă nu văzuseră o femeie dezbrăcată, iar Louis văzuse sute. Nu reușise să-i imprime fiului ei nici ambiții, nici scopuri de atins. El se născuse atins de aripa unui înger al abundenței și nu avea nimic de făcut, viața îi era asigurată de dinainte, așa că Louis își petrecea timpul cu tot soiul de distracții menite să-i amuze pe oamenii bogați și pe cei foarte bogați. În adâncul neexplorat al lui Louis, era încă un băiețel dezorientat și căuta o ființă feminină care să-l iubească, exact ceea ce nu făcuse Leona. Desigur, căuta acea ființă specială în toate locurile nepotrivite. Deși avea nevoie de mângâiere, alegea doar cele mai frumoase femei, cele mai egoiste, cele mai nepăsătoare; deși avea nevoie de stabilitate, alesese doar femei dezorientate — de la foarte tinere până la cele de vârsta mamei lui. Nika fusese o excepție, pentru că, deși corespundea nivelului de aspect fizic pe care Louis era programat să-l placă, avea un echilibru sufletesc solid, care venise odată cu experiențele ei de viață, în care ajunsese să se cunoască pe sine așa cum alții nu o fac stând în cabinetul psihologului cu anii. Deși diferiți, cei doi reușiseră să aibă o relație făcând mici compromisuri. Nika era fericită că el nu o întreba nimic legat de trecutul ei și nici de lungile ei călătorii. Aceasta se datora faptului

Era o seară minunată în Monaco. Un vânticel cald adia alene, răscolind întunericul lăsat peste apele Mediteranei. Boris Lermontov a dat o petrecere strașnică la unul din cluburile lui. Se scrisese despre petrecerea rusească până și în ziarul local, The Riviera Times. Se adunaseră mai mult de 300 de persoane acolo. Era și Nika împreună cu Louis, Isabella cu un jucător profesionist de golf, Gustav cu o nouă prietenă și, bineînțeles, amfitrionii: Boris și Larisa Lermontova. La intrarea în club erau amenajate mese cu tot soiul de delicatese servite de domnișoare mai mult decât amabile cu invitații. Mulți cheleri se plimbau cu tăvile pline cu pahare de cristal cu șampanie Moet Chandon. Lichidul auriu

****

că Louis era destul de distrat, se plictisea repede și uita ușor. În sertarele memoriei lui era destul de mult spațiu și cam bătea vântul neorânduielii. Se plictisea ușor, la fel ca mama lui.

scânteietor animase invitații — oameni de afaceri, capete princiare din toată Europa, escorte de lux și dansatori exotici — un mix care ar dezorienta pe oricine care nu frecventa asemenea evenimente în Principat.

Nika intrase zâmbind, cu Louis de mână, dar înmărmuri atunci când dădu cu ochii de Carlos Oliveira. Era singur. Stătea lângă bar cu un pahar în mână. O văzuse și el. Nicio expresie a feței, nici măcar de surpriză. Era la fel de indescifrabil ca în ziua în care ea îl întâlnise la Rio de Janeiro.

— Louis, mă duc să-mi salut un vechi prieten, spuse ea neliniștită.

— Vin și eu, vreau să-ți cunosc toți prietenii!

Fata șovăi o clipă, dar nu avea de ales. Nu voia să-l mintă pe Louis sau să ascundă ceva de el, deși Carlos nu era chiar un prieten pentru ea. Ajunsă în fața lui Carlos, ea făcu prezentările, cu Louis ce-i atârna acum de braț ca o piatră de moară.

— Ce surpriză să te găsesc aici, Carlos! Mă bucur sincer să te văd! spuse ea entuziasmată.

— Asemenea, răspunse el scurt.

Larisa își făcu și ea apariția lângă cei trei. Îl observase pe Carlos mai devreme, iar acum găsise prilejul de a-l cunoaște. Era uimită că el era o cunoștință de-a prietenei ei.

Cum de naiba-i cunoaște asta pe cei mai interesanți bărbați, nu pot să-mi explic. Louis nu este chiar pe gustul meu, arată prea mult ca o tartă cu frișcă, dar tipul ăsta are ceva impresionant, o virilitate neobișnuită..., își spuse Larisa în timp ce venea spre ei, încercând să capteze atenția brazilianului.

— Ah! aici erați, zise ea către Nika, după ce-l examină lung pe Oliveira.

Pe Nika o deranjă privirea Larisei, felul în care ochii ei verzi scânteiaseră sub genele negre atunci când privise către Carlos. Larisa era superbă în seara aceea, îmbrăcată într-o rochie verde, cu paiete, care-i punea în evidență ochii narcotizanți; era gazda ideală; pe unde trecea se auzea un murmur admirativ. Nika oftă imperceptibil simțindu-se iar provincială, poposită abia ieri din Văleni.

— Larisa Lermontova. Carlos Oliveira, făcu Nika prezentările fără prea multă energie.

— Ești de mult timp în Monaco? îl întrebă Larisa pe Carlos.

— De asearå. Nu voi zăbovi mult, mă tem. Locuiți aici, domnișoară? întrebă el ceva mai curtenitor către soția   lui Boris Lermontov.

220

— Da, în Monte Carlo. Cu ce treburi pe-aici, Carlos? îi spuse Larisa cu o voce care exprima dorința de a deveni mai intimi.

Deși, de regulă, Larisa se recomanda ca fiind doamna Lermontova, acum nu a mai spus asta. Pentru Carlos voia să fie doar Larisa, o domnișoară, așa cum o văzuse el. Era evident că făcea eforturi pentru a se apropia de el, deși soțul ei era doar la câțiva metri distanță, vorbind în rusă cu alți doi bărbați, fumând cu un aer serios un trabuc foarte gros. Larisa era obișnuită să obțină tot ceea ce dorea, iar simțul moralității ei era subțire ca foița de țigară.

— Nimic interesant, doar o mică afacere, dar aș putea să-mi prelungesc vizita dacă găsesc ceva interesant de făcut aici, flirtă Carlos cu ea — cu nerușinare — ar adăuga Nika.

— Sunt multe lucruri interesante aici, te asigur. Îți pot arăta partea mai puțin cunoscută a orașului, ce spui, Carlos?

Larisa îi pronunțase numele cu vădită cochetărie. Nika se simțea exclusă și îndepărtată de cei doi, dar așa și era. Carlos nu părea să aibă vreo dorință de a vorbi cu ea. Era acaparat de Larisa și nu dădea semne că ar vrea să iasă de sub vraja ei. Nika nu putea spune nimic, avându-l pe logodnicul ei atârnat de braț. Era inutil să încerce măcar.

Situația imposibilă se soluționă de la sine cu ajutorul lui Louis sau din cauza lui.

— Mergem, Nika? Vreau să-ți prezint pe cineva. Vreau ca toți să-mi admire minunata logodnică! zise cu emfază, având deja o oarecșe mândrie de viitor soț.

Nika surâse cam strâmb în loc de răspuns.

— Mai rămâi în Monaco, să înțeleg...? îl întrebă ea pe Carlos.

— Poate.

— Putem să luăm masa cu Carlos zilele astea și să-i arătăm împrejurimile, iubito! spuse Louis inocent și o sărută cu patos. Nika primi sărutarea simțindu-se ca și cum tocmai o bătuse careva sub privirea distantă a lui Carlos.

— S-a oferit deja Larisa, dragul meu, îi răspunse Nika, simțindu-se obosită inexplicabil.

— Mulțumesc, dar mă descurc și singur. Sunteți prea amabili! îi concedie Carlos pe amândoi.

Nika nu mai găsi nimic de zis. Louis ridică din umeri. Carlos se purta ca și cum nu vorbiseră niciodată, cu politețea pe care o rezervi oricărui străin, dublată de o nepăsare ironică. Părea să nu aibă nevoie decât de compania fermecătoarei Larisa. Ea îl făcuse să râdă. Ea îl făcuse să se destindă și să glumească, pe când Nika părea doar să-l enerveze cu simpla ei prezență, ca atunci, ca în Rio de Janeiro.

— Îmi pare bine că te-am revăzut, Carlos, îi întinse ea mâna, dizolvându-se în palma lui caldă.

Nika și-a dat seama că îi tremurau genunchii, și, de data aceasta, nu mai era din cauza tocurilor.

Ce naiba am, m-oi fi îmbolnăvit? Să fie o boală devastatoare numită Carlos Oliveira? Imposibil, este doar din cauză că ne-am reîntâlnit după ciudatele circumstanțe din camera de hotel din Rio.

Nika și Louis se îndepărtară de cei doi, care-și continuară netulburați conversația ce semăna mai degrabă a flirt aprins. Plecarea lor părea să fi trecut neobservată de ei, chiar dorită.

Ce acaparatoare este Larisa! Și este și Boris aici! Ah! Eu vorbesc! Sunt pe cale să mă mărit cu Louis și mă port ca o toantă! se certă ea obidită. Flirtul lui Carlos o rănea, deși nici ea nu știa bine de ce și nu avea niciun motiv să îl resimtă cu o asemenea amplitudine.

— Ce prieten urâcios mai ai și tu. Un tip arogant! auzi ea glasul înfundat al lui Louis.

Părea să răsune în urechea ei și cum nu ar fi fost chiar lângă ea, dar la zeci de kilometri distanță. Îi ignoră remarca.

Petrecerea continua. A dansat, a făcut cunoștință cu alți prieteni de-ai lui Louis, dar noaptea părea ruinată din fașă. Îi venea să plângă, să sfâșie cu ghearele pe cineva, ceva o enerva îngrozitor și, cu nespusă părere de rău, realiză că apariția lui Carlos declanșase îi spulberase liniștea. O exasperase văzându-l pe brazilian în compania mai mult decât binevoitoare a prietenei ei. Fiecare zâmbet insinuant al Larisei, fiecare căutătură a lui Carlos în direcția prietenei ei îi străpunsera inima însângerată și chinuită ca un taur la coridă. Era un calvar îngrozitor, deși continua să-i zâmbească logodnicului ei și să fie amabilă cu ceilalți. Ar fi vrut să și-o poată scoate din piept și să o pună într-o casetă, la păstrare, așa cum conserva și regina Margareta de Valois inimile foștilor ei amanți.

Eram chiar fericită la începutul serii. Cum de este posibil ca într-o secundă să-mi fie dată peste cap toată viața? Ce se întâmplă cu mine? Simt cum îmi zvâcnesc tâmplele.

Toate convențiile o epuizară. După trei ore Nika cedă nervos:

— Plec, mă doare capul. Nu mai pot sta aici nici măcar o clipă.

Nu exagera cu nimic, exact asta simțea. Clubul o asfixia. Aerul era otrăvit de privirile galeșe dintre Carlos și Larisa.

— Petrecerea abia a început, ești sigură?

— Poți să rămâi, dacă vrei.

— Bine, dacă insiști tu! o aprobă Louis, deși ea chiar nu insistase.

Pentru că veniseră amândoi cu mașina ei, Nika se îndreptă către parcare, după un sărut grăbit pe care Louis îl depuse pe fruntea ei încordată. Nu știa cum să fugă mai repede. Ar fi vrut să poată să dispară de pe fața pământului. Din nefericire pentru ea, când să intre în mașina ei, îi zări încă o dată pe cei doi sărutându-se lung lângă limuzina Larisei. Fundul ei era în palmele lui Carlos. Șuvițele de păr îi ieșiseră din coafură ca după o bună partidă de sex, deși poate aceasta nici nu începuse încă. Cei doi păreau complet absorbiți unul de altul, nici măcar nu o zăriră cum Nika se strecura în mașina ei de parcă ar fi fost o hoață.

Nika înjură încet, dar consistent. Înjură așa cum îl auzise doar pe taică-su când își dădea cu ciocanul peste degete, atunci când ea era mică și lumea părea prea mare. Iubirea i se

225

strecurase în suflet de parcă îi fusese leagăn dintotdeauna, dar apoi i-a luat inima. I-a aruncat-o lupilor. Intră în mașină fără zgomot. Mâinile îi tremurau pe volanul mic, ochii i se împăienjeniseră, bătăile inimii erau accelerate ca în pragul unui infarct. Se simțea urâtă și neimportantă: Louis abia așteptase să scape de ea, ca să rămână în club și să se distreze cu prietenii lui, iar Carlos, ei bine, s-a purtat cu ea cum nu se poate mai rău.

Credeam că voi fi fericită în Monaco, dar nu sunt, nu sunt! Azi toată lumea e împotriva mea. Nimănui nu-i pasă de mine, dar când a fost altfel? suspină ea autocompătimindu-se și porni motorul mașinii.

****

Nika trecuse pe la Larisa, pentru că aceasta nu răspundea de două zile la telefon. Încă o considera o bună prietenă, deși Isabella nu era deloc de acord cu această supoziție a ei și se îndoia permanent de autenticitatea

226

prieteniei ei cu Larisa. Nu o mai văzuse de trei săptămâni, de când cu petrecerea dată de Boris. Vorbise cu ea la telefon, dar evitase să se vadă.

Larisa nu avea de unde să știe ce simt eu pentru Carlos. Nici eu nu știu ce simt, cum ar putea ea să fie de vină? Relația ei cu Boris nu mă interesează, nu mi-a plăcut niciodată de el prea mult; să facă ce vrea, în fond, nu este treaba mea să judec comportamentul ei. De ce să mă mint singură? Doar prezența lui Carlos în jurul ei m-a făcut să nu vreau să o mai văd, dar nu este corect. Suntem prietene până la urmă, își spuse Nika și decise să nu-i poarte pică Larisei.

Apăsă butonul soneriei aflate lângă camera video de lângă poartă. Îi deschise o tailandeză care avea grijă de casă și o invită în livingul mare cât o sală de concerte.

Încă mă întreb cum de au găsit atâta spațiu în Monaco. Cred că Boris a plătit o avere pentru a-l avea. Poate că ar fi putut cumpăra o insulă cu banii ăștia...

Larisa zăcea pe canapeaua neagră din catifea, îmbrăcată într-un halat de mătase roșu, iar în mână avea un pahar plin ochi cu whiskey — o cantitate semnificativă care ar fi putut să o lase lată pe Nika și cu capul înfipt în vreun colț al mobilei. Machiajul ei pronunțat nu reușea să acopere un ochi mai vinețiu decât celălalt, cu umbre albăstrui, verzui și galbene. Era un tablou dezolant, împotriva firii. Nicio femeie nu poate fi abuzată fizic, cu atât mai mult una cu trăsături atât de frumoase ca ale Larisei, deformate acum de umflătura în culorile curcubeului.

— Oh draga mea! exclamă Nika. De ce accepți așa ceva?

Ştia firea voluntară și mereu în defensivă, atunci când nu era în ofensivă, a Larisei, dar nu-și putuse reține această primă exclamare. Nika detesta tot ceea ce însemna violență și acum îl detesta și pe Boris Lermontov. Orice agresiune îi amintea de palmele și ciufulelile din copilărie. Era revoltată, în ciuda calmului înghețat pe care-l afișa Larisa.

— Nu accept nimic din ceea ce mă depășește, dragă. Ia loc.

Deși se știau deja de doi ani, fetei tot îi era greu să comunice cu ea, ceea ce nu se întâmpla cu Isabella, cu care nu realiza cum trece timpul. Cele două se hlizeau tot timpul, dar nu se amuzau atât de copios și în prezența Larisei. Nika știa ce va urma. Larisa era la fel de impenetrabilă și de autoritară ca și Boris.

— De ce nu-l părăsești? Poți fi cu oricine vrei, toți bărbații se îndrăgostesc de tine.

Chiar și Carlos..., se gândi înciudată.

— Nu face atâta dramă din asta, nu este cazul. Am văzut aseară Othello, mi-ajunge. Boris a aflat că mi-am tras-o cu unul și s-a crizat. Nici nu știu să mă iubească așa de mult, dar se pare că asta nu-l împiedică să fie gelos. Eu ar trebui să-l omor pentru câte aventuri a avut până acum.

— Ah!

Atât a îngăimat Nika. Nu știa ce să spună.

— Mă întrebi de ce nu-l părăsesc? De ce-aș face-o? Oricum ar fi el și orice mi-ar face, este doar încă un semn că ține la mine. Cred că l-am pocnit bine în orgoliul lui de rusnac arogant. Nici nu merită altceva, dar ce să fac fără el? Să mă ondulez pe bară ca Isabella?

Nu a zis „sau mai rău, ca tine", dar Nika a înțeles.

— Îi pun și eu răbdarea la încercare, recunosc. Lasă asta, nu este așa de grav. Ca să nu mai spun că astăzi a umblat spășit prin casă ca un câine bătut de stăpân și, pot să jur că îmi va da toate cardurile, fără restricție. Doar un Visa cu credit nelimitat mă va determina să revin la el în dormitor. Sigur că voi prelungi această perioadă de vinovăție. Chiar îmi doream yachtul meu. Până la urmă ce este o palmă? Eu i-am dat mai multe până acum, de ce să fiu ipocrită? Nu te mai scandaliza, Nika, nu faci decât să mă superi. Ştii, vreau să-i cumpăr şi sora-mii o maşină. Stă cu un amărât, din iubire, dar uite că n-au nici cu ce să meargă-n concediu. Ce proşti! Ştii cum se spune pe la noi în ţară? Само с любов не става21! Şi aşa este! exclamă Larisa convinsă de spusele ei.

Poate că am catalogat-o greşit, se gândi Nika. Se pare că până şi Larisei îi pasă de cineva. Este ea dificilă, dar are nişte valori în care crede. Măcar ţine la familia ei.

— Vrei să ieşim mâine pe undeva? S-a deschis un magazin nou de unde îţi poţi cumpăra cărţi, iar eu îmi pot lua câteva perechi de pantofi. Măcar le citeşti pe toate? Cred că ai achiziţionat câteva sute...

— Da, este una dintre marile mele plăceri! exclamă Nika.

— Dragă, în Monaco nimeni nu se stresează cu profunzimea, este desuet. Erudiţia este pentru urâte, aici singurul interes al femeilor este să-şi găsească milionarul dispus să le lase cardurile pe mână sau o moştenire substanţială. Nu le poţi condamna, până la urmă nici ei nu le iau decât de decor. Este un compromis egoist, dar bine echilibrat.

21 Traducere din lb. bulgară: „Nu ajunge doar iubirea"

Oare Larisa vorbește despre femeile din Monaco sau despre ea însăși? se întrebă Nika.

— Și dacă pleacă milionarul, ele cu ce rămân? De ce să depinzi atât de mult de un bărbat?

— Ei, Nika, dacă pleacă, pleacă! Asta este, cauți altul. Nu-i nicio tragedie! Bine că ai venit, aproape uitasem că tot azi ar trebui să sosească și cumnata mea. Trebuie să mă ridic de-aici și să fiu prezentabilă, altfel iar va duce vorba în stânga și-n dreapta. Voi avea nevoie de machiaj profesionist.

— Nu ziceai că nu poți să o suporți?

— N-am zis asta, mi-e doar indiferentă. Mă enervează că mănâncă prea mult. Trebuie să ne întindem la masă cu ea ore în șir. Nu că mi-ar lua din mâncare, dar nici măcar nu e sănătos pentru ea și ne ține și pe noi la cine interminabile. Măcar de-ar pleca repede de data asta!

— Parcă ziceai că are metabolismul mai lent sau ceva legat de glandă. Este bolnavă?

— Asta zice ea, dar ai văzut tu om gras în lagărul nazist? Fii serioasă!

Nika a plecat derutată de la vila celor doi Lermontov, deși nu era pentru prima dată. Îi era cumva milă de Larisa, dar încerca să-și reprime acest sentiment prea puțin nobil. Cei

231

doi soți erau foarte aprigi și nu era pentru prima dată când se răzbunau unul pe altul folosindu-și toate resursele în acest scop.

****

De data aceasta părea să fie definitiv. Larisa era nervoasă și mai sinceră ca niciodată în determinarea ei. Stătea pe canapea cu o cutie mare în mână, scoțând pe rând bijuterii de sute de mii de euro din ea. Era atâta aur în jurul ei, atâtea pietre prețioase, și, cu toate acestea, ea era atât de nefericită.

Se va contrazice Larisa, în sfârșit? Va realiza că nu doar banii contează? se întrebă Nika, șezând lângă ea.

— Bijuteriile astea sunt lacrimile mele: de câte ori m-a înșelat, de câte ori mi-a dat o palmă..., zise ea. I-am spus că s-a terminat. Cum crezi că a reacționat? A izbucnit în hohote de râs. Îți vine să crezi? Mi-a dat 24 de ore să mă întorc la el. Mi-a zis: — Să văd cât reziști fără bani, draga mea. Îți dau fix 24 de ore, că nici Moscova n-a fost construită într-o zi. După 24 de ore ești singură. Nu te mai primesc înapoi sau poate doar în locul bucătăresei.

— Dar este cinic! Ce ai de gând să faci acum?

— Mă voi gândi. Pot să rămân în noaptea asta la tine, Nika?

— Desigur, cât vrei tu. Consideră că ești la tine acasă.

Margot inspecta curioasă noua venită. O mirosi prudent și-apoi se îndepărtă cu coada ridicată, indiferentă. Nu părea să fie încântată de prezența Larisei Lermontova pe teritoriul stăpânit de ea.

— Dar tu doar două camere ai? întrebă Larisa cu ceva nemulțumire în voce, inspectând apartamentul.

Doar două, se amuză Nika, gândindu-se la casa ei din Văleni și la tronul din dosul curții. Și-ar fi dorit să o poată lua pe Larisa acolo, poate că din cauza șocului s-ar trezi și ea la realitate și ar înceta cu văicărerile și prejudecățile. Sunt rea acum, ar trebui să am mai multă îngăduință pentru ea, este așa din cauza situației de acum, sigur nu îi este ușor. Boris este insuportabil!

— O poți lua pe cea de lângă baie, este cea mai mare și sigur ai nevoie de spațiu, zise Nika

233

generoasă, uitându-se la cele două geamantane imense pe care le adusese prietena ei.

— Mulțumesc, ești o drăguță. Numai să n-o lași pe pisică să intre-n cameră, că fac o criză de nervi. Nu suport să am păr pe hainele mele! Nu are cine să mi le curețe acum. Ce naiba mă fac fără camerista, nu știu!

Nika se încruntă imperceptibil, nu voia să restricționeze spațiul lui Margot, nu pentru toanele unei femei care punea o haină mai presus de o ființă, dar lăsă de la ea și de data aceasta. Încerca să o înțeleagă, chiar dacă Larisa îi tot încălca limitele toleranței autoimpuse.

Nika se încruntă deloc lui Margot, dar poate că se va întoarce curând la rusul ei. S-au mai certat ei și altădată, nu este chiar o noutate.

Larisa pretinse o mare durere de cap și o anunță că se culcă.

— Ce obiceiuri ai? Vrei să te trezesc mâine? Va trece pe la mine și Isabella pe la ora nouă.

— La nouă? Așa devreme? Dar ea nu lucrează noaptea? Mai are energie de vizite de protocol?

234

— Cred că în noaptea asta este liberă. Să te trezesc să bem cafeaua împreună? Larisa, vrei?

— Te rog, nu! Obișnuiesc să mă trezesc după ora 12. Ai vreun restaurant pe lângă tine?

— E o pizzerie pe colț.

— Poate voi comanda ceva și voi lua micul dejun în pat. Pleci pe undeva mâine, Nika?

— Da, i-am promis lui Louis că mergem să jucăm golf, dar pot să rămân cu tine. Sinceră să fiu, nu mă omor după jocul ăsta, este chiar plictisitor, nu știu de ce mă tot las târâită acolo. Asta fac, îl voi anula, mă bucur că am un motiv bun acum. Vrei să mergem la un spa, să te relaxezi? Poate că așa îți va fi mai ușor să iei decizii. Cred că ai nevoie de puțin timp departe de el, nu cred că trebuie să-ți fie teamă de ultimatumul lui, dar tu știi mai bine...

— Nu pot, sunt prea nervoasă pentru a mă putea relaxa acum. Boris n-a dat nici măcar un telefon! zise ea, aruncându-și mobilul pe pat.

— Își imaginează că ai rămas la mine, probabil. Nu-ți face griji. Eu cred că încă te iubește, chiar dacă are un mod foarte ciudat de-a o demonstra.

235

— Nu-mi vine să cred că am stat cu mitocanul ăsta unsprezece ani, dar știi, Nika, nu vreau să fiu singură, efectiv nu funcționez bine așa, am nevoie de un bărbat lângă mine, de unul puternic, lângă care să mă simt în siguranță.

...de unul bogat! completă Nika în mintea ei. La cum îl descrie, Boris Lermontov este chiar idealul ei de bărbat. N-o văd să spună că-și dorește un bărbat care să o iubească, să o înțeleagă și să o respecte, ea îl descrie tot pe Boris. Nu cred că va rezista până mâine fără el. Este clar! Margot va fi mulțumită.

— Somn ușor, dragă, îi ură scurt Larisa și-i închise, aproape în nas, ușa dormitorului.

De la primele ore ale dimineții, Isabella se înființă și ea la ușa apartamentului deținut de Nika. Avea două cafele în mâini și o pungă de hârtie cafenie cu cornuri franțuzești. Venise cu verva ei obișnuită, cu suita de zâmbete și glume fără perdea.

— Iartă-mă că am întârziat, am avut un accident!

— Accident? se miră Nika îngrijorată. Ce ți s-a întâmplat, Bella?

În loc de răspuns, Isabella scoase din geantă un dildo negru și îl puse pe masă, lângă cornurile calde aduse de ea.

— Ce-i cu ăsta?

— Din cauza ta, mai bine zis din cauza recomandării tale. Iubitul meu cel nou, Juan, s-a apucat să citească din cartea pe care mi-ai dat-o, aceea scrisă de Anais Nin. Așa i-au venit idei care de care mai fanteziste. Mi-a cumpărat ieri un dildo.

— Ăsta de negru?

— Nu. Mi-a luat unul mic și roz de au râs toate prietenele mele de mine. Una a crezut că e termometru, alta a zis că arată ca o periuță de dinți. Juan nu se lasă până când nu-mi va distruge toate fanteziile erotice! zise ea revoltată. Îți dai seama că m-am dus să-l schimb. Și ce prietene am! Niciuna nu spunea că are și ea, dar când le-am trimis dildoul meu prin mesaje pe Whatsapp, toate le-au scos pe ale lor de la cutie. Aveam telefonul plin de pozele lor. Le-a văzut și Juan și s-a supărat pe mine, că nu-i respect intimitatea.

— Ești mortală! se amuză Nika. Eu nu am, să știi. Poate că ar trebui să o întrebăm și pe Larisa. E de aseară la mine. L-a părăsit pe Boris sau el a părăsit-o pe ea, nu știu sigur ce se întâmplă.

— Serios, Larisa este la tine? S-au despărțit definitiv?

— Mai încet, te poate auzi, șușoti Nika.

— Nu se mai întoarce la el? întrebă în șoaptă Isabella.

— Nu știu ce să spun, ea așa zice, dar știi că îi place să dea alt sens lucrurilor decât acela care este evident. Cred că este foarte supărată, dar o să-i treacă. Nu cred că are atât de mulți bani încât să se susțină singură și știi și tu că nevoile ei nu sunt ușor de satisfăcut.

— Să facă ce vrea, nu știu, nu mă simt așa de apropiată de ea. Am impresia că nu îi place compania mea.

— Nici a mea, nu-ți face griji. Eu nu cred că Larisa își dorește cu adevărat compania cuiva, poate doar a lui Boris, deși se plânge mereu de el. E o fire mai complicată, dar are un fond bun. Toți facem greșeli, nimeni nu este perfect.

— Sau prea simplă, adaugă Isabella. Hai să lăsăm asta, să-ți spun ce-am pățit aseară. Am ieșit din tort la petrecerea unuia din Kuweit. Nu avea nici 16 ani băiatul, mai mare jena. Deja avea fetișurile dezvoltate, îți vine să crezi? Din cauza lui a trebuit să mă îmbrac precum maică-sa. Mă vezi pe mine cu burka? Nu ți-ar veni să crezi ce aere avea și cum le

238

făcea semn tipelor din casă să îi aprindă țigara, cum le poruncea să îi țină paharul, poate le ordona să-i țină și penisul când ejaculează. Tânărul s-a îmbrăcat ca un personaj din jocul lui de pe calculator și i-a forțat și pe invitați să se costumeze ca el.

— Nu pot să cred! E real?

— N-ai mai văzut așa ceva, serios! Era fiul unui șeic ceva, naiba știe, Nika. Ai nevoie de mult simț al umorului să faci față meseriei mele. Cred că mă las de jobul ăsta. M-am convins după noaptea trecută.

Nika râdea în hohote.

— Ești incredibilă, Isabella, cu poveștile tale! Cum naiba le faci față? Tu și burka, vai, o să mor de râs! N-ar fi rău să încerci altceva, măcar ca experiență, dar ai mai spus asta și altădată. Nu te mai cred, să știi!

— Acum sunt chiar hotărâtă. Voi încerca să-mi iau un job ca instructor de dansuri de societate, doar am făcut dansuri de când eram mică. Oare mă voi putea întreține? Spune-mi și mie, Nika, de ce meseriile decente sunt atât de prost plătite?

— Pentru că nu trebuie să renunți la nimic, ești în zona de confort cu ele.

239

— Are sens ceea ce spui! Nu toată lumea poate să facă ceea ce fac eu, poate să vadă ceea ce văd eu și asta să nu-i afecteze viziunea asupra vieții. Chiar ai nevoie de niște calități pentru asta — simțul umorului ar fi doar una dintre ele. Sunt îngăduitoare cu viciile celorlalți, nu-i așa? Nu este vina noastră că nu ne-am născut ca iubitul tău Louis, cu mai mulți bani decât poate el să-i numere...

Nika își aprobă prietena, nedorind să o dezamăgească. Isabella spunea de mult timp că se va angaja ca instructor, dar niciodată nu o făcea. Nu este ușor să trăiești în Monaco. Poate că doar dacă ar fi dat lecții private, ar fi reușit să supraviețuiască, dar și asta era un venit incert și nesatisfăcător. În afară de asta, cine ar fi angajat-o pe Isabella să predea dansuri unui cuplu, să zicem? Ea arăta exact ca ceea ce era, o dansatoare exotică menită să sucească mințil și nicio femeie cu toate țiglele pe casă nu ar fi ales-o să petreacă mult timp în preajma bărbatului ei. Totul era prea mult la ea. Părul ei era prea lung, sânii erau prea mari, fundul era prea apetisant, veselia ei era prea neastâmpărată. Numai consilier matrimonial să nu ți-o faci!

— Nu am ambiție, Nika. M-am născut fără ea. Vreau doar să mă bucur de viață. Sunt un om bon vivant22. Îți admir planurile și determinarea, dar nu te pot imita, pot doar să te admir. Chiar și pentru asta fac eforturi. Să lăsăm subiectul profesiei mele, este controversat oricum, spune-mi mai bine de Larisa. Ce faci cu ea? Dacă nu mai pleacă de la tine?

— Nu mă deranjează, Bella. Am crescut cu mulți frați, mi se pare natural să împart ceea ce dețin și-mi place compania cuiva, chiar dacă Margot nu pare prea fericită cu noul musafir, deși îi place de tine.

— Margot are instincte mai bune ca ale tale! râse Isabella. Deznodământul chiar mă intrigă! Eu nu cred că-l lasă pe Boris! Ah! Ba da, dar doar dacă ar găsi altul cu mai mulți bani ca el! Doar așa!

Larisa nu a locuit la Nika decât o săptămână. S-a văzut cu Boris de mai multe ori, dar nu i-a povestit ei nimic despre discuțiile lor. Nika îi respecta intimitatea și nu punea întrebări incomode. S-a simțit totuși ușurată atunci când Larisa și-a pus toate bagajele în limuzina ei și a plecat fără prea multe cuvinte. Se pare că primise un

_____

22 Traducere din lb. franceză: „Om care trăiește bine" (om vesel)

241

Au apucat-o destăinuirile înainte de nuntă. Nu concepea să se căsătorească cu Louis fără ca el să știe cine era ea, ce trecut avea și cum își câștiga ea existența. S-a codit o vreme până când și-a găsit cuvintele potrivite. A găsit momentul oportun, atunci când el, complet relaxat, cu un pahar de vin în mână, a întrebat-o despre părinții ei. I-a spus tot. Pe măsură ce i se destăinuia, începuse să-i fie frică de reacția lui. I se părea ca nici măcar nu vorbește despre ea, ci despre viața altcuiva, că serviciul ei nu o definea ca persoană, că ea era mai mult de atâta. Avea senzația că se justifică și era în conflict cu ea însăși.

****

apartament de la Boris, care a acceptat, într-un final, să stea despărțiți o vreme. După ce s-a mutat din micuța locuință, Larisa nu a sunat-o decât foarte rar pe Nika, iar, uneori, nici nu-i răspundea acesteia la telefon.

Dacă nu-i mai sunt de folos, de ce să mă sune? Ce nevoie are acum de mine? se gândea Nika puțin amuzată, puțin dezamăgită.

—Nu, nu pot să cred că faci asta! exclamă Louis vexat. Cine ești? Nici măcar nu te cunosc!

Nika regreta deja momentul ei de sinceritate.

—Nu este chiar așa cum pare la prima vedere. Recunosc, de vreo patru sau cinci ori am făcut sex cu un partener de afaceri, este adevărat, dar asta a fost tot! În aproape toate cazurile nu este nevoie nici să mă dezbrac, îți jur! spuse ea în timp ce lacrimile își croiau drum pe fața ei înnegurată și se împleteau sub bărbie.

Se simțea rușinată. Toate secretele ei erau puse în mâinile lui Louis. Nu voia să-i ascundă nimic, cum altfel se putea căsători cu el? Larisa o avertizase să-și țină gura, dar ea insistase să-i spună adevărul și, iată, îl putea pierde pentru clipa ei de onestitate.

—Am văzut multe la viața mea, își trecu el mâinile prin păr, dar așa ceva! Faci pereche bună cu Isabella! Nu este de mirare că sunteți bune prietene!

—Îți înțeleg supărarea, dar Isabella nu este de vină cu nimic. Și tu te-ai culcat cu o grămadă de femei, de ce doar pentru noi este altfel?

—Nu este același lucru. Eu nu iau bani pentru asta.

—Nu iei bani pentru că ai mai mulți decât ai nevoie, Louis! De unde știi tu cum ai fi reacționat dacă erai în pielea mea sau a Isabellei? Nu ai trăit ca noi, nu ai de unde să știi! Este ușor să spui ce ai fi făcut tu în locul altcuiva, dar fii sincer, este o iluzie! Nu ai de unde să știi. Iartă-mă, trebuia să-ți spun de la început, asta este adevărata mea greșeală. Nu pot să neg această parte din mine și nici nu vreau să fac asta. Nu am făcut niciun rău nimănui. Sunt oameni care au parte de tot respectul societății deși ei încurajează, să spunem, fumatul, omorând mii de alți oameni, alții au firme de asigurări și profită până și de speranța de viață a cuiva, alții dețin terenuri agricole și otrăvesc legumele și fructele cu pesticide care ajung în noi și ne îmbolnăvesc. Nu sunt de acord să fiu judecată pentru ceea ce am făcut, asta este o judecată de suprafață și nu o voi accepta. Louis, dragul meu, te iubesc și nu vreau să te pierd. Până la urmă, care este vina mea? Nu cred că trebuie să-ți dau explicații. Vreau să fiu sinceră cu tine, da, dar nu am de ce să-ți cer iertare. Vei fi soțul meu, trebuie să știi cine sunt, ai tot dreptul ăsta. Înțelege-mă, Louis, te implor!

El însă a refuzat să o înțeleagă. Cel puțin pentru moment. A plecat din apartamentul ei fără să-i mai spună niciun cuvânt. A trântit doar ușa în loc de orice concluzie.

Of!... sper că doar are nevoie de timp să se obișnuiască cu gândul! Dacă va anula nunta?

Nika mai plânse o jumătate de oră, după care se îmbărbătă singură:

Până la urmă, poate că este mai bine așa. Cum să fiu cu cineva care mă părăsește atât de repede? Ce va face mai târziu când vor interveni alte probleme? Din lumea celor bogați este ușor să judeci pe altul care a trăit fără nimic.

Lui Louis îi trecu supărarea mai repede decât crezuse ea. Nu știa ce se întâmplase în doar două zile, dar era fericită că lucrurile păreau ca înainte. A mai încercat să deschidă acest subiect spinos cu Louis, dar el nu voia să mai vorbească despre trecutul ei sau despre ocupația ei neconvențională. Au continuat planurile de nuntă, fără a invita pe nimeni din partea ei, și lucrurile au revenit pe făgașul lor obișnuit. Ea îl însoța să joace golf, stând răbdătoare lângă el ca o viitoare soție ideală, el spunându-le cunoscuților că logodnica lui călătorește pentru un prospect de piață – atunci când ea era trimisă de don Giovanni cu vreo nouă misiune.

— Louis, mi se pare că nu mă vei accepta complet niciodată, zise ea copleșită de îndoieli. Chiar vrei această căsătorie?

— Îți promit, Louis, spunea ea și-l săruta recunoscătoare.

****

— Sunt aici, nu? zise el și temerile ei se stinseră sub sărutul lui. Dar promite-mi că după nuntă vei înceta cu asta.

Târâitul telefonului o întrerupse pe Nika din căutări. Era deja nervoasă pentru că nunta se apropia cu pași repezi și ea nu reușise să găsească nici măcar o rochie pe placul ei.

— Nika! Prietena mea favorită!

— Gustav! Mă bucur să-ți aud vocea, mi-a fost dor de tine!

— Cum ești zilele astea, draga mea?

— Fericită, cu o nuntă pe cale să devină o realitate frumoasă, se încurajă ea singură. Nu prea m-ai băgat în seamă în ultimul timp. Te bucuri pentru mine, nu-i așa?

— Nu-mi cere asta, știi că nu-mi place playboyul tău. Dacă eram taică-tu, mai bine te încuiam în casă decât să te las să te măriți de pe-acum, și cu el pe deasupra!

— Louis este un bărbat admirabil, Gustav, spui asta pentru că nu-l cunoști prea bine. Bine că nu ești tatăl meu ci dragul meu prieten. Tu? Pe unde mai ești? Ce comoară ai mai descoperit, iubitul meu corsar?

— Nicio comoară, am decis să-mi iau o vacanță.

— Și? Unde ești? Miami? Ibiza? Vreo destinație pentru singuratici putrezi de bogați ca tine? Ceva mai exotic de-atât?

— Foarte. La un spital psihiatric.

Nika se îneacă cu gura de cafea pe care tocmai o luase.

— Poftim?

— Cum ai auzit. Nu mi-a trecut prin minte ceva mai exotic decât să mă odihnesc într-o cameră la spitalul de nebuni. Directorul mi-este prieten, așa că a fost chiar simplu. Dacă auzi zgomote mai neobișnuite, să nu te sperii. Colegul meu de cameră nu și-a luat pastila azi, a ascuns-o sub limbă și acum crede că este într-o navă spațială. Mai am puțin și încep și eu să-l cred. Nu-ți imaginezi ce este aici! Deja am o altă definiție a normalității.

— Gustav, faci numai prostii! Să știi că nu ești departe de ei, altfel n-ai fi ales așa o destinație.

— M-am gândit și eu la asta, sincer, râse el.

— Vrei să vin să te vizitez? O să mă agresezi poate?

— Draga mea, am venit aici ca să scap de toată lumea, și, nu vreau să te supăr, dar și de tine. Am simțit brusc nevoia de a schimba ceva radical în monotonia vieții mele. Am de gând să-mi prelungesc vizita, poate chiar încă o lună-două.

— Asta înseamnă că nu vei veni la nuntă?

— Nu veneam oricum. Nu-mi plac sacrificiile umane, dragă Nika.

— Mă lași fără domnișoară de onoare?

— Ai grijă, pentru asemenea afirmații ți-aș face ceva ce ți-ar demonstra contrariul.

— Ești extraordinar, Gustav. De aceea te iubesc așa de mult.

248

— Ai grijă de tine, Nika. Adevăratul pericol nu este cel de la nebuni. Aceștia sunt inofensivi.

— Uneori mi-e teamă de fericire, mi-e teamă de cădere.

— Draga mea, nu vreau să-ți fie teamă de nimic, nu te poți feri de viață, dar învață să cazi. Este cel mai bun sfat pe care ți-l pot da.

Nika închise telefonul gânditoare.

Gustav nu vine. Nu îl aveam decât pe el, pe Isabella și pe Larisa. Cât sunt de singură!

****

Nika părăsea Monaco pentru o săptămână, deși mai era doar o lună până la nuntă și mai erau multe lucruri de pus la punct. Nu angajase o firmă care să organizeze evenimentul pentru că ea voia ceva foarte simplu, eventual o petrecere pe plajă. Cu o seară în urmă, Don Giovanni îi trimise datele despre următoarea țintă, o afacere urgentă de finalizat, iar ea luase primul avion către Sydney, Australia. Louis nici nu a mai întrebat-o unde se duce.

— Când vii? a fost singura lui întrebare.

Ce-o fi fost în capul lui don Giovanni? se întrebase ea pe tot parcursul drumului. Nu mai era vorba de un bărbat care trebuia convins, ci de o femeie. Oricine știe că o femeie nu poate convinge o altă femeie, decât dacă aceasta vrea să fie convinsă.

Întâlnirea era stabilită pentru ora șapte seara, la biroul ei aflat într-una dintre clădirile din centrul orașului. Deși nu avea nici cea mai vagă idee legată de abordarea necunoscutei, Nika prefera să nu-și facă planuri, ci să reacționeze așa cum o cerea situația, să improvizeze. În anumite cazuri, planurile doar încurcau socotelile, iar acesta era unul dintre ele. Doamna Zheng, o chinezoaică ce deținea poate zece la sută din afacerile în domeniul industriei textile din Australia, trebuia să fie de acord cu o finanțare, însă fiind o femeie cu suficientă experiență în lumea afacerilor, nu avea de gând să se arunce disperată la prima ofertă. Își anunțase intenția de a obține finanțarea, nu din lipsă de lichidități, ci pentru că avea nevoie de ajutor în colectarea facturilor. Ar fi putut să-și extindă firma mamă cu un departament specializat, dar a preferat să caute o soluție care să-i dea mai puține bătăi de cap. Din ceea ce aflase Nika, doamna Zheng fugise din Shanghai fără niciun sfanț prin 1988; se căsătorise cu un bogat om de afaceri din Canberra și își dezvoltase în paralel propria-i afacere, cu aportul lui substanțial, desigur. Asta era tot ceea ce aflase despre chinezoaică. Păstra discreția și stătea departe de ochii presei.

Nika intră prudentă în birou, asta după o privire rapidă către colțurile încăperii pentru a depista camerele de filmat. Chiar dacă nu era o afacere cu un grad crescut de risc, ea rămăsese cu acest defect, să spunem — profesional. Doamna Zheng era o femeie remarcabilă, cu o distincție aparte. Aproape de 60 de ani, arăta ca și cum văzuse atât de multe la viața ei încât Nika se îngrijoră că va rămâne mai neclintită decât munții din Tibet. Cu toate că se afla în cel mai modern decorat birou pe care tânăra îl văzuse vreodată, aceasta era îmbrăcată într-un kimono. Fetei nu-i plăcea ceea ce vedea. A analizat femeia din fața ei și i-a pus imediat eticheta de: căpățânoasă naționalistă și comunistă.

— Știu de ce ai venit, spuse chinezoaica în loc de binețe.

251

Nika se săturase de fraza asta. Ar fi preferat să audă chiar și o insultă, numai asta nu.

Ce naiba, toți știu înaintea mea de ce am venit! Don Giovanni anunță prin megafon pe unde voi trece? Ce enervant!

Deși nu a refuzat-o de prima dată, tonul calm și apăsat al doamnei Zheng nu lăsa loc de prea multe așteptări. De fapt, de niciuna.

Oare va fi pentru prima dată când dau chix? se întrebă Nika.

Își începu pledoaria. Îi expuse femeii toate motivele pentru care ar trebui ca afacerea să fie încheiată cu una dintre firmele lui don Giovanni. Doar câteva argumente, simplu și la obiect. În timp ce îi vorbea, privea cu atenție tot ceea ce o înconjura pe doamna Zhen, fără a avea aerul că face asta. Chinezoaica avea pe birou doar un tablou mic de familie, cu soțul și fiica ei, atât; o vază chinezească de dimensiuni impresionante se afla într-unul dintre colțurile încăperii; un acvariu cu pești aurii era încastrat în peretele de lângă ea. Ordinea de pe biroul ei vorbea despre o persoană foarte calculată. Privirea ei se opri pe biblioteca din peretele opus acvariului. Nika își strâmbă capul imperceptibil, încercând să citească titlurile de pe cotoarele volumelor. Cinci dintre cărțile de pe primul raft erau tratate psihologice în italiană despre sindromul bipolar, o alta avea drept titlu: Nu trata sindromul, tratează cauza. Aceasta din urmă era scrisă în engleză. Mai erau câteva și-n limba franceză, ceea ce însemna că femeia se documentase temeinic despre această tulburare afectivă.

Nika se înduioșă. După câteva deducții logice, ajunse la concluzia că fata chinezoaicei era cea care suferea de sindromul bipolar, deoarece în fotografia de familie, doamna Zheng își privea fiica nu doar cu afecțiune, dar ca și cum ar fi vrut să o protejeze de lumea întreagă. Excluse imediat ipoteza că femeia din fața ei ar putea suferi de această boală.

Nu, imposibil. Este mult prea calmă, nu o văd nici exaltată, nici depresivă. Pare să aibă doar o singură stare: rece și echilibrată; este ca un lac glaciar.

— Este foarte frumoasă fata dumneavoastră! spuse Nika, așteptând reacția femeii pentru a-și întări teoria.

Nu i-a scăpat umbra de tristețe a chinezoaicei atunci când i-a răspuns, mulțumindu-i sec. Nika a știut atunci că ea va accepta propunerea ei. Dacă femeia ar fi avut o relație dificilă cu fiica sa, poate că ar fi fost refractară altor fete de vârsta ei, dar având în vedere că fata ei avea o problemă, era imposibil ca mama să nu rezoneze cu o altă tânără ce ar fi putut foarte bine să fie fiica ei. Desigur că ar fi putut să dezvolte și o aversiune față de alte tinere care nu aveau acest sindrom, dar doamna Zheng părea mult prea corectă și rațională pentru asemenea sentimente mici.

Nika se decise să îi spună adevărul:

— Aveți dreptate să vă îndoiți de spusele mele, sunt doar un emisar și nu știu toate detaliile acestei afaceri, pentru că finanțele dumneavoastră sunt bine acoperite. Pot să vă asigur doar de un singur lucru, don Giovanni este un om de afaceri desăvârșit, respectabil, și nu ar face nimic din ceea ce nu i-ar plăcea să i se facă la rândul lui. Vă rog să vă gândiți la propunerea lui. Vă respect prea mult, aveți vârsta mamei mele — adăuga ea — întărind cuvântul mamă — pentru a vă spune că societatea noastră este mult mai bună decât firmele concurente sau că avem comisioanele mult mai mici, dar sunt convinsă că acest acord este în beneficiul ambelor părți. Pe termen lung, societatea noastră oferă stabilitate și o excelentă cunoaștere a pieței, iar acesta nu este un lucru de neglijat. Avem experiență în domeniu și putem acționa în numele dumneavoastră cu profesionalism, cu toți datornicii pe care îi aveți. Vom prelua riscul pentru dumneavoastră.

Nika era puțin evazivă. Chiar nu știa foarte bine despre ce este vorba, de aceea evita să intre în detalii legate de contract. Don Giovanni îi dăduse toate informațiile necesare, dar chinezoaica nu lăsase prea multe date despre firmele ei la vedere, de aceea Nika nu putea bate câmpii despre lucruri care ar fi trebuit să fie concrete, exprimate în numere.

Dna Zheng zâmbi.

— Lasă-mi documentele pe birou, le voi studia și-ți dau un răspuns peste câteva săptămâni.

Deși nu părea să fie genul de femeie cu care să întinzi coarda, Nika insistă. Trebuia să ajungă mai devreme în Monaco, pentru că începuse pregătirile de nuntă și voia să-i arate lui Louis un loc pe plajă pentru nuntă, un loc pe care-l descoperise în timpul plimbărilor ei nocturne și solitare.

— Pot să mai rămân o săptămână aici, doamnă Zheng, dar nu mai mult. Vă rog să îmi permiteți, dacă aveți timp în următoarele zile, vin și vă explic punctual toate paragrafele contractului, clauzele și anexele aferente. Vă pot împărtăși anumite informații și despre celelalte firme care au încheiat cu noi contracte asemănătoare.

Femeia nu păru să se enerveze, îi plăcuse onestitatea și determinarea fetei. Într-adevăr, îi amintea de fiica ei. Nika avusese dreptate încă o dată.

— Te va suna secretara mea să-ți spună când iau prânzul mâine. Îți va indica și locul. Toată săptămâna sunt ocupată, așa că tot ceea ce am disponibil este pauza mea de prânz. La revedere, Nika.

— Vă mulțumesc mult, spuse Nika mai mult decât serviabilă.

****

S-au întâlnit nu o dată, ci de cinci ori. Doamna Zheng semnă contractele, dar cu multe modificări, și toate în favoarea ei. Deși lui don Giovanni nu-i făcea nicio plăcere să se abată de la regulile lui, acceptă aproape toate condițiile, deoarece ținea să încheie afacerea și să-și extindă afacerile și în Australia. O însărcină pe Nika să negocieze la sânge schimbările, menționându-i plafonul peste care nu se putea trece sub nicio formă.

Nika se întoarse ceva mai devreme decât îi spusese lui Louis, ceea ce o femeie deșteaptă, înainte de nuntă, nu face niciodată. De la aeroport se duse direct către apartamentul lui. Era nerăbdătoare să-l vadă și să-i spună că nu va mai accepta decât misiuni de la don Giovanni, ce nu presupuneau nimic legat de sex. Asta avea să îi scadă substanțial veniturile, dar Louis ar fi mai mulțumit. Măcar temporar.

Descuie ușa cu cheia și rămase cu ea în mână. Nu-i venea să creadă ceea ce se desfășura în fața ochilor ei mari. Imposibil!

Nu! Nu! Nu! Dumnezeule, ce se întâmplă?!

— Ah! Vrei să ni te alături? o întrebă Larisa cu un zâmbet indescifrabil, în timp ce Louis sări din patul matrimonial cu o expresie de teroare pe fața înroșită care devenise foarte palidă în doar câteva secunde.

Cei doi erau goi pușcă și gata de împerechere sau între împerecheri. Penisul lui era încă în erecție, iar ea avea mușcături multiple pe sânii umflați. Hainele de pe jos arătau că pasiunea dintre ei nu putea fi controlată, că legătura nu doar că era reală, dar și una pătimașă. Două pahare de șampanie erau goale, lăsate și ele pe pardoseală. Nu lipsea nimic din peisajul dezolant, nici măcar costumul din plasă neagră, cu multe găuri, aflat lângă Larisa, un costum ca acelea care se vând în magazinele erotice.

Creierul feței nu o mai ajuta să analizeze nimic de data aceasta. Se uita la toate aceste detalii ca cel mai bun detectiv, dar nu avea nicio reacție. Logodnicul ei era amantul Larisei, sau Larisa era amanta logodnicului ei. Nika ar fi vrut să țipe mai întâi, apoi să-i împuște pe amândoi. Atât ea cât și Boris erau doi tâmpiți în spatele cărora Louis și Larisa își băteau joc de ei cum voiau. O durea mai mult trădarea prietenei ei decât a lui Louis, deși ea nu înțelegea de ce. În Nika se dezlănțuise un adevărat uragan; gândurile-i vâjâiau lovindu-se de tâmplele ce pulsau alert, bătăile inimii ei erau sacadate și le auzea în timpane ca loviturile de darabană. Picioarele nu o mai ascultau, parcă deveniseră de plumb, întinzându-și rădăcinile până în miezul pământului, imobilizând-o la locul trădării. Ar fi vrut să fugă de acolo și să pretindă că nu văzuse nimic, dar era prea târziu. Cu un efort supraomenesc, Nika se calmă. Zâmbi, chiar dacă avea unghiile înfipte adânc în palme, înmărmurindu-și expresia feței într-un surâs crispat. Pentru a-și împiedica lacrimile să nu-i țâșnească fără permisiunea ei, trecu la acțiune, se duse lângă pat, se aplecă și-i întinse pantalonii lui Louis, fără să-i spună nimic, țintuindu-l doar cu privirea.

258

Nu, nu o să plâng! Nu le voi da satisfacția asta. Nu o să plâng! își spunea ea chinuită, străduindu-se din răsputeri să fie calmă.

Larisa aștepta ca o reptilă, fără să se clintească, cu privirea ei verde fixă. O admira în acele momente, dar desigur că nu ar fi recunoscut asta niciodată. Louis, la rândul lui, era bulversat complet. Își luă pantalonii din mâinile ei evitându-i privirea. Și-i puse pe el fără demnitate și fără chiloți. Nici măcar nu încercă să se ducă după cureaua ce era atașată de gratiile patului. La ce bun? Era deja cât se poate de penibil.

Cineva trebuia să vorbească. Presiunea din jurul lor era imposibilă.

— Îmi pare rău, Nika, spuse el într-un sfârșit.

Era evident că amândoi așteptau cu aviditate o reacție. Mingea era acum în terenul ei, dar Nika tăcea.

— Nika, spune ceva! țipă Louis.

Se hotărî să vorbească, simțea că poate formula câteva cuvinte fără ca glasul să-i tremure.

— De ce? întrebă Nika stingându-și fulgerele din albastrul ochilor.

Nu mai era furioasă, era doar teribil de tristă; era dezamăgită de presupusa iubire a lui Louis și de perfidia prietenei ei. Întrebarea ei era retorică și cuvintele erau de prisos, priveliștea vorbea de la sine. Poate că Louis i-ar fi dat un răspuns satisfăcător dacă ar fi fost mai profund și mai analitic, dar realitatea era că nici el nu știa prea bine de ce făcea ceea ce făcea.

— Nika, suntem niște adulți, nu? Nu are rost să facem scene de prost-gust. Poți să te superi pe mine dacă te face să te simți mai bine, dar vezi bine, ți-am făcut o favoare. Relația voastră nu mergea oricum. Mă refer la partea sexuală, restul este doar treaba voastră. Să nu facem o dramă din asta, da? Încearcă Larisa să-i imprime fetei atitudinea pe care și-o doreau amândoi, una de minimizare a emoțiilor ei care doar se ghiceau, fără a se manifesta în vreun fel.

— Mulțumesc, ești o prietenă adevărată, zise Nika cu voce stinsă.

Cuvintele au sunat ca o insultă și ar fi sfâșiat pe oricine, mai puțin pe o ființă ca Larisa. Fusese învățată de mică să ia tot fără a-i păsa de nimic și de nimeni. Nici prin cap nu-i trecea să-și schimbe felul de a fi, indiferent cu câte prietenii plătea. A dorit să se desfășteze cu corpul lui Louis și l-a avut. Atât de simplu. Nu vedea ce legătură are Nika cu asta. Nici măcar nu se simțea vinovată. Astfel de sentimente nu aveau loc în inima ei. Toate nemulțumirile ei din relația cu Boris, pe care încercase zadarnic să o reia — rusul neprimind-o nici măcar în fosta casă în care locuiseră împreună timp de zece ani — se răsfrângeau asupra singurei prietene care a ajutat-o vreodată. Poate că se răzbuna pe Nika pentru că îi văzuse toate slăbiciunile — nicicând propriile noastre defecte nu ne deranjează mai tare decât atunci când le văd ceilalți. Dar cine știa ce simțea Larisa cu adevărat?

— Aș vrea să pleci, Larisa.

— Nu ai niciun drept să-mi spui ce să fac. În plus, nu ești în apartamentul tău, draga mea! ripostă fosta doamnă Lermontov.

— Este mai bine să pleci, Larisa, spuse și Louis ca un ecou.

Nu era un laș, dar ceea ce tocmai se petrecuse îl înspăimântase mai mult decât toate sporturile extreme pe care le practica. Nu voia să o supere pe niciuna dintre cele două, dar se simțea vinovat, nu atât de mult pentru ceea ce făcuse, ci pentru că fusese atât de neglijent. Scena ar fi putut fi evitată foarte ușor.

— Ce teatru senil! OK, Louis, ne auzim mai târziu!

261

Larisa, sigură pe ea, își luă rochia aruncată pe parchet, își încălță sandalele și plecă spre ușă. Cinismul ei era remarcabil. Se opri pe hol, se uită în oglindă și-și aranjă câteva șuvițe de păr, ca și cum ar fi avut tot timpul din lume.

— Mult succes cu următorul bărbat, Nika! găsi ea de cuviință să-i arunce din ușă.

— Și ție, Larisa. Te-ai gândit vreodată că Boris și-a pierdut interesul pentru tine pentru că ești o femeie care n-are nimic de oferit? ținti Nika.

Larisa ieși pe ușă fără să-i răspundă, după o grimasă disprețuitoare. În urma ei se lăsase iar liniștea. Louis stătea lângă pat scărpinându-se în cap. Furtuna trecuse mai ușor decât se așteptase, dar acum analiza pagubele.

— De ce, Louis? se întoarse Nika cu fața la el. Spune-mi, de ce? Ce ți-am făcut atât de îngrozitor?

— Nu mai cred nici eu în relația asta, spuse el spășit. Nu cred că mă iubești.

— Sigur că te-am iubit, Louis, nu știam nimic despre tine!

— Nika! țipă el revoltat.

262

— De ce nu mi-ai spus? Puteam contramanda nunta oricând!

— Nu știu ce să-ți răspund. Nu ar trebui să mă judeci, nu uita cum îți câștigi tu existența.

— Aceasta este justificarea ta? Este singura?

— Nu știu, chiar nu știu.

Nika renunță. Nu mai spuse nimic. Își dădu jos de pe deget inelul de logodnă cu diamant, îl puse în pat lângă chiloții lui Louis și plecă lăsând ușa deschisă. El nu era al ei, nu fusese niciodată și, probabil, avea mai multe în comun cu Larisa decât cu ea.

Deznodământul acestei situații a fost previzibil. Louis continuă să se culce cu Larisa și să trimită flori și cadouri către Nika, dar tânăra plecase cu Isabella și nimeni nu știa pentru cât timp sau unde s-a dus. Îi era dor de Nika, dar continua să se culce cu fosta ei prietenă. De ce nu voia să anuleze nunta și se eschiva atunci când cineva îl întreba de apropiatul eveniment? Probabil că el și-ar fi dorit să le aibă pe amândouă, deși, este evident, că nu era capabil să gestioneze o astfel de situație.

Perioada aceea a înnegrit cerul feței ca o eclipsă de soare. De parcă nu era suficient să-și recunoască față de ea însăși eșecul relației cu Louis, Nika a aflat că murise Gustav. Doctorii spuneau că a fost din cauza unei infecții bacteriene foarte agresive pe care o căpătase în timpul ultimei lui călătorii în Vietnam, unde plecase pentru achiziționarea unei sculpturi foarte vechi și foarte rare. Pe Nika o încercau păreri de rău că nu putuse măcar să-și ia rămas-bun de la prietenul ei. Aflase că vila somptuoasă a lui Gustav devenise, imediat după moartea lui, un loc de pelerinaj; era invadată de tot felul de rude care-și cereau dreptul la moștenire cu dovezi tardive de afecțiune față de cel care fusese Gustav Karlsson, un om cu o personalitate mai complicată și mai rară decât toate comorile strânse de-a lungul vieții lui.

Ea aflase despre moartea acestuia chiar de la ultima lui iubită. O sunase pe când Nika încerca să se refacă emoțional pe coasta unei insule de lângă Bodrum. Era acolo cu Isabella de o lună de zile. După ce îi dăduse vestea fatidică, Emma îi comunicase că trebuie să-i facă și un comision, dorința lui Gustav. El se gândise la Nika înainte să moară și-și rugase ultima, și cea mai frumoasă prietenă din lungul șir de iubite, să îi trimită un mic pachet.

— Când este înmormântarea? întrebă Nika cu ochii împăienjeniți. Vestea o lovise în moalele capului. Se simțea îngenunchiată de încercările prin care trecea. Simțea că murise și ea în același timp cu el.

— Mâine, dragă.

Nu-și revenea din șocurile care veneau una după alta, conform zicalei „când vine necazul, deschide larg porțile". Tânăra nu mai înțelegea nimic din ceea ce i se întâmpla, lumea părea să se transforme într-un haos în care singura certitudine era o suferință crâncenă, interminabilă.

— Iau avionul și vin, Emma. Vreau să-mi iau rămas-bun, chiar dacă este prea târziu acum.

— Poți veni direct la capelă, notează-ți adresa, te rog.

Nika nu avea nimic la îndemână, în afara unui creion dermatograf, așa că scrisese adresa respectivă cu el, direct pe oglindă. După ce închise telefonul, continuă să se holbeze în fața oglinzii la ceea ce scrisese cu negru intens. I se părea ireal. Acum o săptămână vorbise cu el și era mai entuziasmat ca niciodată. Înaintea unei licitații, era exaltat că pusese ochii pe o sculptură antică. — Aceasta este licitația vieții mele, Nika... îi spusese atunci. Și-acum, iată, nimic nu-l mai putea entuziasma, era mort, trecut în lumea din care nimeni nu vrea sau nu poate să se mai întoarcă.

Ploua mărunt și des pe mormântul din marmură neagră. Când ultimele cuvinte ale preotului s-au stins, s-a închis și placa grea ce acoperea sicriul în care corpul lui Gustav se odihnea pentru totdeauna, transformându-se iar în elementele primordiale. Nika stătea lângă Emma, Valerie, Maya și alte două foste iubite de-ale lui, care erau și prietene între ele: Deyana și Justine. Venise și prima, și unica lui soție, singura care avea aproximativ vârsta lui Gustav. Aceasta se uita din când în când la grupul din care făcea parte Nika, la tinerele care arătau ca și cum veniseră la o prezentare de modă și suspinau în voaletele puse cochet pe-o parte a capului, peste buclele vopsite și aranjate. Fosta lui soție părea să fi renunțat la orice urmă de cochetărie cu vreo două decenii în urmă, având kilograme multe în plus, devenind aproape o masă diformă de carne și grăsime. Era îmbrăcată simplu, cu o bluză neagră, prinsă la gât cu o camee, şi cu nişte pantaloni negri mai largi. Îşi permisese doar un ruj roşu pe buze, care se prelungise de pe buza de sus către nas, profitând de un rid mai adânc. Gura ei părea că sângerează.

În ciuda plânsului care o încerca necontenit, Nika nu se putuse abţine să nu se amuze de ineditul situaţiei. Rudele erau ceva mai în spate şi nu păreau prea afectate de situaţie, dar fostele iubite ale acestuia, da. Aşa cum puteau ele să fie afectate, probabil că de supărare veniseră direct din club sau de la vreo petrecere la care puteau cunoaşte miliardari proaspeţi, mai ales că acum aveau nevoie de refinanţare. Erau sincere în durerea lor. Gustav fusese un iubit mai mult decât generos, obişnuia să le cumpere ce doreau chiar şi când nu mai era cu ele. Totdeauna păstra relaţiile cu fostele iubite, alteori făceau sex în amintirea acestui fapt, sau pur şi simplu ele se împrieteneau şi ajungeau să facă sex în trei sau patru, după caz. Deyana o consolase pe Justine, care părea îngrozitor de afectată, uitând de lumea adunată şi alunecându-şi limba între buzele acesteia într-un sărut ce iniţial se dorise doar de îmbărbătare. Se îmbrăţişară, amestecându-şi lacrimile cu rimel una de obrazul alteia. Tocurile le tot intrau în noroi şi ele încercau să se înghesuie toate pe aleea pavată cu piatră a cimitirului. Se luau în braţe şi suspinau în cor.

—I-ar fi plăcut lui Gustav să vadă asta, îşi spuse Nika.

Rudele nu s-au scandalizat prea mult de frumoasele fete adunate lângă mormânt ca ielele, erau interesate strict de ceea ce le revenea lor din moştenire şi atât. Gustav îi ţinuse pe toţi departe de el, iar ei acum veniseră cu aplomb, pentru că nu mai era nimeni care să-i pună la locul lor. Făceau eforturi să câştige simpatia avocatului însărcinat cu citirea testamentului, de parcă ar fi putut schimba ceva în cazul în care Gustav nu le lăsase nimic în acte.

Nika plecă imediat după ce piatra funerară fusese trasă peste mormânt. Nu voia să mai spună nimic, nu-şi dorea decât să fie singură şi să-l poată plânge în voie. Îi era un dor nespus de Gustav şi nu se putea împăca cu gândul că nu-l va mai vedea niciodată.

Înainte de a se întoarce în Cipru, unde o lăsase pe Margot în grija Isabellei, Nika trecu pe la apartamentul ei. Se simţea pustiită şi chiar se apucase de fumat. Îşi aminti de cadoul primit din partea lui Gustav şi se aşeză pe canapea cu el în mână. Era încă îmbrăcată în negru, iar faţa ei nu avea pic de machiaj. Ochii ei erau sensibili şi iritaţi de nopţile nedormite și de plânsetele lungi. Deschise pachetul din ambalaj. Darul cu pricina conținea un cub Rubik, atât.

Mereu ai avut simțul umorului! Ai vrut să-mi exersez răbdarea cu el? Dragul meu Gustav, dacă ai ști cât de dor îmi este de tine!

Gândindu-se la el, Nika începu să răsucească acel cub pe toate părțile și nu realiză că trecuseră două ore de când îl învârtea cu degetele ei subțiri. Atunci când și ultimul rând de culoare a fost pus în ordine, cubul se împrăștie efectiv din mâinile ei și căzu pe parchet, împrăștiindu-se în alte mici cuburi colorate. Din el căzuse un bilet de hârtie pe care Nika îl citi nedumerită:

„Draga mea, gândește-te la prietenul tău Gustav ori de câte ori vei avea nevoie de sprijin. Viața este o infinitate de încercări. Alege-o pe cea corectă. După cum vei vedea, a trecut vremea scuzelor. Ce alegi?"

Nika nu pătrunse pe deplin înțelesul cuvintelor acestuia. Se gândi că prietenul ei drag probabil aiura pe jumătate, din cauza calmantelor și a febrei mari.

****

Trecuse o lună de la moartea lui Gustav, dar Nika era neconsolată, melancolică, cu mii de întrebări fără răspuns, cu tulburări de somn și stări schimbătoare de spirit fără nicio noimă. Nu răspundea la telefon nimănui, nici măcar lui don Giovanni. Privea răsăritul superb de soare deasupra insulei și încerca să definească ceea ce simțea:

Dumnezeule, pentru ce trăim? Dacă aș muri mâine, ce mi-aș spune? Dacă n-am trăit deloc până acum, ci doar m-am luptat să supraviețuiesc? De ce nu am încercat să fiu cu Gustav cu adevărat? Poate că i-aș fi schimbat cursul vieții sau măcar aș fi fost lângă el la moartea lui. Și Louis, pe el oare îl pot ierta? Dar am de ce să-l iert? Tot ceea ce a făcut și el a fost să încerce să fie fericit. Nu toți căutăm fericirea? Ce ne facem atunci când fericirea unuia este nefericirea altora? Are cineva răspunsurile la întrebări? Ah! Gustav, cât de mult aș vrea să fii lângă mine și să vorbim despre toate acestea la un ceai servit de Marta. Îmi pare atât de rău că nu ți-am spus cât de mult te iubesc, ca o iubită, ca o fiică, o prietenă... Nu știu nici eu cum, dar important

270

este că te iubesc. Îmi lipsești atât de mult! Plecarea ta mi-a frânt inima, dragul meu...

Într-o dimineață, Nika se trezi relaxată și aproape fericită. Îl visase pe Carlos Oliveira. În vis, el o lua de mijloc și-i spunea că nu va mai fi niciodată singură, că nu mai este nevoie să se lupte cu viața și că el va fi mereu lângă ea. Se trezise din vis ca dintr-o revelație. Nu mai trecuse niciodată atât timp de când nu vorbise cu el, chiar dacă practic o sunase doar de vreo patru ori de când îl cunoscuse, mereu aceleași telefoane, fără cap și fără coadă, din care ea nu înțelegea nimic. Gândul la el o amețea de-a binelea. A pus mâna pe telefon, dar s-a răzgândit imediat.

Ce-ar fi să-i fac o supriză? De ce să mai aștept? Oamenii nu sunt pentru totdeauna lângă noi, de ce să nu-i spun că mi-e dor de el?

— Isabella, plec în Rio de Janeiro! țipă ea către ușa deschisă de la dormitor.

— Cum? Ce?... Ce-ți veni? apăru prietena ei cu părul ciufulit în cadrul ușii.

— Mă duc la Carlos! Nu știu de ce mi-a trebuit atât de mult să-mi dau seama câtă nevoie am de el. Mă vrea sau nu mă vrea, eu mă duc după el! Nu vreau să mai pierd timpul, moartea lui Gustav mi-a demonstrat că trebuie să fac ceea ce simt atunci când simt.

— Asta da supriză! Isabella se trezi brusc din somn. Dar prefer să te văd nebună decât cu moralul căzut pe jos. Brava! Brava!

— Crezi că sunt nebună? Hmm... cred că ai avea dreptate, nici nu știu dacă vrea să mă vadă. Ultima dată l-am văzut sărutându-se cu Larisa. Femeia asta îmi adumbrește toate amintirile! Care este problema ei?!

— Cred că Larisa vrea tot ce ai tu, reflectă Isabella.

— Crezi?

— Mă mai întrebi? Carlos! Louis! Câteodată mă întreb cum de ai reușit să prostești atâția bărbați și să nu vezi nimic din ceea ce se întâmplă în jurul tău.

— Suntem orbi în fața celor pe care îi iubim, Bella. Dar nu înțeleg de ce Larisa face toate astea! Ea ne-a dat mereu de înțeles că noi suntem cu mult sub nivelul ei pentru că... știi tu...

— Nu cred că Larisa se simte superioară față de noi, poate că asta vrea să creadă, dar cred că în realitate lucrurile stau chiar invers.

Amintirea Larisei o bosumflă pe Nika. Era gata-gata să renunțe la planul ei de a-l vedea pe Carlos. I se părea iar o sminteală de moment. Oscila.

Isabella înțelese.

— Haide, încetează acum. Las-o pe Larisa. Du-te după el dacă asta vrei! Cum să nu te vrea? Doar nu este nebun! Aș veni și eu cu tine, dar m-a anunțat vară-mea că vine și ea în Cipru cu toată familia. Și ăștia când vin, apoi vin cu toții; va fi petrecere în toată regula!

— Nu-i nimic, rămâi, stai liniștită. Știi ceva? Voi pleca chiar acum! Voi lua primul avion către Brazilia. Ce nebunie! Ah! Bagajele! Am uitat cu totul de ele. Nu am nimic pregătit de plecare.

— Ce bagaje? Ia strictul necesar, adică niște lenjerie intimă pentru un atac de cord și gata! râse Isabella.

— Oare se va bucura să mă vadă? Este atât de ciudat, am vorbit doar de câteva ori la telefon după întâmplarea din Rio de Janeiro. Practic, nu ne-am văzut decât de două ori și-atât. Atunci când m-a respins! își aminti ea. Ba nu, de două ori m-a respins! Dumnezeule mare!

— Nu ți-a spus tot el că ești singura femeie cu care ar merge până la   capătul lumii?

273

— Nu știu ce înseamnă declarația asta, nu știu cum naiba să o interpretez. Poate că glumea. Sper doar să îl prind în toane bune, deloc nu pot înțelege bărbatul ăsta, este mai schimbător decât un cameleon.

— Te-a mai sunat după ce a venit în Monaco?

— Da, o dată.

— Asta nu mi-ai zis. Ce ți-a spus?

— Mai nimic. A râs. Mi-a urat logodnă frumoasă și nu m-a mai căutat.

— Nu mai contează. E în trecut. Doar viitorul poate fi schimbat, așa că nu-ți mai bate capul cu ceea ce a fost.

Nika plecă. Pe tot parcursul zborului a chibzuit la modalitatea cea mai romantică de a-l surprinde pe Carlos, când, un gând o fulgeră brusc, trezind-o la realitate mai ceva ca o perfuzie cu expresso:

Dacă nu este în Rio de Janeiro? În graba mea nu m-am întrebat nici măcar o dată dacă el nu cumva călătorește...

274

Se liniști imediat, nu voia să-și tempereze elanul. Nu mai avusese un dram de entuziasm de câteva luni bune.

Și dacă nu este în Rio, tot va reveni, iar eu îl voi aștepta. Este simplu, totul este simplu. Îl voi găsi și îi voi spune că simt nevoia să stau lângă el, să-l îmbrățișez măcar o dată. Poate că mă va respinge iar, dar măcar am încercat...

Încă mai avea cartea lui de vizită în portofel. O păstrase ca pe o iconiță. Voia să-l întâlnească la serviciu a doua zi de dimineață, exact ca atunci când îl văzuse prima dată. Să recreeze scena din parcare. Sigur, de data asta, Nika nu se mai clătina pe tocuri și nu mai era nesigură pe ea. Nu mai avea nevoie de ceva de la el, avea nevoie chiar de el. Învățase să meargă elegant și să flirteze, învățase să obțină ceea ce vrea doar cu o zbatere de gene. Nu era sigură că va putea face asta și în cazul lui Carlos. Era singurul bărbat care o văzuse așa cum era, așa cum se simțea și ea câteodată: aceeași față nesigură care venise de la țară. Și tot el o acceptase așa cum este. Poate că și Gustav...

S-a dus la același hotel la care fusese cazată la prima vizită. Nika sună la telefonul fix de pe cartea lui de vizită, nu pe telefonul lui mobil. Trebuia să fie o surpriză.

275

— Bună ziua, îmi puteți spune pe la ce oră ajunge mâine domnul Oliveira la birou? Sunt o prietenă de familie.

— Nu ați fost invitată la nuntă? se miră asistenta acestuia.

— Nuntă?... bâigui Nika. Ah! Nunta! își reveni ea imediat. Nu mai știu ce-am făcut cu invitația, sunt o zăpăcită, reuși ea să râdă fals.

— Va fi în seara asta la hotelul Fasano. Veți avea nevoie de invitație, dar sigur că îl puteți suna pe domnul Oliveira pe mobil și vă va spune el cum să procedați. Dacă nu răspunde, o puteți suna pe viitoarea lui soție, Larisa. O cunoașteți?

Nika se lăsă să cadă pe marginea patului, cu telefonul în mâna încleștată. Lovitura o doborâse.

— Lermontova, nu? întrebă ea fără a mai avea nevoie de răspuns.

— Da, fostă Lermontova.

— Vă mulțumesc pentru amabilitate, încheie ea conversația.

Rămase nemișcată. Fața ei era împietrită și îndurerată ca statuile din bisericile catolice. Nu făcea nimic pentru a ieși din păienjenișul gândurilor ei: Larisa i-l luase pe Louis și apoi pe Carlos. De data aceasta nu mai era vorba de un simplu flirt, va fi în curând doamna Oliveira, soția lui.

Pentru ce? De ce face Larisa toate astea? Nu am făcut nimic altceva decât să-i fiu prietenă! Simt că se căsătorește cu Carlos și din cauza mea sau datorită mie. Dacă de la Louis nu am avut mari așteptări, deși Dumnezeu știe ce a fost în capul meu de am vrut să mă căsătoresc cu el, cu totul altfel stă treaba cu Carlos. Este cel mai inteligent bărbat pe care-l cunosc. Cum de a reușit Larisa să-l îmbrobodească? Este frumoasă, desigur, este sofisticată, așa cum Carlos îmi spuse și mie să fiu, dar... mai este ceva la mijloc? Ceva ce eu nu reușesc să văd? Dumnezeule, ce se întâmplă în spatele meu? Ce este cu viesparul acesta? Mă doare capul cumplit!

Își aminti de ceea ce chiar ea îi spusese Larisei despre Carlos, înainte ca aceasta să-l întâlnească la petrecerea rusească dată de soțul ei:

— Este singurul bărbat care-mi face inima să bată nebunește! De câte ori îl văd mi se pare că mi s-a îndeplinit cea mai mare dorință a mea pe care o aveam fără să știu.

— Interesant, se pare că acest Carlos este foarte important pentru tine, fusese răspunsul Larisei la acea vreme.

Cum ar fi vrut Nika să-și poată lua cuvintele înapoi. De ce nu remarcase atunci expresia preocupată a Larisei? Cum se putuse înșela în halul ăsta asupra oamenilor? Larisa cu Carlos! De necrezut! Pentru prima dată în viață, Nika simți o gelozie feroce sfâșiindu-i coșul pieptului. În momentul acesta era capabilă să distrugă, să ia de piept toți diavolii care complotaseră împotriva ei atunci când o întâlnise pe Larisa.

La naiba! La naiba! Ce naiba a fost în capul meu? Carlos nu a vrut nimic de la mine. A dat doar niște telefoane de complezență și eu le-am interpretat cum am vrut. Am preferat să cred că glumele lui aveau un substrat de adevăr, doar pentru a-mi mai lua o lovitură de la viață. Trădarea lui Louis, a Larisei, moartea lui Gustav, acum căsătoria asta! Nu mai vreau o astfel de viață!

Simțea că tot cerul îi căzuse pe umeri, că toți râdeau de ea, că unelteau pe la spatele ei și că nu va mai fi niciodată fericită, că va trebui să se resemneze, că pentru ea nu exista iubire.

Nu veți avea nicio parte din mine, pentru că nu o să vă las! țipă ea și aruncă o vază în geamul gros al șemineului.

Voia să fugă din orașul acela care-i spulberase cu o singură conversație telefonică toate speranțele pe care nici măcar nu era conștientă că le avea. Sună la aeroport, dar, din păcate, toate zborurile către Cipru sau Monaco erau abia a doua zi.

Ce să fac? Să rămân în hotelul care-mi amintește de Carlos? Să stau în aeroport o zi și-o noapte, să dorm acolo pe bancă? Nici măcar nu m-am sărutat cu Carlos, de ce contează atât de mult pentru mine? De ce simt că nu pot respira fără el? Ce naivă am fost!

Ieși aproape fugind din cameră și traversă ca o nebună două bulevarde până când ajunse pe plajă. Se înserase. Nika inspiră adânc aer în piept, uitându-se cu neputință la cuplurile care se plimbau de mână pe plajă.

Dragostea nu este pentru mine. Este doar vina mea, nu știu să mă fac iubită, își reproșa ea.

Furioasă, formă numărul de telefon al lui Carlos Oliveira și așteptă înfrigurată câteva minute până când acesta i-a răspuns.

— Nika, draga mea, ce mic miracol să mă suni tu pe mine, se auzi vocea joasă a lui Carlos.

— Carlos, vreau să te felicit pentru nunta cu Larisa. Cu siguranță că veți avea amândoi viața pe care o meritați..., spuse ea cu voce calmă, deși corpul îi tremura de parcă avea friguri.

— Ai aflat...

— Da, am aflat.

— Unde ești? o întrebă Carlos.

— În Rio.

— De ce ai venit? Nu ar trebuia să fii în luna de miere cu Louis sau să-i faci niște copii pe undeva, pe vreo insulă?

— Lună de miere? Dacă te referi la Louis, ne-am despărți de mai multe luni chiar. Dar ce noroc, a ta abia începe! spuse scrâșnindu-și dinții.

Carlos făcu o pauză.

— Ai venit pentru mine? întrebă el.

— Carlos Oliveira, ar trebui să știi deja că eu vin doar pentru afaceri.

— Nu se numesc afaceri ceea ce faci tu, Nika.

— Păstrează-ți sfaturile, Carlos, de mult timp nu mai am nevoie de ele. Am vorbit prea mult, iartă-mă că te rețin într-o seară atât de importantă pentru tine.

— Și tu ești importantă...

— Da, sunt, dar nu pentru tine. Trebuie să plec. Să fii fericit, Carlos! spuse ea ștergându-și lacrimile cu podul palmei.

— Nika...

Fata simţea că va leşina curând. Gândul că el va deveni sau că a devenit deja soţul Larisei o înnebunea de-a dreptul. Închise telefonul, nelăsându-l să termine ceea ce avea de spus. Oricum nu mai conta. Nimic nu mai conta. Apa o atrăgea către uitare. Îi promitea că acolo îşi va putea îneca amarul şi o iubire ciudată care părea mai puternică decât instinctul ei pentru supravieţuire.

Dumnezeule, îl iubesc! Asta este, îl iubesc! Cum de nu mi-am dat seama de asta? Sunt mai îndrăgostită de el decât am fost vreodată de Louis. Dar Carlos nu va fi niciodată al meu! La fel ca Louis! Amândoi o preferă pe Larisa.

Nika intră îmbrăcată în mare. Înaintă uşor-uşor în apa rece ce-i cuprinsese deja coapsele, apoi umerii. Îşi aminti de momentul în care Louis o salvase de la înec, de faţa lui deasupra ei, de nimbul lui diafan de înger blond. Vedea cu ochii minţii cum Carlos o săruta pe Larisa în faţa altarului, cum amândoi plecau în luna de miere la Monaco, acolo unde puteau să-şi expună dovezile de afecţiune în văzul ei, cum se plimbau noaptea pe străzi ca doi îndrăgostiţi, acolo unde ea voia să se plimbe. Mintea îi tortura inima cu

281

sadism. Nika voia doar să uite tot ce a fost. Lacrimile sărate i se contopeau cu durerea oceanului. Ar fi vrut să adoarmă legănată de valuri și să nu se mai trezească niciodată.

Poate că oceanul este lacrima neplânsă a lumii...

****

Nika jeli ca niciodată, o oră, poate două, până când a simțit că nu mai are nimic de spus și nimic de așteptat. Transferase oceanului tot tumultul și durerea ei. Tot ceea ce o ajutase pe Nika să revină înapoi pe mal era inocența ei sufletească. Larisa câștigase războiul împotriva fetei, dar îl pierduse pe cel cu ea însăși, căci doar omul împăcat cu el însuși este puternic.

Nika se duse în Cipru doar cât să o ia pe Margot de-acolo și se reîntoarse la Monaco. Se plimba noaptea cu mașina și trecea pe lângă casa lui Gustav, deși aceasta părea că nu a fost locuită niciodată, era cufundată într-un întuneric tenebros. Nicio lumină nu era aprinsă, iar ea se întorcea acasă întristată.

Câtă nevoie am de tine, Gustav... se gândi ea și lua în mână al doilea cub Rubik dăruit de el, iar prin intermediul Emmei, la patru luni după moartea lui, când ajunse acasă. De ce al doilea cub? Nici Emma nu știa, primise doar instrucțiunile de la avocatul lui Gustav și nu știa nimic în plus. Margot torcea pe canapeaua de lângă ea.

Nika nu juca niciodată niciun joc și nici nu-și pierdea timpul cu preocupări care nu o duceau într-un loc anume sau nu-i îmbogățeau experiența cu ceva; viața o învățase că fiecare secundă este prețioasă. Cu toate acestea, lua cubul dăruit de iubitul ei prieten și începu să-l răsucească. Era ceva mai mare decât precedentul, și părea lucrat manual. O altă comoară de-a lui Gustav. Îl răsuci așa vreo oră și jumătate, cu gândurile rătăcite. Cubul începea să aibă sens, iar Nika, mai înverșunată, continuă să-l învârtă pe toate părțile cu furie. Când toate culorile au fost ordonate, și acest cub s-a dezmembrat în ochii uimiți ai fetei, căzând pe covor în bucăți distincte.

— Iar? Ce-i asta? Încă un mister de-al tău, Gustav?

Nika văzu și de data aceasta o hârtie rulată, căzută lângă pătrățelele pictate. Se așeză în genunchi și desfăcu hârtia. Era un cec în valoare de atât de multe zerouri, că avusese nevoie de câteva clipe pentru a înțelege dimensiunea darului pe care Gustav i-l făcuse chiar înainte de moartea sa, într-un mod atât de elaborat.

„Viața este o infinitate de încercări. Alege-o pe cea corectă. După cum vezi, ai rămas fără scuze. Ce alegi?"

Îi răsună clar în urechi vocea lui Gustav, ca și cum i-ar fi citit răvașul pe care îl scrisese pentru ea, ca atunci când stăteau pe fotolii în fața șemineului și conversau despre toate lucrurile fără însemnătate și despre cele mai însemnate pentru ei. El nu fusese niciodată de acord cu modul ei de viață și chiar și-n ultimele lui clipe se gândise la ea. Îi lăsase o mică avere care-i permitea să refuze odată pentru totdeauna să mai primească însărcinările lui don Giovanni.

Gustav, dragul meu prieten, noi n-am plecat niciodată din pădurea cu licurici, nu-i așa? Spune-mi că magia nu se termină niciodată, spune-mi unde ești! Mi-e tare dor de noi.

****

Este ultimul meu drum! se consolă Nika după telefonul lui don Giovanni.

Da, Nika a decis. Nu îl va dezamăgi pe Gustav. Va încheia doar această afacere și gata! Va începe iar o altă viață, până la urmă, era lucrul care-i reușea cel mai bine. Se resemnase gândindu-se că nu va avea parte de iubire niciodată și i-a promis lui Margot că nu va mai căuta dragoste, că se va mulțumi cu fărâmiturile existenței așa cum îi erau date. Voia să se retragă undeva pentru o vreme și chiar căutase pe internet câteva oferte pentru o tabără de retreat23 de o lună de zile la o mânăstire din Tibet sau Buthan.

Nu se anunța deloc ușor. Era vorba de o țară micuță din sud-estul Africii. Întâlnirea era aranjată de către don Giovanni direct cu prințul moștenitor, dar nu într-un restaurant cum ar fi vrut ea, ci chiar la reședința acestuia. Nika își întinse mustățile, ca o pisică

---

23 Traducere din lb. engleză: „retragere"

285

ce adulmecă vibrațiile în aer și nu-i plăcea deloc ceea ce simțea. Prințul trebuia cooptat într-o afacere destul de neclară. Ceva era în neregulă. Nika rămăsese nedumerită chiar și după ce citise tot documentul primit pe e-mail. Îl anunțase pe don Giovanni de planurile ei de retragere, și acesta, deși nemulțumit, nu a mai protestat.

— Știam că va veni și acest moment. O să-mi lipsești, Nika. Vreau să avem o discuție serioasă după ce te întorci, te rog.

Nu voia să o piardă, dar o înțelegea. Începuse să caute o altă tânără, care să o poată înlocui, și chiar pusese ochii pe o altă fată din Valletta. Era frumoasă, dar el se îndoia că cineva o va putea egala pe Nika în dibăcie, pentru că ea nu era doar o tânără fermecătoare în rol de femeie fatală, ci o seducătoare a minții, în primul rând, lucru de care don Giovanni era perfect conștient. Nika era inteligentă, empatică și dovedise o intuiție remarcabilă. Ei îi plăcea să riște. Era o jucătoare. Cu toate acestea, rămânea inocentă. Poate că tocmai acestei inconștiențe i se predau atât bărbații cât și femeile care o întâlneau.

Ea nu plecase în Africa pentru niște bani în plus, deși comisionul ei era mai mult decât motivant, dar voia să încheie afacerea pentru don Giovanni. Nu îl putea lăsa baltă fără să-i dea un răgaz înainte. Conștiincioasă, Nika își luă geamantanul, laptopul și geanta de mână, îndreptându-și pașii către aeroportul din Nisa. Isabella revenise la Monaco, locuind mai mult în apartamentul deținut de Nika decât în al ei. Știa că prietena ei avea nevoie de ajutor în această perioadă tulbure pe care o traversa.

Cu această ultimă misiune, îmi iau rămas bun de la viața mea de până acum. Mă voi reinventa încă o dată, așa cum am făcut-o mereu — închină ea un pahar de vin în avion, în cinstea lui Gustav. Vei fi mândru de mine, dragul meu prieten!

La aterizare simți că se înăbușă din cauza căldurii umede. Aeroportul părea doar un hangar pentru avioane mici, agricole. Găsi cu greu o mașină, după ce plăti un bacșiș considerabil. La hotelul micuț, surpriză mare. Ajunsă la recepție, i se spusese amabil că nu au nicio rezervare înregistrată pe numele ei și nici camere libere. Nika protestă o vreme, dar enervată de lipsa de cooperare a personalului, ieși așa cum intrase, călcând apăsat cu tocurile ei înalte pe pardoseala hotelului hotărât să nu o primească. Întrebă un alt șofer dacă știe vreun alt hotel în apropiere. Acesta nu părea să înțeleagă o boabă de engleză, dar reacționă totuși la cuvântul hotel. Nika plecă cu el.

Este mai rău să crezi că știi să vorbești engleză, decât să nu o vorbești deloc, se gândea ea pe bancheta jumulită din spatele șoferului.

După zece minute de condus pe străduțe neasfaltate complet, africanul o lăsă în fața unui hotel micuț, ca un bungalow, cu o recepție înghesuită din care veneau rafale de vânt de la un ventilator mare, postat într-o rână lângă un fotoliu de catifea albastră. O durusseră ochii la vederea kitchului ce se lăfăia în voie în hotel. Nika avea presimțiri din ce în ce mai sumbre. Era obosită și devenise pesimistă. Epuizată, acceptă cheia dată de recepționera cu codițe împletite în stil african, care vorbea doar spaniolă. Fără să mai spună nimic, plăti și se pierdu pe holul prost luminat. Camera ei avea un pat vechi cu baldachin, plasă de țânțari la geamuri și o baie micuță cu gresia spartă lângă chiuvetă. Apa curgea nesigur din robinetul de culoarea cuprului.

Îmi fac un duș mai târziu, își spuse Nika și lăsă robinetul să curgă, așteptând ca apa să se încălzească și să se limpezească.

Prosoapele subțiri pictate cu elefanți în apus completau imaginea sărăcăcioasă, de prost-gust, a hotelului de trei stele africane. Stilul pitoresc al mobilei nu se îmbina de niciun fel cu restul decorațiunilor ce păreau achiziționate dintr-un târg cu vechituri amenajat la marginea vreunui orășel. După ce reuși cu chiu cu vai să facă un duș, Nika se întinse în pat și adormi imediat. Ar fi vrut să navigheze pe internet, dar acest lucru nu a fost posibil, din cauza proastei conexiuni. După ce termină de despachetat, drumul lung își spuse cuvântul. Căzu într-un somn profund, fără vise. Nu mult după miezul nopții, se trezi simțind că ceva îi gâdilă tălpile. Țipă. Aprinse lampa de lângă pat, după ce dibui după ea pe întuneric. Se împiedică. Mai țipă o dată. O iguană se uita la ea dintr-o parte. O fixa cu ochiul ei galben, dar nu făcea niciun alt gest. Nika ar fi vrut să mai facă vocalize și a treia oară, dar și-a dat seama că este o caraghioasă. Micuța creatură nu i-ar fi făcut nimic rău, probabil doar avusese același traseu cu piciorul ei și-acum era mai uimită decât Nika de ceea ce provocase. Arăta fioros, avea un cap de dragon și-un corp de șopârlă obișnuită, dar era simpatică cu felul ei impasibil de a fi și prea micuță pentru a prezenta vreun pericol.

— Oh, cineva din specia cu sânge rece a Larisei! râse Nika. Cine ți-a dat voie să intri la mine-n cameră? se stropși ea la iguana care nici măcar n-o mai băga în seamă, preocupată

— Ce mă fac acum cu tine? continuă ea monologul. Aici locuiești și tu?

Se ridică din pat și aprinse și lumina de pe holul de la intrare. Iar un țipăt. Chiar lângă întrerupător, pe perete, era cocoțată încă o iguană, ceva mai mare decât cealaltă.

Poate că este sora celei din pat sau, cine știe, poate chiar iubitul ei. Doar eu nu am iubit..., reflectă amuzată Nika fără să mai zbiere la ele.

Se mai uită o vreme la cele două, pentru a se convinge că intențiile lor erau lipsite de ostilitate, dar obosită, se înfășură bine-n cearșaf și se pregăti să adoarmă iar.

— Noapte bună! le ură ea somnoroasă celor două colege de cameră.

Întrevederea decursese cum nu se poate mai prost. Prințul nu vorbea engleză și a fost nevoie de un traducător. Niciodată, dar niciodată, astfel de treburi nu se rezolvă în prezența unei terțe persoane, iar Nika știa asta, dar nu a avut încotro. Traducătorul

să-și scoată limba subțire și lungă în direcția ferestrei.

fusese deja chemat printr-un sunet de clopoțel.

Ah! Nu-mi place, ceva nu este deloc în regulă. Cred că sunt prea nedormită și obosită de drum, văd peste tot pericole. Cred că m-a afectat perioada trecută mai mult decât am crezut.

Nika își începu pledoaria, după ce prințul îi făcu semn să se așeze pe fotoliu și după un zâmbet pe care ea îl arboră cu drăgălășenie. Deși îi spusese în linii mari de ce a venit, bărbatul cu ochi mici, înfundați în cap, decorat cu medalii pe tot sacoul părea de neclintit. Nu spunea niciun cuvânt, nici măcar traducătorului. Ea continuă să vorbească și translatorul, firește, să traducă, dar prințul se încrunta parcă mai mult după fiecare cuvânt. Dacă era supărat sau dacă era negru de supărare, Nika n-ar fi putut spune, bărbatul fiind deja cât se poate de negru. Ea încercă să înlăture puțin subiectul conversației, făcând o remarcă neutră despre vremea din Africa. Își mlădie vocea, zâmbi iar, se uită la el languros... Nimic nu funcționa. Prințul părea chiar furios. La un moment dat, întrerupse cu un gest scurt discursul fetei și-n cameră intră o gardă oficială, formată din patru bărbați înarmați.

Nika nu înțelegea ce se întâmplă, dar nu părea să fie deloc bine pentru ea. A încetat să se mai mire atunci când au început să-i vorbească într-un dialect necunoscut ei, cu aerul de a-i comunica ceva solemn. Ea a ridicat glasul și a încercat să le explice că este doar o turistă, dar aceștia au percheziționat-o impasibili.

— Voi face o plângere la Consulat! îi certă ea. Ce vreți de la mine?

Dumnezeule! De ce n-am ascultat de glasul intuiției?!

Misterul a luat sfârșit atunci când Nika s-a trezit cu mâinile prinse la spate în cătușe grele, metalice.

****

Da, Nika era cât se poate de închisă. Nu-i lipsea nimic, nici grațiile, nici patul tare, nici closetul din celulă, nici mâncarea execrabilă. Gardienii erau bărbați, nicio femeie nu era prezentă acolo, iar ei o priveau pofticios și disprețuitor, în același timp. De telefon nici nu se putea pune problema. Un veceu din ceramică, nespălat poate niciodată, trona lângă peretele cu fereastra — singura fereastră. Nu era izolat decât de o perdea de plastic subțire, ca de baie, ce se trăgea greoi pe inelele incomplete. Un fel de Guantanamo în stil african. Nu lipseau nici musafirii: câte un gândac traversa din când în când pardoseala rece din ciment. Nika se rezemă de perete și-și strânse genunchii sub ea. Patul pe care stătea arăta ca un pat de spital de pe vremurile comuniste, cu lenjerie necălcată din bumbac aspru. Perna era mai subțire decât salteaua și salteaua mai subțire decât o pernă normală.

Voi sfârși aici cariera mea glorioasă și viața mea personală mirobolantă! De ce nu m-am oprit la timp? Gustav mi-a dat o șansă și am pierdut-o. Ce mă face să lupt mereu împotriva mea? Puteam să mă opresc până acum de mai multe ori, strânsesem bani cât să stau liniștită zece ani și fără cadoul lui Gustav. De ce nu m-am oprit? Chiar îmi place atât de mult adrenalina, este vital pentru mine să trăiesc pe muchie de cuțit? Am ajuns sclava banilor sau este vorba despre altceva? Poate că este și asta o formă de sinucidere, să omor copilul din mine pentru că am omorât acel copil din pântecele meu. Poate că fug în direcția opusă iubirii, pentru că a existat cândva un bărbat

293

numit Sidar. Poate că de atunci mă tot pedepsesc pentru naivitate. Și Carlos! Dacă nu-l voi mai vedea niciodată? Gândul ăsta este mai greu de suportat decât închisoarea în sine. Ce nebunie! Să fiu la închisoare în Africa și să nu mă înspăimânte decât faptul că nu-l voi mai vedea vreodată pe soțul Larisei! Am înnebunit! Voi fi doar o deținută smintită pentru tot restul vieții. Iubirea și nebunia îmi vor fi acoperite de nisipul deșertului și de uitare.

Obosise. Toate o obosiseră. Nu mai avea chef să lupte, nu mai găsea pentru ce. Tocmai ea, care avea mai multă energie și ambiție decât zece oameni puși la un loc, mai multă dorință de a răzbate decât un mugure care încearcă să penetreze pământul uscat și să privească soarele-n ochi. Priveliștea era înduioșătoare. O femeie care n-avea nici 30 de ani, cu care viața fusese ori foarte generoasă ori perfidă de-a dreptul, o femeie care-și ținea picioarele subțiri cu mâinile, refuzând să lăcrimeze chiar dacă ar fi avut destule motive să o facă. Părul îi stătea desfăcut la spate, atenuând contactul cu peretele pătat și scrijelit de cei care fuseseră arestați înaintea ei. Mirosea a mucegai și a suflete înspăimântate. Nika nu închisese un ochi în prima noapte. Orele de plumb treceau greu, în liniște deplină. Cearcăne adânci îi invadaseră fața ca niște mărturii ale sfârșelii ei sufletești. Gardianul nu-i adusese lucrurile din geantă, așa că nu avea niciun obiect personal la ea, nici măcar nu putea să-și perie părul lung.

Bine că nu mi-au dat haine de deținut, detest dungile verticale! se consolă ea între râs nervos și plâns amar.

Se făcuse foarte frig noaptea, iar Nika își strânse și mai mult picioarele lângă ea, încercând să se încălzească. De unde stătea nu-și dădea seama dacă mai erau și alți deținuți; era liniște, doar pași grăbiți ai gardienilor se auzeau din oră în oră. Nimeni nu venea să o întrebe nimic, era o tăcere cumplită. Dimineața i se împinse pe sub ușă o farfurie de aluminiu cu o pastă moale de tapioca și o lingură de plastic înfiptă în ea. Nika nu se atinse de mâncare. Până și aceasta mirosea oribil. Îi era greață să atingă ceva de-acolo. A mai petrecut o zi la închisoare, apoi și-o noapte. Nika începuse să creadă că va rămâne acolo toată viața. Viziunea sumbră a viitorului nu-i mai producea nicio emoție. Nu o mai interesa soarta ei. Gustav murise, Carlos era fericit cu Larisa, ce îi rămăsese ei? Doar banii lăsați de Gustav nu o motivau suficient să încerce măcar să mai spere că va părăsi Africa vreodată. Se gândea la familia ei din Văleni și era mulțumită că măcar banii vor ajunge automat în contul lor, lunar, așa cum aranjase înainte să plece.

Poate că nici don Giovanni, care, cu siguranță, și-a dat seama că ceva nu este în regulă, nu are nicio influență aici. Dacă aș fi știut! Câte lucruri am schimba dacă am ști ce ne rezervă viitorul! În câteva zile voi arăta ca o sperietoare de ciori pe câmpul de porumb, nimeni nu m-ar recunoaște arătând așa. Ah! Nu mai suport mirosul ăsta! Ar trebui să fiu recunoscătoare că măcar stau singură, nu? Nici nu mai știu dacă este zi sau noapte, ieri mi-au acoperit și fereastra când au lucrat afară. Va trece timpul și vor uita cu toții de mine, voi rămâne să putrezesc aici, să umble gândacii pe mine nestingheriți. Nu o să mănânc nimic, mai bine mor de foame decât să rămân aici. Există mai multe feluri de a muri, iar eu nu cred că mai trăiesc cu adevărat de când am auzit de căsătoria lui Carlos.

****

A treia zi de dimineață gardianul o privi diferit. Deschise ușa metalică cu cheia și îi făcu un semn fetei să-l urmeze. Lumina puternică din hol îi inundă ochii. Nika își frecă tâmplele ca o somnambulă. După atâtea ore petrecute în camera întunecoasă, soarele îi izbise pupilele neașteptat, ca o binecuvântare prea mare pentru ochii ei înlăcrimați și roșii.

Ce mai vor de la mine? De ce nu mă lasă toată lumea să mor? Vor să mărturisesc ceva? Poate că mă vor tortura? se neliniști ea, ca urmare a câtorva filme polițiste văzute de-a lungul timpului.

— Ești liberă să pleci, îi spuse un polițist în spaniolă, după ce semnă câteva hârtii pe biroul din lemn crăpat. Bărbatul iscăli și-și sorbi cafeaua dintr-o ceașcă fără toartă, ciobită la buză. Nu se mai uita la ea.

Nika nu avea nicio reacție. Se uita nedumerită când la el, când la documentele de pe birou, când la ușă. Se dezmetici abia când el îi repetă cuvintele. Era enervat.

Îi restituiră geanta și bijuteriile. Unele dintre ele lipseau, dar asta era complet irelevant în asemenea circumstanțe. Nika nu-și mai suporta hainele care se lipiseră neplăcut de ea. Încercase să se spele îmbrăcată, nedorind să dea un spectacol gardienilor, dar nu reușise să facă mare lucru.

Liberă? Ce înseamnă liberă? O fi intervenit don Giovanni? Pot pleca acasă acum?

Când cei doi se întoarseră cu spatele la ea, Nika se grăbi să iasă din clădire, deși nu știa ce se întâmplase și dacă nu cumva va fi eliberată în deșert ca să moară de sete și de foame. Nu mâncase nimic de când fusese arestată, refuzase pasta slinoasă care îi era împinsă pe sub ușă și era sleită de puteri. Băuse doar apă și era sleită de puteri. După cea de-a doua zi, nici măcar nu-i mai era foame, simțise doar un permanent leșin cu care ajunsese să se obișnuiască. Soarele strălucea cu putere și ea încerca să-și readapteze ochii la lumina lui. În fața ei se întindea deșertul ce părea nesfârșit. Era așa de fericită că îl vede. Totul avea o semnificație nouă. Libertatea. Era incredibil de cald, dar nu era nici măcar o stație de autobuz în fața închisorii, nici vorbă de un taxi sau măcar de un magazin, doar o parcare.

— Credeam că ești o femeie deșteaptă, dar trebuie să admit că mă mai înșel uneori! se auzi o voce cunoscută.

Se întoarse pe călcâie, la 180 de grade, și dădu cu ochii de Carlos Oliveira, și nimeni altul. Stătea cu mâinile încrucișate pe piept, vădit nemulțumit. Era drept și neclintit ca o statuie a dezamăgirii și a furiei.

Nika tresări scuturată de un puternic fior. Era ca un vis în care încetase să mai creadă. Câteva clipe nu spuse nimic. Era copleșită. Nu reușea să îngaime niciun cuvânt. Chipul drag al lui Carlos! Vocea îi tremură puțin după ce-și mai reveni în simțiri:

— Carlos, te rog să încetezi cu obiceiul ăsta de a mă vedea când nici eu n-aș suporta să mă văd.

Vorbele ei sunaseră aproape ca o rugăminte, dar nu păreau să-l afecteze în vreun fel.

— Arăți ca dracu'!

Nika tăcu. Nu era suficient că o vedea nespălată, nearanjată, cu aceleași haine pe care le purtase timp de trei zile? De ce trebuia să o și umilească? Ah! El arăta atât de bine! Adulmecă parfumul lui adus de vânticelul fierbinte și molcom. Părea ireal. Doar ea și Carlos la marginea deșertului. Fără Larisa, fără misiuni și fără alte bariere între ei. Amintirea faptului că el avea o soție, și că aceasta nu era alta decât fosta ei prietenă, o enerva. Puțina energie pe care o mai avea era acum redirecționată spre acest gând neplăcut. Își duse mâinile la tâmple iar, de parcă ar fi vrut să-și alunge fizic gândurile care nu o lăsau să se bucure de faptul că nu mai era închisă și că venise Carlos după ea.

— Vii astăzi sau a început să-ți placă aici?

Nika oftă. Îl urmă resemnată către mașină și se bucură să vadă un jeep decapotabil cu un șofer pe scaunul din față. Se bucura să vadă pe oricine. Îi era teamă de emanațiile pe care le degaja, de mirosul unic și proaspăt de închisoare. Se gândise la Carlos atât de mult noaptea trecută, atât de intens, că el părea materializarea emoțiilor ei. Era prea frumos faptul că venise după ea, și îi era teamă de acest prea. Oare ce făcuse pentru a o scoate din închisoare? Și cum de aflase despre arestarea ei? Tot ceea ce avea importanță era că venise după ea, că nici măcar căsătoria cu Larisa nu-l determinase pe Carlos să o uite de tot. Îl admira așa cum nu admirase pe nimeni niciodată, iar admirația merge adeseori mână-n mână cu iubirea. Nu se simțea mereu confortabil cu el, din cauza sarcasmul venit ca un accesoriu nelipsit al dovezilor lui de afecțiune. Când îl văzuse pe Carlos, Nika ar fi vrut să-l strângă tare în brațe. Totuși, se bucura că n-o făcuse. Se simțea înjosită de recentele întâmplări, fusese închisă în același loc cu criminali și alți răufăcători, iar asta nu-i ridica stima de sine care și-așa nu era la un nivel prea înalt. Cu atât mai mult cu cât Carlos o avertizase de la bun început de riscurile pe care le va întâmpina dacă va continua așa cum începuse, iar ea nu voia să-i dea dreptate. Ea avusese prea multe începuturi până atunci și niciodată dătătoare de liniște sufletească.

— Ai mare nevoie să te faci prezentabilă. La ce hotel stai?

— Mulțumesc pentru remarca nepoliticoasă. Mai ai multe? se supără ea cu ultimele puteri.

Își aminti numele hotelului și i-l spuse. Carlos vorbi cu africanul care conducea mașina, iar acesta încuviință. Nika respiră ușurată pentru câteva secunde în care privirea lui Carlos nu zăbovea asupra ei. Nu-i mai suporta ironiile și privirile furioase. În jumătate de oră, au ajuns iar la civilizație, străbătând nisip și cactuși. Ea se bucură când dădu cu ochii de hotelul care i se păruse atât de hidos înainte. Era mulțumită mai mult atunci decât când a fost cazată la Four Season.

— Ăsta este hotelul? râse Carlos.

Plăti șoferul și vorbi cu el în spaniolă.

— Nika, intru cu tine doar dacă-mi promiți că nu iau malarie de-aici.

— Nu e nevoie să intri deloc, dacă nu vrei.

— Zici tu?

Nika nu-i mai răspundea la provocări. Era pe punctul de a cădea din picioare și nu voia decât un duș și ceva de mâncare. Luă cheile de la recepționera care se zgâia la Carlos și urcară amândoi la etaj. Au intrat în cameră, după ce Nika ezitase o clipă în fața ușii.

Carlos se enervă iar:

— Încetează, te-am mai văzut goală. Intră!

— Nu am de gând să mă dezbrac!

— Serios? Pariez că ai aceleași haine de o săptămână.

— Dumnezeule! De ce ai mai venit?! Intri sau nu?

— Nu vrei să intru?

— Mi-e indiferent. Oricum nimic nu pare să aibă vreun sens, nimic din ce se întâmplă nu este logic.

— Dacă aveai măcar câteva noțiuni elementare despre logică, nu erai la închisoare în primul rând! se strâmbă el.

— Te rog, lasă-mă să-ți mulțumesc măcar pentru ceea ce ai făcut pentru mine! Măcar zece minute nu te mai lua de mine! Sunt obosită, Carlos! Nu vin din club!

El zâmbi scurt. Se bucura să o vadă în ofensivă, asta însemna că se simțea bine. Prefera să o vadă supărată, dar nu vulnerabilă și plângăcioasă. Nu mai zise nimic. Intrară amândoi în cameră. Nika dispăru imediat în baia micuță, iar Carlos se trânti în pat și începu să dea telefon după telefon, vociferând când în limba portugheză, când în engleză, de

302

parcă se afla la el la birou, într-un scaun confortabil.

Nika ieși din baie curată și proaspătă ca un crin. Părea și mai tânără fără machiaj și cu părul ud strâns sus. Părea atât de inocentă că lui Carlos i s-a părut că cineva tocmai îl lovise în stomac. Un luptător de K1.

— Nu vrei să te cazezi la hotelul meu? Ăsta este unul dintre cele mai urâte pe care le-am văzut vreodată. Pot să te primesc și la mine în cameră, doar suntem prieteni vechi. Stai liniștită, nu aș abuza de o biată deținută.

Nika își simțea fizic fulgerele din ochii ei. Se îndreptau către Carlos cu toată intensitatea.

— Nu, mulțumesc, sunt OK cu acesta. Te voi scuti de prezența mea antipatică. Până la urmă, este doar un hotel, iar pentru mine arată ca palatul Buckingham față de celula în care am stat zilele astea, dar nu cred că mai este nevoie să menționez asta.

— Preferi să stai singură în coșmelia asta decât să vii cu mine?

Nika râse ca un clopoțel. Se simțea renăscută, Carlos era lângă ea, mai ciudat ca niciodată, dar era lângă ea, nu lângă Larisa. Mereu o deruta prezența lui, la fel ca și absența lui. Era bulversată. Niciodată nu știa exact ce are de gând și ce vrea de la ea.

—Nu sunt singură. Vin niște iguane seara pe-aici. Chiar îmi sunt dragi. Și tu îmi ești drag câteodată.

Carlos nu putea să-și ia ochii de la ea. Nika se transformase de când nu o mai văzuse el. Privirea ei adâncă îi vorbea despre o fată care trescuse prin multe, care se maturizase devreme, dar care nu-și pierduse forța vitală a tinereții, acea puritate albă a obrajilor. În ciuda a ceea ce ea văzuse în ultimii ani, Nika reușise cumva să-și păstreze candoarea și să nu lase urâciunea să-i intre-n suflet și să i-l distorsioneze, iar asta se reflecta în privirea ei caldă și însuflețită de emoții contradictorii.

—Bine, rămân eu la tine, Nika.

—Ai decis tu? Nu mă întrebi?

—Nu. Faci doar prostii singură. Acum vreau să-mi spui cum de ai ajuns în povestea asta din cauza tâmpitului de Giovanni.

—Nu, Carlos. Nu pot să acuz pe altcineva pentru ceea ce aleg eu.

Carlos se ridică, și-i prinse mâinile în ale lui, forțând-o să se așeze pe pat.

—De ce, Nika? Poți face orice altceva.

Fata se încruntă.

— Toți bărbații pe care i-am întâlnit mi-au spus asta, dar niciunul nu mi-a oferit nicio alternativă, doar vorbe goale. Nu mă deranjează ceea ce fac, am învățat de mult timp că nu am nevoie de nimeni. Cum crezi că am ajuns din România în Malta? Cu părinții de mână? În vacanță? Cu bursă școlară? Fii serios, Carlos! Don Giovanni a fost singurul căruia i-a păsat. Nu mai îmi spune nimic, am obosit să mai lupt. Aseară aproape că nu-mi mai păsa ce se va mai întâmpla cu mine. Mă detașasem de toate și aș fi putut accepta orice fără să mai clipesc. Acum, tu...

Nu o interesa să pară vitează în fața lui Carlos. De altfel, ea știa că este puternică, dar și oamenii puternici pot obosi.

— Nu te mai plânge. Încetează! îi reteză el începutul de confidență.

— De ce ești atât de nemulțumit?

— Nu sunt, dar tu ești enervantă.

— De ce nu pleci atunci? De ce ai mai venit? Doar ca să mă insulți?

— Mă întreb și eu, de ce naiba am venit?! Pentru o încăpățânată fără minte. Știi, prietenia înseamnă ceva pentru mine, nu-mi place să aflu că cei la care țin au probleme! Desigur că aș fi venit! Oricând! Oriunde!

— Suntem prieteni? Sigur? Apropos, ce spune Larisa despre faptul că ai venit în Africa?

— Larisa nu are nicio legătură cu asta, nu-i mai pronunța numele! exclamă el.

Nika nu înțelegea furia lui, dar acum era și ea mânioasă. Larisa iar! O apăra în fața ei!

Se poartă de parcă ar vrea să mă pedepsească el însuși pentru toate păcatele lumii, dar de ce a mai venit? Nimic nu are sens. Nu realizează cum este să stai într-o celulă și să-ți vezi viața derulându-se în fața ochilor tăi? Puteam să rămân înmormântată acolo! Este un insensibil! Îl detest! Mai bine nu venea! Soțul Larisei!

— Nu era nevoie să vii dacă asta te nemulțumește acum. Căsnicia te-a transformat într-un mitocan, dar era de așteptat. Sunteți croiți unul pentru celălalt! îi aruncă Nika și se întoarse cu spatele la el, înainte ca el să-i răspundă.

Uimită, auzi ușa trântindu-se în urma lui. Carlos plecase fără să-i mai spună nimic.

De ce îl iubesc chiar și când pleacă? Ce proastă sunt! Se gândește numai la Larisa. De ce a mai venit după mine? Nu înțeleg nimic, este un bărbat pe care nu-l pot înțelege, poate că singurul! De ce îmi trezește mereu această furie? A venit după mine, chiar dacă nu se poate purta frumos cu mine și nu face altceva decât să mă irite. Poate că este supărat că-l țin departe de nevastă-sa cu mizeria în care am reușit să intru! O iubește pe Larisa ca un nebun, este limpede ca lumina zilei. Ah! Asta mă doare mai mult decât ceea ce s-a întâmplat! Nu vreau să-l mai văd niciodată! Niciodată!

Nika era sinceră. Nu voia să-l mai vadă. Suferise aflând despre nunta lui cât pentru trei oameni și nu putea să se mai gândească la asta, chiar dacă amintirea lui o bântuia în fiecare zi. Prezența lui era insuportabilă, absența lui la fel, un amalgam de sentimente contradictorii imposibil de controlat, care au reușit să-i epuizeze toate resursele sufletești.

Se așeză în pat, uitându-se în continuare către ușă. Sună la recepție și ceru să i se aducă cina pe care o savură cu fiecare înghițitură. După ce mâncă, redeveni coerentă. Patul de care se plânsese la început, i se părea cel mai comod din lume, iar hotelul dărăpănat era ca Four Seasons. Nika își revenea încet-încet la viață. Adormi fără a mai aștepta sosirea iguanelor. Îl visă pe Carlos și se trezi neliniștită din somn. Gândul că el era doar la câțiva kilometri de ea o înnebunea. Puse mâna pe telefon de câteva ori să îl sune, dar se răzgândi de fiecare dată. Se plimbă neliniștită prin cameră, făcând cercuri mari. Îi sărise somnul cu totul. Nici în vis nu mai scăpa de el, era peste tot. Era în ea și nimic nu era în afara lui.

Tulburată, începu să-și facă bagajele.

Cu cât plec mai repede de-aici, cu atât mai bine! Nu mai vreau să vin în Africa cât oi trăi! Vreau să fug și să uit.

Își scoase hainele de pe umerașe, le împachetă și închise fermoarul geamantanului cu un zgomot surd.

Haide, Nika, oricum este aproape dimineața. Curaj! își zise și deschise ușa camerei.

Nu apucă să facă un pas în afară că dădu nas în nas cu Carlos. El avea mâna ridicată ca pentru a bate în ușă. Nika rămase fără cuvinte. El se uita la ea. Ea se uita la el. Chipurile lor încercau să mascheze aceeași dorință de a fi unul lângă altul și aceleași temeri de a o face.

— E prea mult, Nika! Ești prea mult pentru mine!

Carlos făcu un gest de parcă ar fi vrut să o strivească de pragul ușii. Nerăbdare? Furie? Iubire? Toate trei? O sărută, dar acela nu era un sărut; îi mușcă buzele până la sânge; se opri cu flăcări în priviri; se uită în ochii ei și își văzu propria-i reflectare într-un albastru mai frumos decât orice safir. Nika nu simțise niciodată așa ceva. Sărutul lui era ca intrarea unei arene pline cu lei. În el își pierdea viața, cel puțin viața așa cum o cunoscuse până atunci. Sărutul lui era ca o declarație a omului în fața universului, era disperare, era posesiune, era sălbăticie și era dragoste. Buzele lui fierbinți îi ardeau pielea, o însemnau ca un tatuaj; scriau pe pielea ei înfiorată că ea nu va mai aparține nimănui altcuiva. Niciodată, până la sfârșitul lumii și după ea. Nika trăia cu adevărat doar sub buzele lui.

Dar el aparține altcuiva. Larisa! O să fie o durere în plus și nu mai suport încă una! își reveni ea. Se desfăcu cu greu din brațele sale.

— Este imposibil, Carlos. Nu putem face sex dacă asta vrei. Decât dacă nu cumva ai un contract de semnat cu don Giovanni.

Carlos se înfurie. Mai devreme ar fi vrut să o mângâie și să se piardă în ea, acum ar fi vrut să o strângă de gât pentru ceea ce spusese cu atâta liniște aparentă.

— O femeie trebuie să știe când să vorbească și când să tacă! Dacă voiam să mă culc cu tine, aș fi făcut asta de prima dată atunci când mi te-ai oferit cu atâta ușurință. Ce te face să crezi că toți bărbații te vor?

— De ce ai venit? Ce vrei de la mine?

— Să mă lași să te iubesc, prostănacă ce ești! Trebuie să-ți slăbisesc?

Nika simți că-i fuge pământul de sub picioare, dar nu era pregătită să renunțe la precauțiuni, plătise un preț prea mare pentru slăbiciunea ei cu Sidar, apoi cu Louis.

— Ești soțul Larisei! Vă detest pe amândoi!

— N-ai decât! Dar te rog să ne detești separat.

Liniște. Nika era iar dezorientată. Carlos continuă:

— ...nu sunt căsătorit cu nimeni, ești geloasă degeaba!

— Nu sunt geloasă!

— Sigur nu ești! Eu îți propun să avem o discuție sinceră de adulți, dacă poți, desigur, dacă nu, poate o să-ți desenez.

— Și nunta de la Rio?

— Nu a fost nicio nuntă, spuse Carlos impasibil.

— Nicio nuntă? Nu te cred! Am vorbit cu secretara ta, mi-a spus clar, mă minți!

— Să nu-mi mai spui niciodată asta! Nu știi nimic despre mine!

Cei doi țipau unul la altul atât de tare încât una dintre iguane ieșise de sub pat să vadă ce este cu scandalul iscat, dar nefiind suficient de interesant pentru ea, se băgă la loc imediat.

— Nu știu pentru că nu-mi spui nimic! Doar vii, pleci, suni, nu suni!

— De ce ai nevoie de cuvinte? Nu sunt aici? Oricare femeie ar fi înțeles asta de prima dată.

— Nu mă mai compara cu alte femei!

— În inima mea nu te compar cu nimeni, ești singura femeie pe care o vreau, pentru care m-aș duce și-n Africa, și la capătul lumii.

— Spune-mi totul! Spune-mi ceva, că mă scoți din minți! strigă ea disperată. Era nespus de fericită, prea fericită pentru a crede ceea ce auzise. Iar fericirea ei venea mereu însoțită de teama că o va pierde. Se uita în ochii lui din care furia încă nu plecase complet.

— E o poveste lungă și nu-mi place să vorbesc despre ea, dar fie. Larisa aproape că reușise ce și-a propus. Când m-ai sunat, am înțeles că venisei după mine la Rio, în ciuda zeflemelilor tale. Greșeala ei a fost să-mi spună că ești căsătorită cu Louis, ba chiar că erați plecați într-o lună de miere prelungită. Atunci când m-ai sunat am înțeles că m-a mințit, așa că m-am întrebat ce altceva nu mai era adevărat. Mi-am dat seama că mă purtasem ca un nebun. Eram furios că te-ai căsătorit cu manechinul ăla de cârpă și făceam prostii după prostii. Cred că m-aș fi căsătorit cu prima femeie pe care aș fi văzut-o, numai să-mi iau gândul de la tine în brațele lui Louis. Ei bine, ea a știut când să vină și ce să-mi spună, mi-a intuit slăbiciunea pentru tine. Dacă ea a înțeles de prima dată de când am ajuns la Monte Carlo la petrecerea aceea, că nu mi-a plăcut deloc să te descopăr cu un alt bărbat — descoperire care m-a uluit și pe mine — tu nu ai înțeles nimic. Rezumând, am făcut sex cu ea chiar în noaptea aceea. Nu am judecat-o că putea face asta la câțiva metri de soțul ei, dar știam că nu avea nici pretextul de a fi îndrăgostită de mine. A făcut-o doar ca să-și demonstreze ceva. O vreme nu ne-am mai văzut. M-a sunat într-o zi și am reluat legătura. Din fericire, n-a trecut mult timp și mi-am recăpătat mințile. Mai exact, mi le-am recăpătat atunci când ți-am reauzit vocea. Am anulat nunta. Nu suport minciunile, Nika. Pot ierta orice la o femeie, mai puțin asta. Larisa a făcut o criză de nervi cum n-am văzut niciodată. Avea nevoie ca cineva să o finanțeze după ce Boris se săturase de ea. Eu am fost un prost, unul nebun de gelozie. M-am simțit cumva vinovat, dar nu în fața ei, ci în fața mea, pentru inconștiența de care am dat dovadă.

Cred că îl are pe Louis acum, se gândi Nika, fără niciun simțământ legat de el sau de Larisa.

— De ce nu mi-ai spus nimic?

— Nu mai îmi pune atâtea întrebări, doar ai încredere în mine. Poți face asta?

Nika veni lângă el. Prezența lui era copleșitoare, iar ea nu mai voia să stea departe de el. A înțeles totul, abia acum tabloul era complet, mai frumos decât crezuse ea că se poate să fie.

— Te mai dezbraci o dată pentru mine? râse el.

— Nu!

Carlos zâmbi. Se apropie mai mult de ea. Se uita la buzele ei, iar ei i se părea că nu mai are aer, că picioarele nu o mai ascultau.

— Știu că mă vrei. Mai bine mi-ai spune că mă iubești, tardiv, dar poate mai salvezi ceva.

— N-am spus că te iubesc. Cât ești de arogant!

— Nika, nu mai ai nicio luptă de dus. Lasă-mi-le mie.

Carlos își pierdu răbdarea în fața ezitărilor ei. O lipi de perete. Trase de șiretul care-i ținea rochia legată-n talie până când ea

313

rămase doar în chiloţi. O sărută iar şi iar. Era atât de fierbinte, încât Nika se topi în vârtejul sexual care-l însoţea pe Carlos ca o umbră.

Un bărbat cu care nu te poţi juca, în faţa căruia nu te poţi impune, un bărbat conştient de cine era. Visase atât de mult la momentul ăsta, încât nu-i venea să creadă că se întâmpla în sfârşit. Datorită trecutului ei, fetei îi era greu să accepte afecţiunea pe care Carlos i-o oferea cu atâta generozitate, sentimentul de siguranţă de care nu avusese parte niciodată. Să lase altcuiva toate luptele ei? Nika nu ştia asta despre viaţă. Ştia că trebuie să plăteşti pentru ceea ce ai. Viaţa nu avea cum să fie atât de simplă, nici atât de frumoasă. Trebuia să-l lase să plece, el trebuia să fie cu o tipă care nu avea trecutul ei, una care ar fi putut să aibă copii. Ea nu putea face copii, ea fusese amantă pentru bani suficienţi încât să se revolte orice persoană căreia îi place să o facă pe moralista.

Nu-l pot împovăra cu mine. Îl iubesc prea mult, se gândi ea.

— Carlos, nu înţelegi. Nu am venit pentru tine în Rio de Janeiro. Aveam un contract de încheiat, ca de obicei. Ai interpretat totul greşit. Am de gând să reiau legătura cu Louis. El nu ştie că sunt în Africa. Îmi pare rău.

El îi dădu brusc drumul. O fixă cu privirea şi o prinse de umeri cu   putere.

— Dă-mi drumul, mă doare! îl înfruntă ea.

— Nu cred nimic din ceea ce spui și ar cam fi timpul să te oprești. Nu sunt Louis, nu uita! Sper că ai un motiv serios pentru care mă minți în față. Tocmai ți-am spus că este singurul lucru pe care nu-l suport. Nika? o avertiză el întrebător.

Ea nu mai știa ce să spună. Era mereu dezarmată în fața lui, la fel ca prima dată când l-a întâlnit. Iar acum, când totul părea să-i aducă împreună, nu știa cum să cuprindă cu brațele atâta fericire neașteptată. A trebuit să ajungă la închisoare pentru asta, dar nu regreta nimic.

— Spune-mi că mă iubești! o sărută el iar.

— Te iubesc, mereu te-am iubit, șopti ea.

Nika îi descheie nasturii cămășii, care alunecă pe jos, apoi încercă să-i descheie și cureaua pantalonilor. Carlos o luă în brațe și-o aruncă în pat cu fața în sus. El era dezbrăcat doar de la brâu în sus și încă încălțat. Se așeză la marginea patului, îngenunchie și-o trase rapid de picioare. Într-o secundă, buzele lui erau lipite de pubisul ei. Îi așeză picioarele în jurul gâtului lui și limba-i alunecă în profunzimile vaginului ei. Nika își pierdu respirația. Îi strigă numele în timp ce mototolea cearșafurile în mâini. Se zvârcoli în pat, dar el o ținea captivă cu ambele mâini. Când ea era pe punctul de a exploda, Carlos se opri. Nika se ridică din pat cu părul răvășit și fața îmbujorată și veni lângă el. Îi descheie nasturii pantalonilor. Tremura de nerăbdare să-l simtă în ea. Tot. Al ei. Doar al ei. O dorință nimicitoare îi cuprinse tot corpul. El o sărută iar, deschizându-i gura mai adânc, și o pătrunse în același timp cu degetul în vaginul ei fremătător care se strânse în jurul lui ca o orhidee carnivoră.

— Carlos, te vreau în mine...

El îi curmă cuvintele. Limba lui îi mângâia buzele pe rând. În doar câteva secunde, ea avu un orgasmul care-i cutremură ființa. Nika cedă senzațiilor răvășitoare, topindu-se în palmele lui, iar el nici măcar nu se dezbrăcase încă. Nika se înfioră. Ceea ce trăia alături de el avea amploarea unui uragan devastator. Tot ce ea putea să facă era să țină pasul cu el, orice împotrivire era inutilă. Au făcut dragoste toată ziua și toată noaptea, cu mici pauze pe care le foloseau pentru a-și vorbi nimicuri de îndrăgostiți. Au uitat să mai plece din Africa. Hotelul cu iguane a fost cel mai încântător loc de pe pământ timp de trei zile; adăpostea o iubire adorabilă ce rezistase piedicilor, distanței și timpului.

— Ne întoarcem la civilizație, pequena cobra?

316

— Jungla nu este în Africa, știi bine. Este în așa-zisa noastră civilizație și este mult mai nemiloasă, infinit mai periculoasă.

— Știu Nika, dar avem o nuntă de organizat.

Nika i se cuibări în brațe. Se uită în ochii lui. Era pentru prima dată când îl vedea atât de liniștit.

— Credeam că după experiența cu Larisa te-ai învățat minte! râse ea.

— În schimb, tu n-ai învățat nimic. Vino aici!

Carlos o luă în brațe și-i mușcă buzele până când ea țipă. Stările lui se schimbau cu repeziciune în funcție de ea. Se uită amenințător:

— ...spune, ce trebuie să spui?

— Da, Carlos! Da! țipă ea.

— Poate că vom reuși să avem o căsnicie până la urmă, dar cineva are nevoie de disciplină.

— Niciodată! hohoti Nika.

— Cum vrei. Sunt mai multe căi pentru a obține un lucru, este treaba ta dacă o vrei pe cea dureroasă. Să știi că sunt generos cu femeile, le dau mereu ceea ce vor, iar tu ai tendința să o alegi pe cea mai grea. Nu-ți va fi ușor.

— Femeia! îl corectă ea, fiind singurul lucru pe care-l reţinuse din spusele lui. Era al ei, iar Nika n-avea de gând să-l împartă cu nimeni.

Au fost nevoiţi să plece separat de pe continentul african. Carlos avea o întâlnire urgentă cu nişte parteneri din Japonia, iar Nika trebuia să-şi facă bagajul din Monaco, deoarece stabilise cu Carlos să locuiască cu el, dar trecu prin Malta pentru a clarifica situaţia cu don Giovanni. Mâncară la acelaşi restaurant la care s-au întâlnit şi prima dată, iar pe Nika o năpădiră amintirile. Deveni nostalgică.

Acest mod de viaţă riscant, cu nimic mai presus sau mai prejos decât al altuia, se va încheia unde a început. Aceasta a fost singura dată când am eşuat încheierea unui contract; nimic nu este întâmplător pe lume..., îşi spuse ea.

— Nika, eşti liberă. Îmi pare rău pentru ceea ce s-a întâmplat. Ştiam că este un bărbat dificil, cu toane, dar nu mi-am imaginat că se va ajunge aici. Era o afacere importantă, dar nu este totul pierdut, voi încerca să o reiau de pe o altă treaptă. Bine că eşti în regulă şi că a reuşit Carlos să te găsească. Îmi pare rău că te-am expus atât de mult.

— Nu-i nimic, don Giovanni. Este totul în trecut, spuse ea generoasă, ca orice femeie îndrăgostită. Carlos m-a scos de la închisoare. Nu știu ce m-aș fi făcut fără el.

— Da, Oliveira a înnebunit când i-am spus unde ești.

Fața lui se îmbună totuși. Ca orice italian, era sensibil în fața gesturilor făcute din iubire, iar el știa că Oliveira fusese doar nebun de îngrijorare.

— Amore!... Deși sunt încă supărat pe el, pentru că și-a permis să-mi vorbească pe un ton pe care nu-l suport de la nimeni, nu pot să nu vă doresc toată fericirea din lume. Un asemenea bărbat merită păstrat.

— Don Giovanni, nu știu dacă totul va fi așa cum îmi doresc, dar sper din tot sufletul să fie!

— Când un bărbat iubește așa, este o tragedie să nu-i răspunzi la fel.

— Să lăsăm acest subiect, don Giovanni. Îmi va fi dor de dumneavoastră și de micile noastre găinării, râse ea.

— Nu mici, Nika. Sumele noastre s-au rotunjit semnificativ, și-ale mele, și-ale tale. Nimeni nu te va putea înlocui, să știi, ești o minune. Frumusețe și creier, o combinație letală.

Lasă-l pe nătărăul de prinţ, ăla nu se pune, din ultimele informaţii pe care le am este cât se poate de gay. Trăieşte cu un fotbalist de la clubul pe care el îl deţine! O fi avut doar o zi proastă. Nu ştiu cum de astfel de tâmpiţi ajung în fruntea unei ţări. Să veniţi să ne vizitaţi la casa din Sardinia, avem o petrecere peste trei săptămâni. Invită-l şi pe Carlos din partea mea. Să ştii că nimeni nu găteşte ravioli ca nevastă-mea. Va veni şi noua mea Nika, voi conta pe tine să-i împărtăşeşti din secretele tale.

— Bine, don Giovanni. Abia aştept..., aşteptăm, se corectă iar, amintindu-şi că era într-un cuplu.

****

— Bună seara, iubito! se auzi vocea lui Carlos la telefon.

— Carlos, mi-a fost dor de tine! Te-au acaparat niponii. Îi detest!

— Curând nu-ți va mai fi. Vin săptămâna următoare în Monaco și-apoi mergem în România.

Nika se îneacă.

— În România? De ce?

— Cum de ce? Îi invităm pe părinții tăi la nuntă, trebuie să îi cunosc și eu.

Mama și tata în Rio de Janeiro? Dumnezeule, asta nu va fi deloc bine!

— Nu cred că este o idee atât de bună, Carlos. Haide să ne mai gândim, mai avem timp...

— Cum să nu fie? Doar nu te-ai răzgândit în privința nunții? Chiar este nevoie să vin? Nu pot să te las câteva zile fără să nu am alte surprize din partea ta?

— Oh, nu, nu vreau nimic mai mult decât să fiu soția ta, dar...

Nika nu-și găsea cuvintele, chiar nu știa ce să-i spună. Părinții ei nu ieșiseră din România niciodată, darămite să ia avionul. Nu aveau nici pașapoarte, dar asta era ultima grijă. Cum să îl aducă pe Carlos în Văleni? Unde să-l cazeze? Să doarmă Carlos în odăița care fusese a bunicilor, printre mileuri și bibelouri? Doar imaginea o îngrozea mai mult decât o amuza. Casa lor era arhiplină oricum. Dacă se va răzgândi să o ia de soție văzând-o

321

de unde vine? Îi bântuiau mintea tot felul de ipoteze, una mai teribilă și mai nepotrivită decât alta.

— Aș vrea să mă duc doar eu acasă, Carlos. Cel puțin acum. Știi, este mai bine să îi pregătesc. Nu am mai vorbit de mult timp cu ei și situația este puțin mai dificilă.

— Te eschivezi! o acuză el. Știi că trebuie să luăm deciziile împreună, nu? Nu mai ești singură, Nika. Trebuie să fiu și eu de acord cu ceea ce faci tu. Aș vrea să-mi explici despre ce este vorba.

— Exagerezi, Carlos. Nu este nimic important.

— Nu vrei să mergem împreună la ei?

Fata ezită, dar spuse hotărât:

— Sincer? Nu.

— Bine. O seară frumoasă, Nika.

— Carlos?

— Da, draga mea?

— Nu te-ai supărat, nu?

— Nici vorbă.

Ea răsuflă ușurată.

— Te iubesc.

— Şi eu te iubesc, Nika.

****

Cu o seară înainte de a lua avionul către România, Nika se plimba cu Margot pe malul mării. Nu se săturase să asculte liniştea nopţii în Monaco. Era dependentă de aceste promenade. Se gândea la Carlos, el era mereu în mintea ei şi, cu toate acestea, era atât de departe. Distanţa dintre ei o înnebunea. Era bolnavă de dragoste şi de dor. Deşi vorbeau în fiecare zi, i se părea că nu vor fi împreună niciodată. El avea dreptate, în lipsa lui ea începea să aibă îndoieli. Nu îi era teamă că nu o iubeşte, nici nu se îndoia de ceea ce simţea pentru el, îi era doar teamă că ceva sau cineva se va interpune în fantezia pe care ajunsese să o trăiască precum o realitate nouă. Ea, care fusese mereu independentă, nu se mai simţea niciunde în siguranţă. Doar în braţele lui

323

Carlos simțea că a ajuns, în sfârșit, acasă. Acel acasă după care tânjise dintotdeauna.

Maică-sii nu-i venise să creadă atunci când primise telefonul fetei.

— Când vii? Vai di mini, ești deja în București? De ce nu ne-ai anunțat? Când o să am acum timp să fac curățenie?! Ia spune, ce vrei să mănânci?

Urmă o mică ambuscadă după telefonul fetei. Aurelia mobiliză toată casa la curățenie. Ea însăși își suflecă mânecile și se puse pe treabă. Făcu niște pâinici umplute cu varză, ceapă și cu mai multe condimente, pe care le așeză ordonat în cuptorul din pământ. Își aminti că fetei îi plăcuse mereu tocana de ceapă și se apucă de ea. Plânsese vreo oră, nu neapărat de dorul fetei sau poate că găsise un pretext corespunzător în timp că tăiase patru kilograme de ceapă și vreo două de cartofi.

— Grigore, da' ce-mi stai înfipt în coastă?

— Da' un' să merg, Aurico?

— Du-te și îngrijește de animale, curăță coțețul și aruncă niște porumb la găinile alea. Ce te tot învârți pe-aici fără rost? Mă enervezi!

324

— Câți ani au trecut de când n-am mai văzut-o pe Nicoleta, Aurico?

— Cine-i mai numără, Grigore? Mulți! se enervă ea.

— Plec, plec! Nu-i de stat cu tine-n casă! vociferă și el.

Și plecă, dar nu la găini așa cum îi spusese nevastă-sa, ci la taverna nouă, care devenise casa parohială pentru toți bărbații din sat, unde puteau suge în voie din sângele Domnului, sacralizându-se până la venirea zorilor sau a nevestelor furibunde. Ajuns acolo, făcu cinste tuturor după ce-i anunță solemn:

— De băut, Gicule! Se întoarce diseară fata mea cea mare, Nicoleta!

Ce veselie se iscă! Se desprinseseră toți bețivanii de pe scaunele lor! Cu licăriri în ochii care nu reușeau să echilibreze imaginile, cu nasuri înroșite ca Moș Crăciun, veniră toți să-l pupe zgomotos pe amândoi obrajii. Se agitaseră atât de mult că dacă aprindeai o brichetă, lua foc localul de la emanațiile de alcool de-acolo și de efuziunile sentimentale. Deveniseră melancolici, își aminteau acum toți de Nicoleta, chiar și cei care nu o văzuseră niciodată.

— Gâza aia mică, măi Grigore? Aia de câra cireșe cu tot cu frunze și ramuri în poala rochiei, de la vecinu' Mitică?

— Aia măi, Gicule, aia!

— Cred că s-a făcut mare gâgâlicea! Îi măritată?

Grigore se opri uimit, cu ochii mari lucindu-i în cap. Nu se așteptase la întrebarea asta. După o pauză dramatică de două minute pe care nimeni nu îndrăznise s-o spargă din respect pentru el, spuse grav după îndelungă reflectare:

— Cred că nu este!

Bărbații răsuflaseră ușurați. Gicu, mai prezent ca restul, ridică sticla de jumătate de litru, o dădu pe gât și spuse cu patos:

— Nu-ți face amară de inimă rea, măi Grigore. O mărităm noi! Poate cu fecioru' lui Ianche și-al Sandei, parcă s-a întors din America. Pune termopane acolo, are firma lui, băiat de viitor, sigur. Îți găsim ginere cât ai spune pălincă. Nu te lasă frații tăi la greu — un sughiț zgomotos — haide, încă un rând în onoarea fetei lui Grigore! Ce vreți să beți, băieți?

— Dă-ne țuică din aceea de prunișoară, mânca-o-ar tata pe ea!

326

— Dar cine ești tu să hotărăști ce să beau eu, măi? se supără unul mai înnegurat.

— Te-ai trezit și tu acuma, din față zimbru, din profil timbru! Cauți calul de dar la dinți? vorbi altul, mai spiritual de felul lui.

Cel admonestat se făcu mai mic în scaun, dar nu-l contrazise, doar bodogăni ceva cu tovarășul de pahar din stânga lui.

— Vinu-i puterea! strigă un altul, ciufulit, de după bar.

— Cine are timp de vin? se stopși primul la el. Acușica vine nevastă-mea după mine și eu nu m-am afumat nici cât o scrumbie. Țuică, Gicule! Țuică, Grigore!... se impuse el în fața audienței.

L-au înțeles. Cu toții aveau neveste de care le era frică. Aprobare generală! Ridicau paharele consumate în diverse stadii și ciocneau cu ele în cinstea Nicoletei Dragomirescu. Le era o sete cumplită, nesfârșită, dar setea se termina acolo unde începea apa. Nu s-ar fi otrăvit singuri de bunăvoie. Erau sentimentali acum, toți buni la suflet, așa cum le era adevărata natură. În viața de zi cu zi se cerea să fie puternici și nepăsători. Aveau nevoie de martori beți stâncă pentru a-și putea da voie să fie și ei, în sfârșit, emotivi.

Așa au așteptat-o pe Nika, cu casa bec de curățenie și cu muștele gonite pe fereastră și pe ușă. Toți erau strânși solemn în fața porții, orânduiți de la mic la mare, ca niște popice umane. Frații cei mari, Ionuț și Florin erau în capul șirului ce se termina cu cei doi frați mai mici. Între ei, Aurelia și Grigore își frângeau mâinile. Cei mai mici erau murdari la gură de zahăr pudră, că reușiseră să se strecoare-n bucătărie și să fure niște gogoși, deși maică-sa le ceruse să nu se-atingă de ele până când nu se va pune masa. Nu era pentru prima dată când cei doi intrau în felurile de mâncare și apoi, la masă, le luai de unde nu mai erau. Chiar și Grigore își mai revenise, era pilit numai puțin, de împărtășanie, și, deși se mai clătina puțin, arăta mai decent decât fusese vreodată. Își pusese chiar și pantalonii de stofă, singurii pe care-i avea, și geaca de piele neagră, deși afară erau peste 20 de grade. Când taxiul opri în fața casei, Nika ieși din mașină cu ochelari negri acoperindu-i jumătate de față, cu o geantă mică de mână și alta mai mare pe care abia reușise șoferul taxiului să o sustragă din portbagaj. Nika avu un moment de ezitare, uitându-se la grupul ce o aștepta cu nerăbdare. După o clipă de uimire generalizată — abia o recunoșteau pe Nicoleta lor — se repeziră la ea să o pupe pe amândoi obrajii. Ea își scoase ochelarii și stătea stânjenită lângă ei.

— Ești o adevărată doamnă acum! se uită Aurelia la ea din cap și până-n picioare. Vai, dar ce-ai mai crescut! Mereu ai fost mai înaltă, dar acum aproape că l-ai ajuns pe taică-tu. Zi tu, Florine!

Tânărul încuviință. Era intimidat de propria lui soră, arăta ca vedetele de la televizor.

— Nu-i așa că ți-e foame, Nicoleto? reveni Aurelia la ea. Ia uite ce slabă ești, se vede că n-ai mese ca lumea prin străinătături. Hai, că luăm acum masa în livadă, unde am avut curnicul înainte, îți mai aduci aminte?

Fata, copleșită de amintiri, se foia cu geamantanul în mână.

— Mamă, unde să pun bagajul ăsta?

— Îl ia taică-tu acum. Ți-l pune în camera mare. Haide cu mine, că e gata masa. Cam sunt muște în grădină, dar ce să le faci?! Trag la paharele de vin ca taică-tu.

Nika se uita în jur uluită. Încerca să-și definească sentimentele care o încercau. Acolo totul părea nemișcat, deși frații crescuseră mari și riduri noi brăzdau fruntea mamei și a tatălui. Abia atunci realiză câți ani trecuseră și urmele pe care le lăsase în oameni ca-n pietre. Imaginea lui Carlos îi trecu răzleț prin minte, dar înainte să se lase

329

pradă visării, Aurelia o întrerupse fără autoritatea de altădată.

— La masă! Frații tăi s-au așezat deja. Haide, se răcește mâncarea!

— Dar Ionuț și Florin?

— Vin și ei acum, doar știi că sunt siamezi, au plecat împreună să aducă damigeana cu vișinată.

— Cât au crescut, mamă! Au iubite?

— Ăștia dacă nu-și găsesc iubite surori, nu vor avea iubite niciodată! râse ea. Nika, ajută-mă, te rog, să iau platourile. Vai, ai intrat cu tocurile-n țărână, mai bine du-te de-aici, le aduc eu! Cum poți să mergi pe alea, măi mamă? Nu-ți rupi gâtul?

— N-ai niște papuci să-mi dai? N-am avut timp să caut ceva mai potrivit.

Aurelia își dădu jos papucii, rămânând în tălpile goale.

— I-ai p-ăștia, că mai am eu unii în magazie.

Nika își puse papucii maică-sii mai mari cu vreo trei numere. Se amuză gândindu-se cum arată în rochie Armani și papuci din plastic în picioare.

— Mamă, mai știi ceva de Mihaela?

— Care Mihaela?

— Nepoata bătrânei de peste drum de via noastră. Mihaela cu care am fost în clasă, nu mai știi? Avea părul șaten ondulat și ochii căprui. Umbla ea mereu cu un trening roșu.

— Aia de furai de-acasă mâncare ca să-i dai ei?

Nika zâmbi.

— Știai?

— Sigur că știam. Eheee, Mihaela s-a măritat, are vreo șase copii. Nu mai stă aici de vreo cinci ani, s-a mutat pe undeva prin Ceamurlia, are bărbatu-său pământ acolo.

Masa fusese pusă în grădină, la umbră, sub coroana unui nuc bătrân de care Nika-și amintea cu nespusă nostalgie. Acolo obișnuia să se dea în leagăn până amețea, alteori stătea în el și citea.

— Da' vinul, Aurico? întrebă Grigore umil.

— O grijă ai, atâta! îl certă femeia. E aici, nu ți l-a băut nimeni. Of, ce om! Ia, spune-ne, cum este prin străinătăţuri?

Nika surâse. Oare cum ar putea rezuma toţi anii petrecuţi prin lume părinţilor ei care n-au ajuns nici până la Bucureşti? Cum să le vorbească despre opulenţa lumii, despre viaţa

331

strălucitoare de la Monaco, despre suferință și despre izbândă, despre umilire și curaj, despre tot ceea ce îndurase? Cum să le spună că se va căsători cu un brazilian încăpățânat care ține morțiș să-i cunoască?

— Ei lasă, că ne spune ea mai târziu, o salvă taică-su. Să mâncăm acum că tare mi-i foame!

Atacaseră cu toții bucatele calde așezate în farfurii desperecheate ca model. Aurelia gătea foarte bine, tot satul știa lucrul ăsta.

Au gustul copilăriei..., se gândi Nika.

O înștiințară de tot ceea ce se întâmplase în lipsa ei, depănară amintiri și se chercheliseră cu toții, în afară de Nika. Își impusese să nu aibă nicio clipă de slăbiciune. Nu voia să-l sune pe Carlos, pentru a-l ruga să vină lângă ea. Îi era teamă că puțină relaxare o va face să plece după el, ca în ziua aceea la Rio de Janeiro, atunci când vestea căsătoriei lui îi frânsese inima. După masă, simți o nevoie acută de o țigară și plecă la singurul magazin care se afla în fața vechii școli la care învățase.

— Un pachet de Davidoff lights slim, vă rog! ceru ea femeii cu basma de după tejgheaua de lemn.

— Nu avem slim, răspunse femeia sorbind-o din priviri.

— Bine, dați-mi doar lights atunci.

— Nu avem nici lights, veni replica ei.

— Atunci orice pachet de Davidoff! spuse Nika pierzându-și din răbdare.

— Nu avem nici Davidoff, îmi pare rău...

Pe față o bufni râsul.

Asta își bate joc de mine? Cine-o fi? Nu o cunosc, nu cred că este de pe-aici....

— Bine, ce țigări aveți? Puteți să-mi arătați?

Femeia scotoci în spatele barului și reveni cu un pachet de Pall Mall.

— Doar asta avem.

— Un pachet? Atât?

Nika își opri râsul.

Nu puteai spune de la început așa, femeie?

Luă pachetul de țigări, unicul, plăti și plecă pe ulița care ducea către sediul primăriei. Se abătu intenționat de la drum. Se bucura de răcoarea serii, se uita în stânga și în dreapta cu un zâmbet fluturându-i pe buzele roșii. Erau atâtea amintiri peste tot. Câțiva copii se jucau pe stradă. Nu îi cunoștea nici pe ei. Unul îl trăgea pe altul într-un cărucior de butelii. Țipau amândoi, urmați de un cățel atras de hărmălaia lor, care tot încerca să le muşte din roţi.

Dumnezeule, aici totul a încremenit! Mă simt ca un călător în timp!

****

Nicoleta se foia în pat, acelaşi de când era ea mică. Oricum s-ar fi aşezat în el, nu încăpea toată. Îşi îndoi mai mult genunchii, dar tresări iar. Cineva cânta afară Zaraza. Lălăit, fără ritm, fără voce, dar cu mult entuziasm.

Ce tărăboi! Dar asta este glasul tatei!... îşi zise Nika şi sări din pat. Acum să te ţii, spitalul de nebuni!

Era ora douăsprezece noaptea, ora la care se treziseră toţi greierii şi toate broaştele de lângă gârlă, să-l acompanieze pe Grigore Dragomirescu, başca şi câinii din curţile învecinate. Aceştia cântau la ţambal. Nika se duse în întâmpinarea lui taică-su, neînțelegând de ce nu aude vocea maică-sii țipând la el. Ieși în veranda luminată de un bec ce atârna stingher pe cablu, și înlemni. Dădu cu ochii de Carlos care-l căra pe taică-su ca pe un fulg de găină.

Grigore n-a fost niciodată mai fericit. Îl pupă pe Carlos de trei ori, ca rușii.

— Asta-i fiică-mea a mare, Nicoletuța! zise el și continuă către Nika: — Nu e de-aici, nu înțelege o iotă, dar tare băiat bun îi!

— Carlos, ce cauți aici? îl întrebă Nika în engleză.

— Mă distrez ca niciodată în viață! răspunse el și râse nestăvilit — același râs de copil pus pe șotii de care-și amintea Nika cu drag.

— Da' voi vă știți? se trezi Grigore la rațiunea dintâi. Ce zice, Nicoleto? Cred că este franțuz. Să îi mulțumești din partea mea. Este prietenul meu, așa să-i spui, da?!

— De ce să-i mulțumesc? Că te-a îmbătat turtă?

— Nicoleto, să nu vorbești așa cu tatăl tău! zise Grigore mândru, apoi deveni mai docil:

— ... că e păcat! Și ce, eu nu sunt capabil de a mă îmbăta singur? De altfel, nu sunt beat deloc.

335

— Dar cum ești? râse Nika.

— Puțin cherchelit..., se poticni bărbatul la logică.

Carlos urmărea scena cu o satisfacție de nedescris în cuvinte. Nika ar fi vrut să-i șteargă zâmbetul acela, dar era mult prea vexată de prezența lui în mijlocul Văleniului ca să mai fie capabilă să raționeze. Ar fi vrut să râdă sau să plângă, dar mai degrabă să râdă. Cei doi împreună erau fenomenali.

În spatele ei venise și Aurelia, dar cu mai multă prezență de spirit decât soțul ei, realiză imediat că era ceva între fata ei și frumosul străin. Vai, arată ca în telenovela cu Armando! se gândi maică-sa mulțumită. Și eu sunt în pijamale!... avu ea și-o umbră de cochetărie mai veche de 30 de ani.

— Grigore, vino aici să te culci! zise Aurelia mai înțelegătoare decât fusese în toată viața ei cu bărbatul aplecat ca turnul din Pisa.

Bărbată-su o urmă ca un copil. Băuse prea mult ca să înțeleagă dispoziția incredibilă a nevesti-sii, doar trăia fericit momentul, inocent, știind că va fi certat a doua zi. Își aduse aminte că mai era cu cineva și se întoarse către Carlos:

336

— Nicoleto, ai tu grijă de el, vă descurcați voi... el..., murmură el și se lăsă dus la culcare.

Aurelia închise ușa în urma lor și cei doi rămaseră în noapte și-n concertul nocturn de greieri de Văleni. Nika era disperată. Era oficial, el era bărbatul care o văzuse în cele mai îngrozitoare ipostaze și se pare că ăsta devenise un obicei de-al lui; era bărbatul pe care îl iubea; era bărbatul care încă venea după ea, după tot ceea ce văzuse.

— Cum ai ajuns aici, Carlos?

— Nu pot spune că a fost ușor, dar există și utilizări excelente ale banilor.

— Te-am rugat să mă lași să vin singură!

— Și eu te-am rugat să nu mă mai minți, nu?!

— Nu o scot la capăt cu tine, ești incredibil! Ai unde să rămâi peste noapte? redeveni Nika practică. Te-aș culca aici, dar, Carlos, vezi bine că este o casă foarte mică, este cât un breloc. L-ai cunoscut pe tata, se pare.

— Da, este demențial. Niciodată n-am petrecut mai bine decât în barul ăsta cu taică-tu. Mi-a povestit o mulțime de lucruri despre tine, păcat că n-am înțeles decât numele tău.

337

— Râzi de noi! spuse Nika, dar o bufni și pe ea râsul.

— Nici vorbă. N-am fost nicicând mai serios. Acum că nu mai ai unde să te ascunzi, vii cu mine?

Pentru că Nika ezita, iar Carlos se enerva rapid, o înșfăcă în brațe și ieși pe poartă cu ea pe umăr. Aurelia se uita cu lumina stinsă din verandă și-și freca mâinile de fericire, gândindu-se cui să îi spună prima dată că un bărbat frumos și bogat venise după Nicoleta ei.

— Dă-mi drumul, suntem adulți, Carlos! Dă-mi drumul! spuse fata furioasă, fără a ridica însă vocea, pentru a nu trezi toți câinii și pe vecinii care ar fi avut despre ce să vorbească o lună fără să se repete.

— Nu-mi mai spune ce să fac. Tu nu te porți ca o femeie cu mintea la cap, ci la picioare!

— Este stupid, dă-mi drumul! Ne latră câinii...

Carlos n-o mai băga în seamă, își căută cheile din buzunar și deschise portiera, așezând-o binișor pe fată pe locul din dreapta lui. Îi puse centura de siguranță, intră și el în mașină și demară de pe mica alee ce dădea în singura stradă principală din sat.

— Nika, haide să încetăm cu prostiile. Spune-mi, de ce tot fugi de mine?

Ea nu spunea nimic, se uita pe geam de parcă era ceva foarte interesant de văzut acolo.

— Dumnezeule, cum ți-aș da vreo două la fund! explodă el, lovind volanul cu palma.

— Încetează! Nu aparținem aceleași lumi, nu vezi? Uneori mă gândesc că ne-am face nefericiți sau că eu te-aș face nefericit...

— De unde știi?! Nici măcar n-ai încercat! Nu pot să te las singură nicio clipă fără să începi să creezi scenarii prostești. Parcă o iei razna în lipsa mea. Ce naiba ai?!

Nika își întoarse către el fața chinuită.

— Nika, te rog să te uiți la mine. Nu este decât o singură lume. Același soare, același cer. Cum poți să spui că suntem din lumi diferite? Mă iubești?

Fata nu mai putea să-și gestioneze tumultul din suflet. Izbucni în lacrimi. Râdea și plângea.

— Da, Carlos! Da! De o mie de ori, da!

— Dă-te jos din mașină!

Nika nu se mai gândea la nimic și nimic nu părea să mai aibă sens. Ieși din mașină fără

339

niciun cuvânt. Nu știa dacă era o glumă sau el chiar o alunga acum, dar nici nu mai conta. Nu voia decât să o rupă la sănătoasa pe câmp, ca un iepure speriat. Carlos veni în spatele ei și-și puse mâinile în jurul mijlocului ei. O întoarse cu fața spre el, îi ridică bărbia cu o mână și o forță să se uite în sus.

— Draga mea, vezi? Același cer.

Nika privea în lacrimi puzderia de stele.

— Nu vreau să mai aud niciodată că nu ne potrivim. Mă iubești, te iubesc și-am terminat cu prostiile astea acum! Ești a mea, obișnuiește-te cu gândul ăsta! zise Carlos nerăbdător.

— Nu vreau să aparțin nimănui!

— Nu trebuie sa-mi aparții. Ești tot a ta, liniștește-te. Nu îți cer decât să fii tu însăți, nu țin să am prizonieri. Nu vreau să-mi mai ascunzi nimic sau voi începe eu să am îndoieli în privința ta.

Nika se întoarse cu fața la el, încă neîncrezătoare. Atât de puternic era înrădăcinat sentimentul vinovăției în fața, toți cei care reușiseră să o umilească o convinseseră de lipsa ei de importanță. Fata putea să se plimbe prin Monaco în cea mai scumpă mașină, putea să cineze la cel mai bune restaurante, în sufletul ei simțea că încă spală scările în Malta.

Am făcut sex pentru bani, pentru câteva contracte. Cu ce sunt mai presus de o prostituată de rând? Doar locul și plata au fost diferite...

În mod interesant, nu avusese aceste tulburări de conștiință cu Louis. Doar cu Carlos totul era diferit. El o făcea să se simtă cea mai importantă femeie de pe pământ și tot el o făcea să se simtă ultima.

Carlos vedea că nu iese la niciun rezultat cu Nika. O băgă înapoi în mașină și plecă de pe loc. Fata nu mai spunea nimic, nu-l întreba unde merge, până la urmă, îi era indiferent. Era cu el, ce altceva mai conta? Nu mai vorbea nici el. Într-o oră de tăcere, cei doi au ajuns în fața unui hotel cu intrare de pe drumul județean. Carlos ieși din mașină, iar Nika îl urmă. I se părea firesc să facă asta. Intrară în cameră.

— Așază-te! îi spuse el, împingând-o ușor către pat.

Nika se așeză. Era încă îmbrăcată în pijamale. Stătea stingher pe marginea patului, având în picioare doar papucii de cauciuc ai maică-sii, așa cum o luase Carlos din fața casei.

341

— Îngenunchiez în fața ta pentru că te iubesc. Nu îngenunchiez ca să te întreb iar dacă te măriți cu mine, pentru că, dacă trebuie, te voi târî eu însumi până la altar. Este mult mai ușor așa decât să mă uit la tine cum intri în alte probleme, să te culeg din pușcărie sau din cine știe ce alt colț al lumii. Îmi vei spune adevărul sau avem o problemă?

— Te-aș urma până la capătul lumii și dincolo de ea, Carlos, repetă ea cuvintele lui.

— S-ar putea să-ți cer asta, râse el. Crezi că este ușor să fii soția mea?

— Ești sigur că mă vrei așa cum sunt? Știi cine sunt, mă vezi cum arăt? Cum poți cere de soție o femeie în pijamale și papuci de cauciuc? N-ai deloc gusturi exclusiviste, domnule Oliveira.

— Te vreau tocmai pentru că am, doamnă Oliveira. Știu la ce te gândești. Vreau să încetezi să mai faci asta. Ai făcut ceea ce ai făcut cu ceea ce știai până atunci, din locul în care erai atunci, dar nu mai ești în acel punct, trebuie să mergi mai departe. Nu cred că ai fi fost mai fericită dacă ai fi rămas în satul ăla. Nu te mai învinovăți aiurea, nimeni nu este perfect, toți au un trecut.

— Chiar și tu?

342

— Chiar şi eu. Nu mă interesează să fiu soţul unei virgine, nu ţin să tai panglica cu foarfecele de grădină.

Carlos râse din toată inima, acelaşi râs nestăvilit, care curgea ca o cascadă de sunete, inundându-i temerile, rupând barajele zidului cu care se înconjurase Nika. Ea îi zâmbi. Îi dărui toate bătăile inimii ei.

— Nu mai ştiu cine sunt. Carlos, vindecă-mă de tine!

— Voi face orice altceva, dar asta nu. Voi cultiva dependenţa asta până când o să te doară şi o să mă doară. Ne vom iubi ca doi păcătoşi, Nika, pentru că tu eşti fantezia mea neruşinată.

*****

După trei zile petrecute la hotel, Nika şi-a anunţat părinţii că vine acasă cu spaniolu', aşa cum îi spunea maică-sa căreia nu-i intra în cap de nicio culoare că este brazilian. A fost un fiasco de la început, copiii de pe strada neasfaltată s-au strâns ca ciorchinii pe strugure în jurul mașinii. Când au venit cei doi, tanti Leanca, de peste gard de ei, nu s-a putut abține să nu chiuie prelung de zici că era deja nuntă. Auzind-o, o altă vecină se apucă să țopăie în fața porții până-i căzură semințele prăjite cu sare din coiful de hârtie.

Nika se uita mereu la el, dar Carlos râdea la tot ce i se desfășura în fața ochilor.

— Tare-mi place de el, zicea Grigore din cinci în cinci minute.

Când Carlos și-a suflecat mânecile și l-a ajutat să taie niște lemne în curte, Grigore și-a pierdut capul de tot. Ar fi vrut să se îmbete de fericire, dar Aurelia îl ținea pe uscat, iar Nika îl avertizase și ea să nu care cumva să treacă pragul cârciumii, că-i prăpăd.

Aurelia și Grigore făceau încercări disperate să se înțeleagă cu spaniolu', dar nu vorbind în braziliană sau engleză, oricum nu știau nicio limbă străină, dar ridicând vocea la el, de parcă așa problema era ca și rezolvată. Țipetele erau accesorizate de mișcări energice din mâini.

— Vrei și bulz? îl întrebă tatăl fetei pe Carlos.

— Mai tare, nu vezi că nu înțelege? spunea Aurelia către Grigore.

344

— Mai vorbește și tu cu el, că pe mine mă dor mâinile de atâta vorbit!

S-au așezat cu toții în jurul mesei de sub nuc. Femeia adusese încă o masă și câteva scaune împrumutate de la vecinele ei. Dorind să se prezinte cum trebuie în fața viitorului ginere, Aurelia așezase o față de masă dintr-un material de origine incertă, brodat cu fire aurii și flori, ce să mai, o fantezie, dar uitase să pună și șervețele. Gătise cu o zi în urmă: ciorbă de roșii cu găluște, niște rulade care nu stăteau tocmai cum trebuie, erau cam moi și mușțele tot trăgeau la ele, fursecuri care ieșiseră tari, nu cât să-ți spargi măselele, dar pe-acolo, salată de vinete cu usturoi, salată de boeuf, ornată mai ceva ca o colivă, și niște ardei umpluți cu brânză și mărar — așa i se părea ei că ar trebui pusă o masă importantă. Paharele erau și ele orânduite pe masă, mai împerecheate, mai desperecheate, ca niște turnulețe de diferite mărimi. S-a încurcat de tot la tacâmuri: unde trebuia să stea furculița, unde lingura și cuțitul? Nu știa nici s-o bați. Vecina Leanca o amețise de tot spunându-i că trebuie chiar mai multe furculițe la masă.

— Mai multe furculițe? Așa ceva nu am văzut neam de neamul meu.

— Ba da, se pune, aşa am văzut eu la nunta lu' Tanţa a lu' Ilie de la restaurantul Corabia. Mai multe furculiţe şi mai multe farfurii.

— Nu mă mai speria şi matale acum, pun şi eu cum ştiu.

Şi le-a pus, pe toate-n partea dreaptă, că doar n-o fi spaniolu' stângaci, se gândi mulţumită de logica ei imbatabilă.

Mai erau ceva noutăţi prin ograda familiei Dragomirescu. Banii trimişi de Nika se metamorfozaseră în diverse achiziţii, unele necesare, altele total inutile. Aşa se face că acum aveau o piscină gonflabilă, care era mai mare decât curtea lor, căci nu s-a gândit nimeni să o măsoare atunci când au cumpărat-o — de aceea stătea dezumflată în magazia de lemne; aveau toţi cel puţin un telefon android, ba chiar şi un televizor de maşină, deşi nimeni din familie nu avea nici maşină, şi nici permis. În sufragerie se întindea o bibliotecă ce ocupa tot peretele. Avea şi biblioteca povestea ei. Fusese cumpărată de soţii Dragomirescu de la un depozit de mobilă de la oraş. Asemenea piscinei gonflabile, nimeni nu a măsurat piesa de mobilier înainte de a o introduce în camerele mici cu pereţi strâmbi ai casei din Văleni. Când să facă mutarea, cu biblioteca-n prag, aceştia au realizat că biblioteca era prea înaltă pentru a intra în casă cu ea. Panică.

Țipete. Învinuiri. Tot Aurelia a venit cu soluția.

— Ce-ar fi să tăiem din perete?

Nu s-au gândit nicicum să trimită mobila înapoi și să ia alta mai potrivită. Pe vremea tinereții lor nu aduceai lucrurile înapoi, și chiar dacă lucrul ăsta se schimbase în timp, celor doi tot le era rușine să returneze lucrurile cumpărate. Era mai ușor să taie din tavan și asta au și făcut, iar biblioteca a fost, în sfârșit, instalată și umplută cu bibelouri, cești primite de pe la pomeni, flori uscate și alte bazaconii.

Soții Dragomirescu îi invitaseră la masă și pe Vica cu Tică, Vica fiind verișoara primară a lui Grigore. Cei doi soți locuiau la 10 pogoane de ei. Aurelia ar fi invitat pe toată lumea, să afle tot satul că Nicoleta ei a pus mâna pe un spaniol putred de bogat. Așa vedea ea lucrurile. Nu știm dacă Aureliei i-ar fi trecut vreodată prin cap că poate spaniolul era cel care pusese mâna pe Nika, dar să revenim la poveste...

Aveau mulți copii Vica cu Tică, șase la număr, toți darurile Domnului. Mai ales că Tică era mai mereu plecat în delegație, constatând încă un miracol binecuvântat la întoarcere. Ținea la copiii lui ca la ochii din cap. Nici măcar un copil nu semăna cu el, dar nici el nu era un bărbat vanitos. Primiseră cu bucurie invitația Aureliei și veniră și ei, lăsând copiii în grija dădacei, o fată mai săracă, din același sat, pe care nu o plăteau, dar îi dădeau acoperiș deasupra capului și mâncare gătită de mama Vicăi.

Venise la masă și vecina Leanca, tot singură, că soțul ei muncea pe tura de zi. Când aceasta era întrebată de săteni de ce venea numai ea, ea le răspundea plictisită:

— Mitică așteaptă, ce mă mai întrebați?

Femeia avea dreptate și Mitică într-adevăr aștepta — aceasta era meseria lui. Ați văzut vreodată acele mici construcții de lângă un nod important de cale ferată? Asta făcea el, avea grijă să fie ridicată sau coborâtă bariera, după caz. Lucra la 20 de kilometri de casă, la naiba-n praznic. Nu era nici țipenie de om în apropiere de 15 kilometri, iar el era mereu singur în construcție, uitându-se la barieră și așteptând. Îi lua omului o oră să se ducă la serviciu, o oră să ajungă acasă, plus cele opt ore de lucru. Era lesne de înțeles de ce nu era prezent la nicio reuniune. Poate credeți că acesta devenise scriitor cu un astfel de program sau poate se specializase în altă disciplină? Nici vorbă! Nu-și lua nici măcar un rebus și nu avea nici televizor, nici radio. Nu. El doar se uita la barieră cât era ziua de lungă. Omul aștepta.

348

Asta nu a împiedicat-o pe nevastă-sa, Leanca, să vină la masa Dragomireștilor. Au mâncat, au băut și s-au veselit. Carlos râdea mereu, cerând din când în când lămuriri fetei. Nu s-a mai putut opri din râs când Nika i-a spus să închidă geamul, ca să nu fie curent.

— N-am auzit de așa ceva niciodată! Serios voi credeți că acest „curent" vă îmbolnăvește? și dă-i iar râsete.

Direct după masa care a durat vreo șase ore cu totul, căci mâncarea din belșug nu a fost ușor de dat gata, Carlos și Nika au plecat iar la hotel. Grigore a și plâns după ce a plecat Carlos, iar Aureliei îi părea rău că nu-l văzuseră și rubedeniile ei. Cei doi au luat din București avionul către Sardinia, unde Nika era invitată la aniversarea a 30 de ani de căsnicie a lui don Giovanni și a soției lui, Chiara.

Au ajuns în insula însorită ținându-se de mână. Făceau dragoste pe unde apucau: în mașină, până să ajungă la ceremonie, în toaleta restaurantului unde a avut loc aceasta, la hotelul în care s-au cazat, în parcarea lui și tot așa. Nika a avut neplăcerea de a o întâlni la petrecere pe Larisa care, mai nou, era iar doamna Lermontova și era însoțită de Boris.

Lumea este incredibil de mică și se tot micșorează!

Larisa părea să fi suferit de o bruscă și totală amnezie; se purtă cu cei doi ca și cum ar fi fost niște buni, dar vechi prieteni. Armele au fost depuse? Nu se știe niciodată în ceea ce o privește, dar Nika se îndoia serios că aceasta nu plănuia vreo răzbunare hidoasă. Nu o interesa ce va face Larisa. Carlos era cu ea și nu exista un iubit mai tandru ca el.

****

Casa lui Carlos se afla la 200 de kilometri la sud de Rio de Janeiro, într-o zonă în care vegetația luxuriantă se contopea cu țărmul scăldat de apele calde ale oceanului Atlantic. O casă albă, cu două coloane pe fațada principală, înconjurată de palmieri, era noul cămin al Nicoletei Dragomirescu, acum doamna Oliveira. Imobilul fusese construit chiar de către Carlos pe locul unde tronase o veche hacienda. Obișnuia să fugă la sfârșit de săptămână către acest loc și să supravegheze construcția. Meritase efortul, era un loc din care el se întorcea regenerat, doar că acum nu mai era nevoie să plece de aici. Petrecea mai mult de jumătate de săptămână acolo, alteori călătorea sau era în Rio de Janeiro. Nika îl însoțea cam peste tot. Îi plăcea să o simtă aproape de el, neascunzându-i pentru nicio clipă că era un bărbat destul de posesiv.

Florile urmăreau cu privirea soarele arzător de iunie. În living mirosea a cafea proaspăt făcută și a gem de papaya făcut în casă. Un papagal zbura prin camere, deoarece nu era nimeni acolo care să se bucure de lipsa lui de libertate, așadar l-au lăsat să aleagă dacă vrea să rămână ca și locatar, iar papagalul nu a mai avut chef să plece.

— O seu café de manhã, minha senhora![24] striga după ea dna Roza, soția administratorului, angajatul lui Carlos Oliveira.

Nika ieși să bea o cafea în foișorul din mijlocul grădinii aflate în fața casei. Soarele îi bronzase chipul și umerii dezgoliți. Păși pe dalele de piatră, dar se opri, își scoase sandalele din picioare și alergă după Margot. Era îmbrăcată într-o rochie lungă de olandină, albastră ca ochii ei, cu poale largi. Pisica alerga năucă după insecte și șopârle, se bucura de libertate și de grădina cu iarbă

[24] Traducere din lb. portugheză: „Cafeaua dvs. de dimineață, doamna mea"

proaspăt tăiată, oprindu-se doar pentru a se tăvăli la soare cu burta în sus. Mirosea a vară eternă şi-a promisiuni îndeplinite.

Carlos veni fără zgomot în spatele ei.

—Iubito, de ce stai aşa de cuminte aici?

Nika îşi înclină capul pentru a-l putea vedea.

Raiul coboară pe pământ uneori! se gândi ea. Un zâmbet îi lumină chipul atunci când întâlni privirea lui Carlos.

Se întoarse cu faţa la el şi-i înlănţui gâtul cu braţele, în loc de răspuns.

— Pentru prima dată în viaţă, doar să fiu şi să fii, Carlos.

— Ce vrea frumoasa mea soţie să facem astăzi? îi şopti Carlos la ureche.

S-a uitat la ea; o iubea exact aşa cum era, pentru minunatele ei defecte, pentru îngrozitoarele ei calităţi, pentru nesăbuinţa şi candoarea ei. Acolo unde nu se iubea ea, o iubea el. În fiecare dimineaţă Nika deschidea leneş pleoapele şi-şi vedea visurile împlinite. Carlos era acolo, iar ea a aflat cine era ea cu adevărat. Femeia din braţele lui.

Nika pulveriză parfum pe încheieturile mâinilor ei, apoi la baza gâtului. Trase fermoarul rochiei de jos până sus. Musafirii deja sosiseră, așa că trebuia să-și facă și ea apariția. Aruncă o ultimă privire către oglindă și zâmbi. Își dădu părul pe spate dintr-o singură mișcare. Lănțișorul subțire dăruit de Carlos se încâlci în părul ei des și căzu pe pardoseală cu un clinchet. Se aplecă să îl ia de jos și văzu o carte de vizită.

Ce curios, de unde o fi căzut? Cred că a fost în spatele sertarului cu bijuterii și acum a căzut...

Luă în mâini micul cartonaș. Era o carte de vizită a unui hotel din Rio de Janeiro. Îl răsuci pe cealaltă parte și citi:

„Nu voi renunța la tine, Carlos. În lume sunt doar învingători și învinși. Larisa"

Nika zâmbi și-și închise lănțișorul la gât.

354

Oamenii au în ei iubire — sămânța divină — și posibilitatea de-a alege. Unii înfloresc trandafiri, alții încolțesc ciulini, își spuse și coborî nerăbdătoare să-și vadă soțul care-o aștepta nerăbdător.

.

NATAȘA ALINA CULEA

1. „Bărbații și psihanalistul”
2. „Marat”
3. „Lupii trecutului”
4. „Nopți la Monaco”
5. „Visele nu dorm niciodată”
6. „Arlechinul”
7. „Rusalka” 2020

Printed in Great Britain
by Amazon